大武山下

龍應台

For

Andi and Philip

獻給滋養我的土地

獻給在土地上彎腰流汗的人

灰冷了之後，才知道曾經熱過的是火。

燈滅了之後，才知道曾經亮過的是光。

念斷了之後，才知道，之前的，叫做愛。

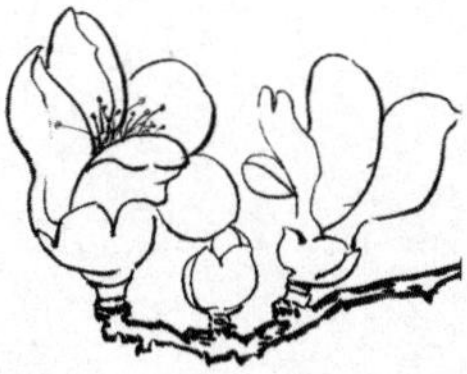

目錄

一、

驛站

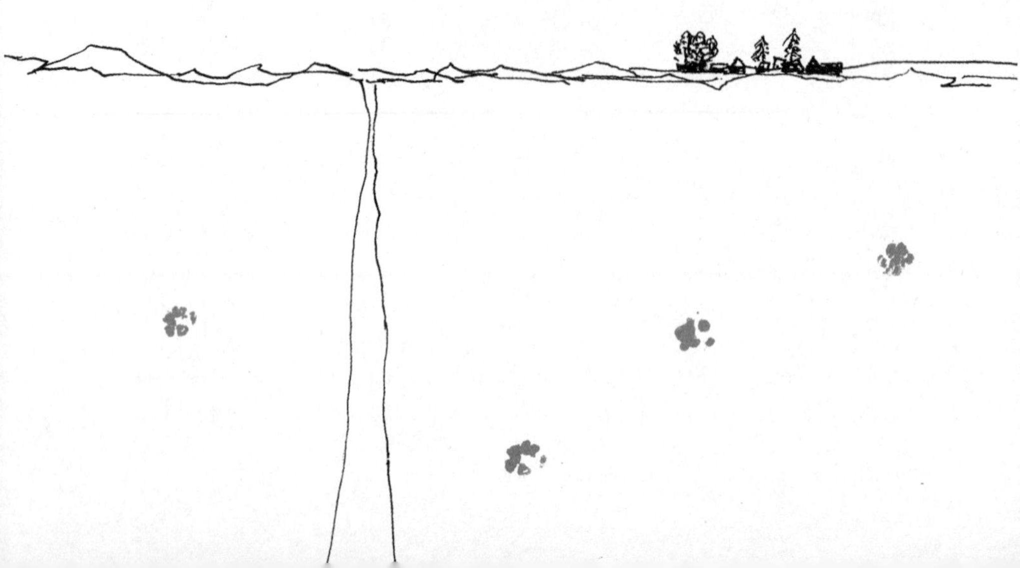

「孩子，」
他絲毫不被我的急躁所動，平靜地說，
「這個世界，不是只有一種看見。」

他看我的眼睛，那樣犀利又那樣包容，
那樣深沉又那樣溫暖，
好像，在這世界，有一片田野，徹底地、遠遠地，
在所有的對與錯之外。

01

症狀

那天晚上，夜很深了，一爐火在屋裡熊熊燒著，空氣飄著微微的松香味。師父盤腿垂眉，手裡握著一串念珠，好一陣子沒說話。柴在火中偶爾有剝裂的脆聲，應該是松枝裡頭有去年秋天在林子裡撿起的栗子。火焰也發出愉悅的嘶嘶聲。不太晚的時候，還聽見杜鵑鳥，在樹林裡聲聲呼叫。

第一次聽見杜鵑鳥，就在三十年前的香港。來到大嶼山見師父，他帶我在深山裡撿栗子。

「這什麼鳥？」我說，「怎麼叫聲這麼悽苦？」

師父點點頭，說，「所以叫杜鵑啼血。」

那時的師父，雖然也六十多歲了，可是身手矯健，還可以拿起斧頭劈柴，然後背著一綑柴，走回上坡的禪房。當年他劈柴的山溝，建了兩間小木屋，就是現在每次來看他，我暫居的地方。

一隻胖胖的花白蘇格蘭摺耳貓，緊依師父的蒲團，毛茸茸的身體壓著師父的灰袍一角，好幾個小時，就這麼睡著，一動也不動。貓的耳朵小小的，頭大大的，鬚長長的，肚子肥肥的，全身蜷成一團柔軟的絨球，趴在一個靜坐不動的老僧人身旁，看起來就是一幅漫畫。

屋子外面是大嶼山的深山老林，一群高大參天的木棉盛開。白天進來時，看見大朵的木棉花從很高的枝頭墜下，花朵有拳頭大，重重「噗」一聲，打在禪房斜斜的屋頂上，又從屋頂滑落下來，掉在池塘邊。有些落在屋簷，就被屋簷間的紫藤枝椏接住了。

木棉花開，是三月早春，大嶼山的夜晚，還是寒意沁人。

我們已經聊了一整個晚上。

我說，師父，我總覺得身心不安頓，就是，身體和心靈脫臼。

因為身心脫臼，所以永遠找不到放下的地方。

我在人群中時厭惡人群。譬如說，搭火車，一整節車廂都沒人，後上車的人卻偏偏在我旁邊的座位坐下，我會用極端惡毒的眼光瞪他，而且產生一種生理的衝動想踢他。雖然我禮貌地對他微笑，但是立刻轉過身用背對著他，閉起眼睛遐想的是在隔壁座位上放一根長針、一塊嚼過的口香糖、一隻死青蛙、一塊響尾蛇蛻掉的皮，懲罰他那麼靠近我。

說什麼火車隨機殺人，我覺得不過是對人群密集的抗拒而已。我只想用腳踢人，有的人卻拿出刀子來。

可是我單獨時，卻又坐立不安。安靜，像酷刑使用的一條濕毛巾，蓋住你的臉和鼻子，讓你窒息。因此在家裡，我讓電視整天開著，讓莫名其妙的嘈雜填滿空間，紓解我的恐懼。

我想我其實渴望愛情，可是，偶爾有人愛上我時，我就想著他移情別戀或者出門被卡車撞死的時候怎麼辦；顯然我害怕失去，然而，沒有多久，我就會對擁有他這件事感覺疲乏。坐在床沿看著他對著鏡子打領帶，好像在看一個從來沒見過的陌生人。更別說，午夜的月光從窗戶照進來，睜眼一看，嚇一跳，身邊躺著一個人，在呼吸──他是誰……

愛情和維他命丸一樣，對你有好處，可是一點味道都沒有，很無聊，只適合閉著眼囫圇吞下。

所以呢，擁有愛情的時候，我希望他不要太靠近；沒有愛情的時候，我每個夜裡都渴望有個活的、有激情的抱枕。結論就是，有沒有愛情，我都在不安頓中輾轉反側。

因為身心脫臼，所以心永遠走在身的前面很遠的地方，而且彷彿總是走向黑暗。青春煥發、背著二十公斤背包登三千米高山的時候，想著我失智失能的時候該去哪裡獨自死掉；跳上一列要行駛十四天、橫跨西伯利亞壯闊草原的火車，第一個念頭就是，到了莫斯科之後怎麼往回走。

我知道我的症狀：在身體最快樂的那一刻，我的心已經滑向荒涼的黑暗想像。我永遠不在此刻，我永遠在未來。而且未來，永遠是冷漠的、荒蕪的。

身體若是一個提著行囊的旅人，到達一個美麗的驛站，我的心卻拒絕下車，繼續往前流浪。鞋子裡都是土、頭髮裡都是沙、身邊都是聽不懂語言的陌生人的時候，我卻又渴望安定在一個被果園和菜圃包圍的村子裡，永生永世再也不提起行囊；可是當我買了一塊地，種下了絲瓜、蘿蔔和九重葛之後，我很快就覺得，是不是該走了？

好像一直在找一個什麼東西，可是那東西究竟是什麼，又說不上來；那個東西可能根本不存在，因為，你只要給我一個東西，我拿到手上，握住的那一刻，我的心就看向籬笆外面那條蜿蜒消失於灰色天邊的小路——

一出了籬笆門上路，身體卻問心：你要去哪裡？為什麼？

我住過無數的小村。年輕時，提著行囊，離開了村子。村子的老樹和稻田、魚塭和水塘、村人和廟宇，都被我拋下。揮揮手，頭也不回，我走了。沒有一絲留戀。

然後就是一次又一次的揮手，一次又一次的告別。我永遠是那個離開的人。

每一個村子，都只是驛站。

那麼，城市呢？

城市也不過是大一點的村子，讓我疲憊。

疲憊餐廳酒館裡的高談闊論，因為高談闊論的結果總是走向虛無；疲憊歷史的不斷重複，不斷證明所有的革命都無意義、所有的努力都是白費、所有的奉獻都會被輕視；疲憊一次又一次看見複製的英雄激越地演出；疲憊製作出來的悲情不斷地被一代一代剛剛長大的人擁抱，就如我自己曾經那麼天真愚昧地擁抱過；疲憊這集體的失憶，疲憊失語和失語之後的必然失憶；疲憊那個高亢的奮起和奮起之後的下沉以及之間不斷地輪迴。

荷蘭據說有一個「村」，裡頭住著失智的人。所有的店員、郵差、清潔工、銀行櫃檯職員、街角賣花賣礦泉水的人，都假裝沒事。失智的居民在這個城市裡忙碌得很：買衛生紙、到郵局寄信、請人割草、存款、買花、買礦泉水，見到迎面而來的人熱烈而歡喜地打招呼，見到迎面而來的狗，愉快地彎腰摸一摸。

他們很認真、很熱切而且自以為重要地生活著，什麼都知道，唯一不知道的是自己失智，忘了過去，不知未來。

我的疲憊來自於，在路上久了，我發現，每一個我所住過的城市——紐約、倫敦、維也納、東京、香港、阿爾及爾、伊斯坦堡、台北，都只是大型的失智村。

失智村的人們和我一樣，彷彿非常認真地在路上走著，可是，走到一個路口，突然一怔：我這是要走去哪裡？

真的問了這樣的問題，就發現，沒有人知道答案。

過了六十歲以後，身心脫臼的症狀更嚴重了。在城市裡，好像頭上有一雙不是我自己的眼睛，冷冷地看著我的行走、我的禮貌和優雅世故、我和朋友在繁華燈火裡的一顰一笑一個姿態、和一個有點曖昧情愫的男人所有的假裝、客廳裡蘇格蘭的泥炭威士忌所暗示的造作的深沉、情操高尚眼光遠大但是永遠被權力打敗的政治辯論、夢裡頭不敢說出來的懷疑和黑到底的虛無感。

城市，是不值得回去的；鄉村，是回不去的。

「總結來說，」盤腿坐久了，腳發麻，我挪動屁股，把左右腳換邊坐，說，「我太混亂了。每一個村子都是驛站，每一個城市，都是旅店。每一座山，都是別人的。那——搞了半天，目的地是哪裡呢？」

02

52赫茲

貓突然動了，做了一個貓式瑜伽動作，後腿著地，全身拉長成一條柔軟的鬆骨線，然後站起來，拱起背，做出下犬式，最後趴下。

「換句話說，師父，」我繼續傾吐。

他的眼睛低垂，似乎只注視右手裡的念珠，完全沒有在看我，但是我很清楚他在細聽，沒有一個字、一個眼神、一聲最細微的嘆息，會被漏掉。三十年的訴說和傾聽，我知道他全身都是高精密度的聽覺和感知天線。

「換句話說，師父，我要跟你承認，所謂身心不安頓，其實可能是一種寂寞，因為你的頻率和速度都跟別人不一致，好像走在自己的光年隧道裡面，沒有同行的路人，或者即使看到遠方有人向你走來，他其實看不見你，也聽不到你的聲音。」

「你在說的是鯨魚52赫茲？」師父抬起頭來，微笑看著我。他灰白的眉毛，因為濃密而捲成一團，眉尾的毛垂下來幾乎要蓋住他的眼角。他看我的眼睛，那樣犀利又那樣包容，那樣深沉又那樣溫暖，好像，在這世界，有一片田野，徹底地、遠遠地，在所有的對與錯之外。

「對，」我說，「那隻被美國海軍發現的深海鯨魚，聲音頻率跟全世界的鯨魚都不一樣，發出的聲音同類接收不到，所以他會一生一世都在尋找，但是永遠禁錮在自己的孤寂之中。」

師父的口音是那種飄大洋過大海、被風雨滄桑浸透了的南方音，聲音低沉蒼老卻又有成熟的磁性，一個字一個字慢慢地，說：

「冬日雨雪，你滑倒了。是雨雪的問題，還是你自己走路的問題？」

「是我自己走路的問題。」

「孤寂，是存在的本質。任何一個人的『心』，都是52赫茲的深海鯨魚。九十四歲的老人跟十四歲的少女，孤寂感是一樣的，就好像只要是皮膚，割一刀就會流血。」

「你出生的時候一個人來，你走的時候一個人去，只有中間一段因為各種製造出來的忙碌，遮住你的『初眼』，使你暫時忘記『存在』這回事。就像你說的失智村，走出門忘記為什麼出門，到了路上不知道要去哪裡，想回家又不記得哪裡是家，更不清楚自己來自何處。我們中間這段路，都是對生命初衷的暫時失智。」

「是。」

「但是走的時候，」師父繼續說，「沒有人不被帶回源頭，跟存在對質。」

「跟存在對質……」

「所以，你因存在而覺得孤寂，那麼，是存在的問題呢，還是你自己怎麼面對的問題？」

「是我自己怎麼面對的問題。」

「你的永遠的負面思緒——」師父把念珠放在蒲團右邊的小几上，小几上有一個古樸的陶碗，是他的水杯；他轉到左邊，彎腰，用雙手把貓抱到膝上。他盤坐的腿形成一個淺淺的盆，貓的身體也就柔軟地順勢貼合，舒適地蜷曲在師父的腿上。

「你的身心不安頓，你的疲憊，是因為你把你的自我放得太大了，你只看見你自己的一種存在……」

師父向來允許我反駁他，於是我急急說，「誰可以看見自己以外的存在？」

「孩子，」他絲毫不被我的急躁所動，平靜地說，「這個世界，不是只有一種存在，人只是萬物中一個物種而已。更不是只有一種看見。有些目盲的看見，使人更偏執，更看不見。當你充滿自己的時候，你就只看見自己，只看見自己，你就是一個沒有窗的房間，一條堵塞的河流。」

「正念，不是所謂『凡事從正面想』，這個世界並非只有『正面』；正念，是讓自己的心，做一個清風流動的房間，做一條大水浩蕩的河流。」

他的靜，如此無言地凸顯我的躁。譬如他的坐，是一種紋風不動的坐，整個身體凝固，像深山老岩、明月黑松。甚至那隻貓，在他的膝上，也彷彿入定，和他的灰袍融成一體。

我再次轉換了坐姿，調息，觀心，兩臂鬆緩垂下，深呼吸，放輕語調，說，「師父要我做什麼，請說。」

他的一隻手放在貓的下顎，貓信任地把頭放進他的手心；另一隻手，擱在貓的肚子上，念珠又在他的手指間。

「回去鄉村吧，大武山下蹲個兩年，專心看見。兩年後再回來見我。」

「師父師父，」我仍想改變他，著急地說，「鄉村我不是沒有待過；是『失智』的都會人才對鄉村抱著浪漫幻想，其實鄉村多得是簡單、愚昧、迷信、靈魂的空洞；美好田園多半是都市人編出來的童話。你知道我走過多少地方，如果阿爾卑斯山、阿帕拉契山、吉力馬札羅山都沒有讓我安頓，大武山不見得會讓我找到——」

師父不答話了，只是用眼睛深沉地看著我，直看到我低下頭來。

一陣沉默之後，我說，「兩年挺長的；中間您會給我訊息嗎？譬如一個記號？不然，我又怎麼知道我可以了？」

師父微笑，說，「記號出現的時候，你會認得的。」

伏地禮敬，準備告別，聽見他說，「等一下。」

貓躍下師父的懷裡，直直向我走來。走到我的坐墊旁，優雅轉身，對著師父，和我並肩，然後趴下。

「這兩年，」師父說，「讓他跟著你。」

我坐起來，萬分惶恐，「沒有養過貓。」

「就是因為你沒有養過貓，沒有過任何與動物相處的經驗，」師父笑著，「人是自我封閉的，動物會幫你開眼。」

我不明白動物會怎麼幫人「開眼」，但是順從地說，「好。」

「鄉下安頓好了，我讓人把他送過去。」

「好。」

再度伏地禮敬，額頭碰地的時候，肩頸覺得很緊，拉扯得有點痛，突然之間有泫然欲泣的衝動。三十年前，身體柔軟得像隻野豹時，也曾如同今晚向他傾訴心中困惑，次晨迎著陽光大步下山，跳過風倒的大樹，躍過無人的冷溪，心中激情澎湃，好像能量要滿溢而出；山下的世界就是一朵初綻的白荷，為我而開，等著我倚風擷香，瀟灑江湖。三十年後，發現世界不是一朵清清爽爽、輪廓分明的荷花，而是看不見底的一泓深潭。你看見水渦迴旋、黑石猙獰。雲過月來時，掠影千萬而無一為真。自己的生命從少年而中年而淺入初老，這趟探索，或竟是一條始終不明白、不安頓的路……

頭還沒抬起，師父淡淡地、輕輕地說，「世界所有塵，一一塵中見。去吧。」

禪房的門，是片柴扉，棕櫚葉和孟宗竹交織紮成的。屋簷上爬著紫藤，還不到開花季節，只有綠藤從屋簷垂掛下來。

轉身要關門的時候，瞥見地上端坐一隻暗綠色的黑眶蟾蜍，就在門框邊一片青苔石板上，於是將柴扉悄悄虛掩，沿著池塘往我的林中小屋走去。周遭黑沉沉樹影斑駁，風中搖動，月光照得小徑發白，池塘邊滿地橘紅色的大朵木棉花，花瓣中間的花蕊，黃心黑點，絲絲入目。

03 村

離開南方海邊的漁村已經五十年了。真要回想，除了那無所逃避的鹹海鹹魚的強大氣味之外，記得的竟然是一個忘不了的注視。

十四歲。和一九六六年全島的中學女生一樣，頭髮必須剪到耳垂以上一公分，一刀切得平整，沒有層次。前額的頭髮，用一支黑髮夾夾到側邊，露出額頭。

是的，每個人的頭上，都倒蓋著一個柚子皮。我們長得一模一樣。

穿著一件短袖上衣和粗布短褲，半蹲在家門前的水溝旁，滿手滿腳都是爛泥。天氣很熱，太陽酷毒，大把大把汗水從髮根像冒泡一樣不斷冒出，沿著每一根頭髮流下來，黏答答流過整個臉，流下脖子的每一條溝，脖子的溝逐漸滲入泥巴，形成一圈一圈黑泥線；汗水流進衣服裡面，衣服濕答答貼著胸口。用手背擦汗時，爛泥就在臉頰上抹出一條一條黑痕。

陰溝的臭味很難形容，因為它不是一種氣味，它混合著動物屍體的腐爛、在潮濕中發酵的各種菌、陰濕的爛泥巴埋在垃圾底層而發霉的腥氣。開始的時候我還試圖閉氣，當然不可能幾個小時都閉氣，只好讓衝鼻的臭氣刺得眼淚直流。

手裡抓著一支竹掃把，正在費力地把水溝挖出來的爛泥推到一堆去。黑得發亮的爛泥巴很黏，很濕，很重，其實掃把是推不動的，我時不時必須放下掃把，膝蓋跪在地上用手推爛泥。爛泥，黏著每一根手指。

那個時代，處理爛泥巴，沒有人會戴塑膠手套。你用手，用膝蓋，用你整個身體。

就在這時，他拿起相機，開始對著我拍。

他站著，我蹲著。當我看到他金色的腿毛而歪頭往上看時，他金色的頭髮被陽光照出一圈光暈，像圖畫上耶穌基督或者瑪麗亞頭上有那麼一圈光。

水溝貫穿整個村子，家家戶戶門口都有水溝。長大了以後才知道，村子有水溝，是因為沒有地下接管；家庭廚房的汙穢直接流進水溝。怕孩子掉進溝裡，所以水溝加了蓋子，就成了「陰溝」。

這水溝裡，照說就是藏汙納垢的地方，但是六十年代，大概再髒也是自然髒，不是化學髒。不怎麼乾淨的水，卻是流動的。我們還可以摺紙做船。陰溝每隔幾個蓋就有一個敞開處，把紙船放進溝裡，看著它搖搖晃晃地往前面流走，快步追過一段，又看見它搖晃而來，彷彿江上風月，俠旅翩翩，也就有一種看電影的空遠美感了。奇怪的是，村子其實就在大海邊上，是個漁村，為什麼孩子們不在遼闊的天空下看大海大船，卻趴在陰溝邊玩溝裡的紙船呢？

那大海可不是玩兒的地方。六十年代我們的島嶼，大海是恐怖的戰場，沙灘是危險的前線。我們都知道，漁人爸爸叔叔們在海上捕魚，有可能被人擄走；堂兄堂弟在沙灘玩耍，有可能被「水鬼」殺害。扛著步槍的士兵們，在海灘上來回巡邏，見到我們就大聲驅趕，不聽話，他們會舉槍嚇人。

本島外面還有幾個比較小的島，更緊張了。他們的沙灘都埋著東西。看得見的像刺刀的叫軌條砦，看不見的地裡的炸彈叫地雷。海灘上的告示，不是「水深危險、遊客小心」之類不痛不癢的，而是畫著骷髏頭的「雷區危險」，甚至是「海灘禁區，擅入者格殺」，或者，在漁人船隻進出的管制哨口，可能是「現役軍人擅取竹筏者處死」。我們很小的時候，就認得「處死」、「格殺」怎麼寫。

整條街的人都在處理陰溝。兩天前颱風來襲。農村的颱風，就是狂風兼暴雨，風颳走了屋頂上所有的瓦片，暴雨打落了所有的蓮霧，村子周圍的香蕉樹橫七豎八倒了一地。漁村的颱風，可不一樣。狂風颳走了屋瓦，吹倒了房子，打落了電線，電線從天空掛下來像死了的蛇，黑色尾巴捲起來在風裡晃動；暴雨打崩了魚塭的土堤。一覺醒來，村民發現自己的床泡在水裡，老鼠在樑上慌亂奔走：廉價的竹桌竹凳、櫥裡的搪瓷鍋盤碟碗、鋁製的嬰兒洗澡盆，全漂浮水上。

下床時，一腳踩進水裡。手指沾一下水，伸出舌頭嚐一嚐，鹹得立刻呸呸吐口水。

魚塭裡的魚，大舉進村。

從家裡半游半划地浮走到大街，滿街都是大大小小的孩子。每個人都抱著臉盆在捕魚，肥美的魚在大街上，大街是一片汪洋。這麼壯觀美好的事，農村可見不到。原來海濱漁村有「海水倒灌」這件事。狂風暴雨之後，海水，靜靜地、靜靜地，就在村人累倒了熟睡的夜裡，悄悄進來，寸寸上升。早上，當大人愁眉苦臉忙著收拾泡壞了的東西，少年和孩子們卻欣喜若狂地過「海嘯嘉年華」。

還有比這更令人興奮的事嗎？虱目魚跳進了候車亭，草蝦從郵筒的投信口蹦出來，天真的鱉慢吞吞游上了柑仔店的玻璃櫃檯。

魚塭的主人兩眼茫然，無助地看著歡快的孩子們。養豬人沒有時間傷感，他們拚命划著竹筏，趕往豬寮，連夜把豬抱上竹筏，像諾亞方舟一樣，把豬一船一船地沿著大街划到家裡，抱上二樓。二樓的臥房和神明廳，現在全是活潑的豬蹄子跑來跑去，喔咿喔咿，拉幾坨屎，還衝來衝去打起架來。晚上就在神案下面依偎著睡。

三天之後，海水才慢慢撤退。「嘉年華」就變色了。

所有的椰子樹幹都裹了一層厚厚的海鹽，白白的一圈，樹，活活給鹹死了。

很多很多的豬和雞，淹死了。數量太多，來不及清，酷暑的太陽一打下來，屍體的味道糅進原來就濃重的魚腥味裡。豬的個子大，還容易找到，溪床溝邊一望就是一整排豬屍；雞，卻不知漂到了哪個拐彎抹角的地方，卡在樹杈草叢裡，無聲地腐爛。陰溝裡積滿了軟軟的黑色爛泥，爛泥裹著各種屍體，在熾熱的太陽下，世界末日似地蒸騰冒氣。

一袋一袋的石灰來了，準備消毒。但是首先就得把溝裡的汙穢打撈上來。村子裡一條長長的街，左右兩條長長的溝，溝邊長長的人龍，陽光像抽牛的鞭子打在頭上，作嘔的惡臭刺激著脆弱的胃，每個人都彎著腰、駝著背、喘著氣、流著汗，一身髒臭，滿心苦惱，在清理災後家園。有的人，開始嘔吐，嘔得彎下腰來，抱著肚子跪在地上，臉幾乎就要碰到挖出來的泥裹雞屍。

這個年輕的金頭髮美國人——我不可能知道他是哪國人，但是無妨，那時的漁村，沒見過外國人，任何白種人都是美國人。可能有些老人家連「美國人」的概念也沒有，白種人的鼻子都高，一概統稱「阿兜仔」，高鼻的。

這個阿兜仔看見一九六六年亞洲一個漁村裡的人，在海水倒灌之後清理陰溝，他拿出了相機。

我跪在爛泥裡，抬頭看到他的眼睛；他的眼神，讓我不舒服。

十四歲，是看不懂那個眼神的。那個在陰溝邊清理死雞死豬的女孩，還沒聽過「第三世界」這個詞，也不十分清楚她和這個金髮碧眼、可能只比她大個七、八歲的大男孩之間距離有多遠。她的村子裡，沒見過冰箱冷氣；誰家死了人，屍體是用大冰塊鎮著的；夏天時溫度高得頭顱發燙，頭七之前，左鄰右舍就已經聞到一種淡淡的怪異的甜味。全村只有一戶人家有電視機，晚上節目一來，成打的大人小孩就包圍了這一家人。沒有人坐過私人汽車。還要過四年之後，她才第一次看到一個城市同學的家裡，竟然有一個圓圓的玻璃機器，把柳橙果肉切塊放進去之後，旋轉一下，出來的是香甜沁人的柳橙汁。還要過五年之後，她才第一次坐進一輛四輪汽車的前座。還要過九年之後，她才第一次看見高速公路，那，是在美國，那個金髮碧眼拿著相機的人的國度。

汗水流進眼睛，惡臭瀰漫壓迫在鼻息，幾乎無法呼吸也睜不開眼睛，我竟然會那麼清晰地看見他的注視。

04 腿

村民沒有任何抱怨，豬死了，魚跑了，在嗆鼻的消毒氣味瀰漫中，全身酸臭回到家徒四壁的屋子。女人踩在淤泥中準備午餐，精疲力盡的男人又回到滿目瘡痍的海灘，蹲下來修理破損的漁船。若是冬天，男人午夜登船，冒著刺骨寒風，涉入惡浪。

有時候，男人就此消失。他的女人和孩子們在廚房裡哭泣。有時候，他回來了，但只是一條大腿，被大浪衝回沙灘。大腿泡白了，像麵包泡了牛奶。魚，在他的大腿上咬出一個一個圓圓的小洞，跟荷花的蓮蓬相似。

大腿是誰家男人的，有點難說。

道士就在沙灘上大腿被撿起的地方招魂。苦澀的聲音呼喊著「回家吧，回家吧……」，幡布在強烈的海風裡發出撕裂的聲響，道士的鈴聲叮叮，女人小孩的哭聲哀哀，被海風吹散。站在遠遠的沙丘上看去，海那麼大，沙那麼白，那跪在沙灘上哭倒的人，沒入沙塵，小得幾乎看不見。反倒是沙灘上的馬鞍藤，陽光下開著燦爛的花朵。

然後迎神賽會的日子又到了。廟宇燈火通明，神轎金碧輝煌，全村出動為神明做生日，用音樂，用舞蹈，用掏心掏肺的祈禱，用香煙繚繞的歌頌。

一年到頭都在為各種神明做生日，藝陣花車聲色繁華，祈家人的平安，求生活的無虞，費盡力氣，匍匐在地。

然而男人，還是消失在海上。孩子們歡樂地在沙灘上奔跑、追逐斷了線的風箏的時候，還是會被一條泡白了的手臂、滿是洞洞的大腿，絆倒。

十四歲的那個我，從這樣的村子走出去，走得很遠。

二、

寂寞民宿

你說你剛剛換到一個有小窗的房間了，
雖然窗子很小，很高，
而且永遠鎖死的，但是你可以看到一個角的藍天。

我好開心。

你看，你時時刻刻都在我心裡跑來跑去，
跑來跑去。

05

員外

走路去菜市場時，在電梯口碰見房東。他抱著他褐色假牛皮皮包正要進來；皮包鼓鼓的，一定是收租回來了。

「客人走啦？」他停下腳步，為了表示友善，沒話找話講的意思。

「客人？」我說，「我沒有客人啊。」

「喔，」他說，「早上本來要送芒果去給你，可是聽見你在後陽台跟人說話，以為你有客人，所以就把芒果放在門口，有看到嗎？」

房東住四樓，我住五樓，從他家陽台把身體扭出去往上看可以看見我的陽台，聲音也有一點互通。可是今早並沒有客人。不管怎麼樣，我趕忙道謝。早上開門時，確實發現一個塑膠袋，裡面裝了六個肥大甜美的愛文芒果。

我們就禮貌點頭，我出電梯，他進電梯，但是他站在電梯裡頭回過身來，用一隻手按著延長鈕，說，「可是早上有聽見你在跟人家講話呢……」

回頭看他，聽得出他的聲音，有點遲疑的關切。

這人多管閒事，我心想，但是故作爽朗笑著說，「我喜歡跟植物說話。你知不知道，跟花說話，花會長得快？我都跟我的玫瑰花講話。」

為了讓他相信，我又說，「我的玫瑰花有大花月季、英格麗褒曼、莫泊桑、紅袖、粉佳人……」

他說，「喔，那就好。」

我又追加一句，「我也會對壁虎說話。」

「對啦，」他好脾氣地笑著說，「我也跟我的寵物說話。日本人讓母牛聽貝多芬，聽音樂的母牛，奶比較多。」

他跟我揮揮手，電梯門徐徐闔上。他胖胖的身軀看起來填滿了整個門，肚子很大，造型有喜感。

房東是個好人，長得也慈眉善目，眉毛長長地彎下來，眼睛總是瞇瞇著笑。祖上留下了不少田產，田地轉成建地，賺了太多錢，很早就把木材廠的生意脫手了，專心做個現代鄉紳。看見他常抱著皮包去收租，笑稱他「員外」，他也不以為忤。員外是小鎮的調解委員會的委員，幫助鄉里鄰居解決細瑣的各種糾紛。

我騙他我是為了寫作來到小鎮。

不知道作家身份將為我省下不少錢。

來小鎮找房子的時候，到有名的圓環冰店吃冰。鄰桌一個人老盯著我，最後前來搭訕，問，「來旅遊的嗎？」

他穿著一件長袖白襯衫、黑皮鞋，在這大多數人都騎摩托車、穿恤衫、趿著塑膠拖鞋的小鎮上，看起來特別突出。何況白襯衫的袖子還看得出燙過的一條精細的褶印。因為胖，肚子大，他用兩條吊帶撐起褲腰，吊帶有義大利國旗的綠白紅三色。

黑頭髮的他，完全像個走在西西里島大街上的義大利房東。還有點黑手黨背景。

我也發現，他剛剛是從停在冰店門口那輛德國寶馬七五〇下來的。

我說我是來找房子租的。

二十分鐘後，已經來到這間樓房的頂樓。一打開，很大的空間，但是堆滿了亂七八糟的東西，而且灰塵揚起，我連打三個極其粗魯的噴嚏。

他認真糾正我，說，「不是亂七八糟的東西啦，是今年準備冬令救濟的物資，有棉被、枕頭、冬大的羽絨衣、毛毯，準備送給老人院的。我春天就買好了，冬天要給出。你要租的話，下禮拜就可以空出來。」

房間後面有好大一個陽台，大到可以放進一個不小的游泳池。如果把天花板拆掉——腦海馬上浮現出一個最摩登的紐約風格工作室——高屋頂、寬地板、無隔間，連結巨大的陽台，像一個豪華的瑜伽教室。

「好。我租。」

他說，「那到我的咖啡館談談。」

員外自己住四樓，二、三樓是套房民宿，咖啡館在一樓臨街，從一條白色鵝卵石鋪成的小徑走進去，門口一個小小招牌：**寂寞咖啡館**。

是蠻寂寞的，沒有一個客人。跟著他走進去，我卻差點被什麼東西絆倒，嚇了一跳，低頭看，是一團烏漆墨黑的東西，在動。

員外說，「咪咪，乖，不要嚇到客人了。」

踉蹌找到一張沙發坐下，那一團像個燒焦的鍋蓋的東西向我爬過來。

員外站在吧台後面，開始煮咖啡，同時充滿憐愛地介紹他的寵物，「黑靴陸龜，十歲了，跟狗一樣，會黏人，撒嬌。很可愛喔，你摸他看看。」

黑鍋蓋就在我腳邊，禿頭伸出來左右搖晃，一伸一縮。頭那麼小，額頭滿是皺紋，兩個眼睛卻大得像老了的外星人，看著噁心。我把腳縮到沙發上。

員外端著兩杯水走過來，放在桌上，然後彎腰把陸龜抱起來，像抱一個嬰兒在懷裡，他把臉湊近龜頭，用跟嬰兒說話的嗯嗯鼻音說話，「咪咪，餓了嗎？想爸爸了吧？」

簡直不堪入目，我深呼吸，轉頭打量咖啡館的室內。

這個咖啡館，看起來是這位熱心鄉里事務的鄉紳一個人的客廳。舒適的沙發，溫暖的燈光，很有氣氛。倒是角落裡擺著一張老式公務員辦公桌，桌上一台筆記型電腦，打開著，電腦旁一疊又一疊信件似的紙張，堆得高高的，有點凌亂。最上面是一大落粉紅色的信封。書桌後面立著一面舊舊的國旗。

粉紅色的信封，跟辦公桌後面的國旗，老兄，不搭耶。

「是這樣的，」他說，「在你確定要租之前，我還是要把情況跟你說一下。」

06

鎮邪獸

服務的女生，看起來是個工讀生，梳著馬尾，坐在櫃檯後面低著頭看手機，老闆進來她頭也不抬。員外親手調製了兩杯哥倫比亞咖啡，端到我面前。咖啡座旁邊是個小書架，架子上擺著《天下雜誌》、《商業周刊》、《科學人》，還有一本打開的哈佛大學桑德爾的《正義》。

員外用遙控打開了音樂，約翰·藍儂的歌流洩出來。驚訝的是，不是唱遍全球的Imagine，而是很少人知道的一首歌。慢慢的，寂寞的一首歌。

「你知道這歌？」我問他。

「藍儂的，」他說，「但是不知道是什麼歌。你知道？」

我點點頭；首次見面，不想多說。

哀傷的歌聲流蕩，我一邊聽員外開始說話，一邊聽這首叫Solitude的歌——

害怕孤獨
每個人都得有個家
世界不過是個小鎮

我們怕人，也怕陽光
孤獨……
陽光不會消失
這個世界卻可能，來日不多
孤獨……

「是這樣的，」員外娓娓道來，「要租給你的五樓，是去年才買下來的。賣給我的人，外號叫魚頭，我們本來就認識。他在海南島做養殖業，就是把台灣的技術帶到大陸去養魚的那種台商。你知道我意思嗎？魚頭老婆沒有跟他去大陸，住在五樓，所以魚頭每個月都飛回來。有一次，他一回來就病倒了，很嚴重。說是蜂窩性組織炎，又說是小腦萎縮症，又說是神經系統出了問題，搞了大半年都醫不好，生意也快要完蛋了。他只好聽人家建議，去問東港某個廟的網籤──」

「網干？」

「網籤就是上網擲筊抽籤，籤文會告訴你怎麼辦。你知道我意思嗎？」

「喔，網籤……什麼廟？」

「什麼廟我也不記得，但是魚頭說，大家都跟他說那裡的王爺最靈，很多人上網去拜他。」

他繼續說，「魚頭抽到的籤，經過解讀以後，意思是說──這不是我說的，這是他說的，你知道我意思嗎……」

我看看書架上整疊的《科學人》，有點明白他為何需要做這個關鍵「撇清」，就回說，「我知道，是那個魚頭說的。不是你說的。」

「對，」他放心了，「魚頭說，他會生病，是因為那一次他從海南島回來的時候，有人跟著他回來了。」

「有人跟著他回來了——」我重複他的話。

「他說，他在小港機場落地，從高雄搭計程車回家，下車要付帳的時候，計程車司機頭也沒回，一面收錢一面說，你們要收據嗎？」

「這有什麼奇怪？」我問。

「當然有啊，」他說，「因為，魚頭是一個人坐在後面，可是司機說『你們』。你知道我意思嗎？」

「司機搞錯了嘛，他每天載那麼多不同的人。」

「不是啦，」他有點不高興我老插嘴，急著說，「魚頭推開車門下車的時候，那個司機看著後視鏡，說，哇，剛剛都不知道你們擠進這麼多人……」

我噗嗤笑出來，咖啡噴到桌上。這怪力亂神，還讀《科學人》呢……

「你知道我意思嗎？」他不為所動，繼續認真地說，「魚頭說，他當時覺得有點奇怪，可是急著回家，沒多想，就直接回到家，事情也就忘掉了。然後，你知道他抽到的網籤說什麼？」

「說什麼？」

房東從褲子後面口袋裡掏出手機，說，「我有存在手機裡。」

他滑了一會兒，找到了，一字一句唸給我聽：

一重江水一重山，誰知此去路又難；

任他改求終不過，是非終久未得安。

「這是一個很不好的籤，」他說，「但是最奇怪的是，他太太拿籤去給另一個廟的法師看，那個法師看了一眼之後，就問他太太說：你丈夫是不是出遠門回來？」

我大笑，「這有什麼稀奇，詩句說『一重江水一重山』，不就是出遠門……」

他不理會我，「出遠門，回家的時候海南島一缸子人跟了他進到房子裡了。反正，從此他太太就堅持要把五樓賣掉。長話短說，五樓買進來以後，我有請法師來作法，作全套的。我不相信這些東西，可是這種事喔，還是寧可信其有。你知道我意思嗎？」

我坐直了身子，瞪著他，決定單刀直入，「老兄，抱歉喔，你如果跟別人說這些，別人還會租你房子嗎？你為什麼跟我說這些？」

把該說的話都說了，他很明顯地鬆了一口氣，往後沉進舒服的沙發，得意地撫摸著自己的肚子，慢慢說，「這就是重點。那天在吃冰，你說你是作家，我就決定把房子租給你。」

但是我也有跟他說，我寫的書從來沒有賣超過三百本。現在要出書，恐怕還要貼錢給出版社，人家才勉強願意拿去印。印個五百本，你寫書的人自己全部買回去。這不叫出書，這叫印書。好像印喜帖一樣。

沒人聽過我的名字，我也沒有讀者。誠實地說，我應該屬於那種「自稱」作家的那一類。

他用右手巴掌繞圈撫著自己的大圓肚，滿意地說，「我相信古人說的，文章千鈞重，可以壓住不正之氣。」

我一定看起來目瞪口呆。沒想到在圓環吃一碗冰，會牽引出蘇轍的詩詞。「此間自有千鈞重」是蘇轍七十歲的滄桑回首。這個穿義大利吊帶褲的胖房東、鄉紳、員外、跟醜八怪陸龜幾乎要親嘴的人，是隨口說，還是他真的知道蘇轍？不會吧？

而且，真相大白，他是想拿我來幫他的房子消災鎮邪的。

把我當鎮邪獸了。

「二、三樓是我的民宿，叫寂寞民宿，房間不多，不會打擾到你。五樓一百五十坪，一個月租金只收你五千塊，借你的千鈞重。」他靜靜地說，啜了一口已經冷掉的咖啡。

做鎮邪獸又怎樣？

「好，我租。」

就這麼決定了。他直接從皮包裡拿出兩份制式租約，遞過來，然後一邊看著我翻閱，一邊說：

「很羨慕作家，我自己也愛寫的……」

「那就寫啊，」我說，「任何人都可以寫的。」

他點點頭，笑著，不知為何突然有點神秘，小聲說，「其實我在寫。」

「很好啊，寫什麼？」我拿出筆，準備簽字，敷衍著說，「回憶錄嗎？」

「不是，」他前傾靠近我，像說一個重大秘密，「我寫信。」

07 宜君

寂寞咖啡館的玻璃門外，好一會兒了，有個人一直在徘徊，探頭探腦。租約簽定了，員外對著門外的人高聲說，「進來啊，宜君。」

宜君推門進來，走到我們的咖啡桌旁。是個年輕的女孩，鼻子很挺，輪廓很深，眼睛黑白分明。沒有化妝，嘴唇卻彷彿針筆描出來的玲瓏有致，皮膚是可可的顏色，顯然有原住民血統。我驚異地看著她，心想，這可是個雜誌封面模特兒級的驚人美貌女孩。

她開口說話，「老闆，房租，可是姑姑，她採收洋蔥，只有一半，上個月說要來，又很忙，洋蔥下雨太多，今年沒有——」

員外和氣地說，「不要急，宜君你慢慢講——」

宜君眼睛發直，面無表情，看著員外，機械地說，「一直下雨，沒有洋蔥，沒有錢，阿婆不在，沒有錢，下個月，姑姑搭屏東客運，楓港，現在只有一半——」

員外用哄小孩的口氣說，「宜君，你的意思是，洋蔥沒有收成，姑姑只給了你一半的錢，另外一半，要等姑姑洋蔥採收完，然後從楓港搭屏東客運過來找你，是不是這樣？」

宜君木木地點頭。手裡原來就抓著一把鈔票，這時像小學生一樣把手伸出來，手心向上打開，露出揉得皺巴巴的、髒髒的鈔票。
員外說，「放在桌上就好。」
宜君把手掌一傾，鈔票就被她「倒」在玻璃桌上，一兩張落在地上，被烏龜踩住。
「你有沒有按時吃藥？」
宜君不答，仍舊面無表情，轉身往外走。
員外回過頭來，看著一臉疑惑的我，笑著說，「我這裡提供附近精神病院的康復病人住宿，做中途站，讓他們慢慢重新融入社會。宜君還在吃藥。她爸爸同樣的病，住同樣的醫院，住院二十多年。她八歲的時候，媽媽跟人家跑了，隔壁一個賣烤魷魚的老婆婆收留她，把她養大。他們住楓港。要給她送錢來的姑姑，其實是那個老婆婆的女兒。」
「爸爸有精神病，」我說，「結果宜君長大以後，也有？」
員外點點頭，「對，國中時候就跳樓，後來割腕很多次以後，就被送到醫院，長期住院……」

08 孤兒

進入夏季，每天下午來一場暴雨。烏雲密佈時，我就到雨棚下坐著，耳目全開，欣然等候。閃電在山頭作法，雷聲從雲端滾滾而來，然後粗大的雨粒重重打擊雨棚，千軍萬馬廝殺雜沓。一會兒雨過，天空又是水洗過的乾乾淨淨一匹藍絲絨。

陽台上竟然有一塊現成的花圃，土壤都在，只是沒人種植。搬來之後第一件事就是去市場買了幾株絲瓜苗種下。再撒下幾把色彩不同的波斯菊種子，等著花開。有一天，澆水的時候，突然發現絲瓜開了第一朵花。因為是日出時分，黃色的花朵像擦亮了的小號一樣，對著氣勢磅礴的大武山清爽張開。

看著燦爛的絲瓜花，怔怔地想，當年住在紐約時，也曾經有過一個院子，種過南瓜，南瓜花大剌剌的，和絲瓜花很像。可是，南瓜花有使我覺得紐約是家嗎？後來不也是揮揮手，轉身就走？

如果紐約的南瓜花沒有留下我荒涼、不安頓的心，難道大武山下的絲瓜花，就會不一樣？究竟是什麼，讓人留下，是什麼，讓人不停地離開？究竟什麼叫做「家」？「家」是地上絆住你的爬藤，還是冬天的一條暖被？師父是怎麼想的呢？

他是個戰爭孤兒。五歲的那年，父親早上出外耕地，人就不見了，鋤頭倒在田埂上，旁邊是他被踩破了的斗笠。村人也不驚奇。被經過的各路部隊或各股土匪擄走的壯丁，已經很多，男人出門種地之前，會把棺材本交給女人，就怕自己早上出門晚上回不來。兩年以後，鬧饑荒，母親全身浮腫，兩腿癱瘓無法走路，把最後一碗白米飯餵了兒子之後，半夜裡爬出屋子；第二天早晨，鄰居看見水塘漂著東西，以為誰家晾的衣服掉進了水裡。池塘邊一隻鞋。

七歲的師父，把媽媽的一隻鞋揣進衣服的內袋，被人帶到一個山中佛寺，丟給了住持。住持看他瘦弱得幾乎站不住，讓人端出一碗熱騰騰的麵來。他就在寺廟裡長大。寺廟的前院有一株高大的千年銀杏，他的第一份工作，是掃銀杏落葉。手太小，掃把的竹竿都有點抓不住，他有時就用手去撿，一片一片去撿。秋天到了，銀杏千萬片葉子變成油油嫩嫩的鵝黃，他跪在地上，雙手捧起美麗的落葉，被大地之美感動得流下了眼淚。突然聽見老和尚在後面說，「小子可知，葉落歸根，根歸何處？」

他不知道住持為什麼這麼說，只是趕緊起身去拿掃把。

長大之後又是戰爭，寺廟燒成灰燼，院牆被砲火轟倒，焦黑的亂石堆裡看見住持老和尚的一隻手，手裡還抓著念珠。銀杏樹燒了一半，留下一截燻黑的樹幹。二十歲的師父開始流亡，說是托缽，其實是乞討。大江南北走遍，多半身不由己。命運的颶風吹過來吹過去，人像一片枯葉。這一生的流離失所，他難道不曾身心脫臼？是什麼，使得他可以和生命和解？他說的，「和存在對質」，是什麼意思呢？

09 被子

出門時，常常遇見騎著腳踏車前來繳租的農民。員外不只出租房屋，他還有些地，租給農民種鳳梨和香蕉。一分地年租金三、五千塊錢，也不多收。情況特別不好的農民，譬如碰到颱風或水災，作物全毀了的，他主動免租。「都是苦命人，」他說，「我不賺苦命人的錢。」

年輕人都離開了鄉村，到城市裡找工作，留在小鎮的農民，多半是老人，皮膚被熱帶太陽曬得透黑，戴著斗笠，露在夾腳拖鞋外的腳趾頭乾黑得像蘑菇一樣。

老農打招呼，羞澀地對員外說，想再續租兩年，可不可以不要加價？

員外乾脆地說，「可以。」

老農從腳踏車後面的籃子裡拿出一袋番薯，很沉，兩手抱著交給員外，靦腆地說，「紅心的，很甜，又軟，可以給你老母吃。」

這天早上，在咖啡館前面看見員外的黑色寶馬車停在路邊，車門開著，員外的太太半個身體在車內，屁股在車外，正在使勁地幫後座的老人繫安全帶。

員外自己在車後面，正在把輪椅放進後車廂，折騰得滿頭大汗，看見我，邊擦汗邊說，

「帶我老母出去玩。」

安置在後座的員外媽媽，有著和員外一模一樣的圓圓扁鼻子，閉著眼睛，已經綁上安全帶，身體兩側一邊一個大抱枕，像個熱狗香腸一樣安全地被夾在中間。

員外太太跟我點頭打招呼，然後對丈夫喊著，「夭壽，忘了帶濕紙巾，我回家拿。」匆匆又折回人樓。

「一百零六歲，」員外走過來，鄭重介紹，「我們每天帶她出去兜風。」

「好像睡著了？」

「中風，」員外說，「我讓她跟我們夫妻兩個睡一張床，我睡中間。有一天夜裡，我發現怎麼好像她一直動一直動，當然，她中風，其實根本不能動，你知道我意思嗎？但是我感覺她不安靜。我就偷偷睜一隻眼看她在做什麼。你知道她在做什麼嗎？」

「做什麼？」

「她看見我的被子掉在腳那邊，拚命想幫我蓋被子，因為她相信，嬰仔的肚子夜裡一定要蓋上；我是她七十五歲的嬰仔。她一直想辦法動她的腳，想用腳趾頭把被子勾上來，幫我蓋上。她就那樣一直動一直動。你知道我意思嗎？她努力了整整三個小時，到天都亮了。」

「結果呢？她真的動了嗎？」

「沒有啦，中風，肌肉癱瘓，」員外有點頑皮地笑著，「後來，我就每天夜裡故意把被子踢掉，讓她努力動。這是幫她復健最好的方法，免費治療哩。」

10 肉丸

開門，一張紙條掉下來。

有個八十多歲的老先生，昨晚單獨來投宿。看起來很有心事。作家想了解一下嗎？

這麼端正閨秀的字，出自員外肥短的手，有點滑稽。

拿著字條到咖啡館去找他。

工讀生還沒來上班，燈也沒開，裡面有點暗，員外一個人，坐在那張陳舊的辦公桌前，低頭在寫東西。顯然很專心，沒有聽見我推門的聲音，也沒聽見我的腳步，我出聲說「早安」時，他大大嚇了一跳。

「在寫東西啊？」我說。

他有點尷尬，推開椅子站起來，同時拉開抽屜，把手上的紙張塞進去。

我揮著紙條說，「這樣的投宿客人不多是吧？」

原來都不知道他的「寂寞民宿」真的會有客人投宿。

「總是有點不尋常吧，」他把原來打開的電腦關上，說，「你知道我意思嗎？他說他在彰化鄉下種葡萄，來這裡要住一個月。問他這裡有沒有認識的人，他說一個都沒有。」

「那……」我在想他跟我說這事的用意，「你覺得應該關心一下？」

「只是想，可能作家會有興趣。作家不是專門研究人嗎？」

一個八十歲的老農，男人，提著一個小包裹，孤零零來到一個什麼人都不認識的陌生小鎮，住進一家小旅社——如果是松本清張的推理小說，接下來就一定有命案了。

沒過幾天，就在馬路上看見老農從寂寞民宿走出來。一看就知道一定是他。瘦削的身體，佝僂的背，走到大街上，往遠方看了一下。

鄉下的大街在正午時分空盪盪的，一個戴斗笠、穿著粗布黑褲的人，一瘸一瘸走到前方十字路口，停了一下，看看沒車，繼續一瘸一瘸前去。街旁有一排紅豔招搖的扶桑，吐著長長的花蕊，像狗舌頭一樣，熱騰騰的。

從民宿出來的老農，走得很慢；陽光把他的影子濃縮成一個黑蒲團，踩在腳下，卻又浮游著移動。我手裡還拎著機車鑰匙，看著被強烈陽光照得荒蕪近似蠻荒大漠的街，街上一個瘸腿的人正要消失於扶桑花叢的盡頭，一個佝僂的白頭老農正蹣跚走向大武山的方向，那個方向，人煙越來越稀少。

遲疑了片刻，決定跟著他走。

很熱，才走三分鐘，頭髮都濕了，汗水大片大片滴進我的眼睛，衣服漉漉貼著背，實在很想折返，可是想到老農正走向墳場的方向，覺得怪怪的，只好深呼吸，繼續走。

從大馬路要轉進墳場小徑的路口，有一個鐵皮屋，賣新鮮椰子汁，地上堆著青綠色的碩大的椰子。老農在這個路口突然轉了彎，折進了跟墳場反方向的路，我鬆了口氣。這條路是一排紅磚老房子，農村的老人喜歡坐在騎樓下看大街，街上雖然沒有人，走過一隻斷尾巴的貓，也是個令人興奮的風景。

大概也熱得受不了了，老農折進騎樓，走了幾步，突然停下腳步，不動。我才發現，他看見肉丸了。

肉丸是一隻大白鵝，藥店老闆張天宗的寵物。「天宗藥房」開在小鎮的市場中心，招牌很大，大概是小鎮最大的藥房。員外說的，張天宗八十歲一到，就把藥房交給兒子，自己一個人搬到小鎮邊緣這條巷子，一邊是學校，每天可以到學校的運動場走路，一邊是自己的檳榔園。大白鵝不知道幾歲了，街坊鄰居只知道，張天宗當年還在風風火火經營藥房的時候，肉丸就出現了。

時間長了，大夥不再記得肉丸小時候長什麼樣子，好像從盤古開天有記憶以來，肉丸就是一隻雄赳赳、氣昂昂、頂天立地的神氣大白鵝。張老闆走到哪裡他就跟到哪裡。張天宗早上一大早會到藥房對面的市場小攤吃萬丹魷魚羹，肉丸就搖搖擺擺跟著主人屁股走。張天宗坐在板凳上，肉丸就趴在那條板凳下。張天宗站起來，往左走，肉丸就往左走，張天宗往右走，肉丸就往右走。張天宗站著打個噴嚏，肉丸就站起來盯著他——如果肉丸有手，他一定會遞過去一張面紙。張天宗想起藥房後面瓦斯爐沒關，拔腳飛奔，肉丸就張開翅膀兩隻腳半飛半跳死命地嘎嘎叫，跟著張天宗十萬火急地趕路。

開始時，因為肉丸一看見陌生人接近就大叫，而來藥房買藥的陌生人可少不了，鄰居就抱怨這死胖鵝怎麼這麼吵。一直到後來，有一天賣旗魚黑輪的洪家豪三歲的兒子在水溝裡撈起一條活蛇繞在手臂上，肉丸對著他拚了命地叫，洪家豪衝了過來以為鵝要咬小孩，衝到小孩面前才發現小孩手臂上一圈劇毒的雨傘節，眾人打死了蛇，救了小孩。

大家都很高興；蛇，被賣山豬肉的排灣族獵人要了去，說可以烤了吃，而肉丸從此以後就成為洪家豪的家族恩人、中正市場的人民英雄、張天宗藥房的驕傲招牌、小鎮的另類網紅。肉丸也就更神閒氣定了，認定張天宗藥房是他的鵝園，中正市場裡他是市長。

老農在騎樓裡看見肉丸——肉丸也老了吧，瞥了陌生人一眼，懶得理會，趴著不動，然後把長長的脖子往後埋進自己的白羽翅膀裡面，好像給自己脖子蓋上絲絨被。旁邊是那張被張天宗的屁股和腿磨得發亮的老藤椅，空的，老農就坐了下去。

我就上去跟老農說，「伊叫做肉丸。」

老農看著打盹的肉丸，咧嘴笑了，說，「我也有一隻。」

11 葡萄撒鹽

兩個星期以後，遇見員外在遛狗，遛一隻燈枯油盡的老狗——全身的黑毛已經變成衰敗的慘白，走起路來垂著腦袋，步步艱辛，一直流著黏黏的口涎。員外自己的步伐也慢，跟狗有一句沒一句地說話，彷彿在跟自己老態龍鍾的爸爸散步聊天。

我問起老農。員外說，「他還在。既然你也關心，乾脆請他喝杯咖啡聊聊吧，我請客。」

我說好。

準時踏進咖啡館。坐在我對面的，竟然是兩個人。老農身邊是他同樣八十歲的妻子，終於找到他，這天從彰化搭火車趕了過來，正準備把他接回家。

老妻有一張暗沉的臉，讓我想起農家三合院每間屋子裡的幽暗。

「所以……」我笑說，「你老先生真的是離家出走啊？」

妻子面色凝重低頭不語，老農搓著手，有點不好意思，「歹勢，很煩惱啦，只是想出來一個人靜靜。」

他慢慢敘述，我靜靜聽，逐漸明白了他的煩惱。老農種了一輩子的葡萄，幾分地之外還經營酒莊，去年已經交給兒子經營。可是，政府對每一個酒精度就抽七塊錢的稅，十二度的酒就要繳八十四塊的稅金。

「你說一瓶酒還有什麼賺頭？而且，不能做酒的剩餘葡萄，你想自己釀點酒，就被叫做釀私酒，違法。政府來搜查，一查到就要罰款，讓你血本無歸。可是你要農民把葡萄當垃圾丟掉？我們怎麼捨得？農民是全世界最疼惜土地的人。牛肉我們不吃，因為牛是工作伙伴。冬瓜皮我們絕對不丟，拿來做冬瓜綿，做醃製。葡萄，我們從育種到綁芽到採收，像照顧自己的嬰仔一樣日夜照看，你要我丟掉？心痛啊。」

老農寡言，一開口談傷心事，卻停不下來。

「最痛就是，查緝人員會來查，一查到你有釀葡萄酒，他就在你面前把鹽巴丟進你的葡萄桶裡面……」

老人眼淚都上來了，幾乎哽咽，「看到他們對我的葡萄撒鹽，我的心在嚎。」

一旁的老妻一直緊握著丈夫的手，這時似乎覺得需要對丈夫的出走做一點客觀的注解，帶點抱歉地說，「他最近身體不好，所以心情差。」

「身體怎麼了？」我問。

妻子解釋，說，一九九七年以前，釀酒葡萄都是契作，農民大規模種葡萄，由政府統一收購。「收購的時候，他一個人要背四百箱葡萄，一箱一箱背，把葡萄倒進公賣局的大漏斗裡面。一箱四十五公斤，加上箱子就是四十七公斤，來來回回背四百次。他的腰跟背在那時都搞壞了。最近一直說很痛很痛……」

不知道從哪裡安慰起，我笨拙地說，「事業交給兒子做了，不是可以不操心了嗎？」

老農嘆一口氣，頭低低的，搓著手，說，「環境那麼壞，下一代要怎麼辦；他們會跟我從前一樣辛苦……」

老妻默默地看著他。

12 決明花

走一一五鄉道到新埤鄉的林邊溪，會經過兩個我想走的老村莊：九塊厝和糞箕湖，但是要彎進去多走五公里路，最後再回到玉環新村的天主堂，總共是十三公里。步行十三公里，問題不大。

員外聽說了我的走路計畫，說，他正要去林邊溪畔探視一個獨居老人，可以送我一程，讓我少走五公里。員外每三個月就會帶點東西去探視這個老人。

溪邊好荒涼。灰沉沉的天，籠罩著黑山野樹。一條無人的路，路邊一間寂寞鐵皮屋。

員外說，鐵皮屋裡這個老人，八十多歲，好像早年犯過什麼案子，坐過牢，現在孤苦伶仃，還要到養豬場打點零工過日子。員外每次知道會路過這裡，就會事先帶些雞蛋、米、香腸上車，到了鐵皮屋，停車一下，把東西送給老人。今天他帶的是一頂毛線帽子、一條毯子，還有一盤烤鴨。

「給他過冬，」員外說，「雖然氣候太暖，已經好幾年沒有冬天了。」

鐵皮屋像個大大敞開的倉庫，只有屋頂，下面空空的。一個自動販賣機，佈滿灰塵。這條山邊的路，一整天也沒幾個人經過，一年也賣不出幾罐可樂吧。幾張破了洞的塑膠椅子，擱在粗糙的水泥地上，瘦瘦的黑蒼蠅飛來飛去，找不到可以吃的東西。周遭無人。

我下了車，員外卻說，「糟糕，鴨肉沒放上車。你先進去坐一下，我回去拿。」

車子迴轉，捲起一陣塵土。

走進鐵皮屋，拉過一張塑膠椅坐下，面對著灰灰的路。路過去就是空盪盪的河床，鋪滿了乾得好像要裂開的石頭。南大武山、北大武山兩座巨大山峰在天空下默默弓著黑色的背脊。山、河、石頭、雜草、樹，安靜無聲的荒蕪，好像世界的邊緣，再往下走就要從地球掉下去了。

一隻鳥都看不到。

老人突然從屋後走了出來。很瘦，很高，弓著背，穿一雙塑膠拖鞋，腳指甲好像受傷，被切掉一半。他看也不看我，就在另一張有靠背的塑膠椅坐下，不說話，安靜地看著灰濛濛的遠方。

兩個互不相識的人，在這個島嶼大山入大海的末端，坐在一個一無所有的鐵皮屋頂下，望著乾涸的溪床；塵土在風裡翻滾，河堤上銀合歡樹林蒙著灰塵，像沙漠裡倖存的墳堆。

一隻蒼蠅停在他的鼻尖，好久，人和蒼蠅都不動。

突然聽見摩托車的聲音，一個老農從一團塵埃中出現。停下車，費力地從車後拎起一個塑膠袋，問，「自己種的芭樂，一斤三十塊給你，要不要……」

是對我說話？我只是個行走過路的人，在一條荒涼的路上看見一個寂寥的鐵皮屋，找到一張破了的凳子，稍坐一下而已。

你怎麼會到這荒郊野外來賣芭樂呢？如果我不是剛好坐在這鐵皮屋下一張裂開了的塑膠椅上，你賣給誰呢？

「你是漢人還是排灣族？」我問。

「魯凱族。」

「霧台人嗎？怎麼會來這裡？」

「我老婆排灣族。」

「在哪裡種芭樂？」

「來義鄉丹林村山上。」

「全部都給我吧。」

他慢慢地把車上的一個秤，拿下來，放在沙地上，然後又很費力地把整袋芭樂放秤上。我走到他旁邊，跟他並肩蹲著，看他用秤。

整個過程裡，鐵皮屋的主人一直沒有吭聲。這賣芭樂的老農原本是來找他的吧？

回頭看，老人剛好離開了他的塑膠椅子，走了出來；他有一點點跛。經過我們，也沒跟賣芭樂的老農打招呼，一瘸一瘸走到路的對面，停在一株野生決明前面，然後從後面褲袋裡掏出一把小刀。回身往我們走回來，穿過滿是沙塵的路，手裡拿著一枝鮮豔的黃色決明花。

我仍舊蹲在機車旁，一袋芭樂仍舊在秤上。老人向我們走過來，我抬起頭，看見他的臉。來到鄉村以後，發現一件躲不過的事情。生活的磨難，是一種臉上的刺青，藏不住、洗不掉、修不好、切不開。他的辛苦，深深烙在他的皺紋和憂傷的眼神裡。

老人把決明花遞給我，一言不發。

天與地、山與溪、石頭與樹、鐵皮屋與沙塵路，全是灰色的，只有一枝黃色的長穗決明花，明亮、鮮豔、奔放，像個抵死不從的宣示。

13

小鹿

天還沒亮，出去晨跑。

寂寞民宿騎樓裡一個奇異的黑影，好像一個人，蹲著，手裡還抱著什麼東西。

走近些看，是宜君蹲在地上，手裡抱著一個很大的澆花長嘴壺。

騎樓裡沒有花。她蹲著的地方，只有幾個空的啤酒罐頭和一堆菸蒂。小鎮青年夜裡沒地方去，隨便找個沒人的騎樓，蹲下來喝酒聊天。

「宜君，你在做什麼？」我把耳機摘下。

她抬頭看我，俊美的臉龐上一對空洞的眼睛，不答。

「你是想澆花嗎？」

不答。

「這裡有點冷，回房間去吧？」

她突然站起來，緊緊抱著水壺，低著頭，說，「想澆花，找不到。」

「你在找花？」

她穿著一件廉價的運動夾克，在清晨的空氣裡，看起來有點單薄，縮著瘦瘦的肩膀。

「你幫我找，花。」
「找花幹什麼呢？」
「小鹿，」她鼓足了勇氣抬頭看我，有點口吃，很費力地說，「我們約好，逃，我帶他去台北——」
「小鹿是你——男朋友？」
她點頭，「小鹿，愛我。」
「可是，」我說，「你還在追蹤治療，不能走啊。醫院會到處找你。小鹿不應該帶你走啊。」
她別過臉，仰頭看著黑沉沉的天空。一盞路燈把光射進騎樓，剛好襯出她剪紙般的側面，像希臘女神雕塑的輪廓。
「這樣好了，」我說，「我幫你找花。但是，你為什麼想要送花給他呢？他住鎮上嗎？」
她回過頭來看我，沒有表情地說，「他，照顧我，以前，現在，他病，很重，我，照顧，他。一定要。」
「他以前在哪裡照顧你？」我猜想是楓港菜市場裡一起長大的小孩，烤魷魚和甜不辣攤子之間的青梅竹馬、義氣相挺。
「醫院，」她說，「他去年來住院。精神分裂，病房，我隔壁，我們在醫院。一直照顧我，買泡麵給我吃。一起，還幫我剪指甲。」

「所以小鹿也是住院病人？」

她全身僵直，抱水壺抱得那麼緊，而且倒著抱，水壺長長的壺嘴幾乎頂到她的脖子，手指像爪子一樣扣住水壺另一端的把手。

我摸摸她手臂，說，「你是說，現在你快要好了，可是他病重了，所以你想照顧他，帶他走，給他花？」

她點頭，說，「小鹿喜歡花。玫瑰花。可是他吃藥，不說話了。」

「小鹿幾歲？」

「十六——」她搖頭，「大概十七。不知道……」

「你幾歲呢？」

「不知道，二十二？二十三……」

「打算怎麼逃呢？」

「火車，」她說，「我會坐火車。火車去台北，我坐過，看過，我媽。」

「喔，」我很驚訝，「你長大後見過你媽？」

路燈突然滅了，應該是六點。我們頓時陷入騎樓的黑暗裡，但黑暗其實已經被晨光滲透，是一種幽微的逐漸的藍色亮起。看著她大大的眼睛，我彷彿看懂了，那茫然和空洞後面其實藏著很深的情緒，既是對這個太複雜的世界的惶惑，也是掙扎著說不出來的渴望。

「跟我媽，三個月，她的男人，壞。」

「你跟你媽一起三個月？那個男人怎麼壞？」

「毒。吸毒，要我媽吸，還要我。」

她抱著空的澆水壺，又慢慢地、慢慢地蹲了下去。縮成一團絕望的黑影。

一陣風把地上的空罐頭嘩啦啦吹到了大街上。

14 情書

排在我後面的人，竟然是員外。因為胖，他必須兩條手臂撐開，「大搖大擺」地走路，才不會讓手臂和雙腿跟身體不舒服地摩擦。從外面走進來，有點流汗，臉孔熱得紅通通的。右臂夾著他鼓鼓的收租皮包，左手捏著一大疊信，粉紅色的信封，信封上是藍色的手寫鋼筆墨水字。

大多數來郵局的人，都排在存款匯款的櫃檯前。辦郵務的櫃檯，通常沒人，今天卻有四個人，前面兩個手裡拿著掛號信件通知單，都是來領郵件的，我是來寄國外包裹的——幾盒鳳梨果乾，要寄給師父。

我低聲把宜君計畫逃走的事，告訴了員外。

「你覺得要不要跟醫院說一下呢？」我說，「怕他們出意外……」

員外笑了，說，「不要擔心，她說要逃走，已經說了一年了。醫院都知道的。」

「喔……」

「她男朋友是被他家人遺棄在醫院門口的。醫院花了很大工夫才找到家人。其實家境還可以，只是父母離異。得病以後父母都不想管。後來，醫療費就用銀行自動扣款，家人從來不出現。聽說有一次他拿玻璃割腕，醫院通知父母，父母雙方都不來看。可憐，後來病就更重了，才十七歲。」

我指指他手裡的信，說，「那麼多紅粉知己啊？」

他高高興興地隨手抽出其中一封，遞給我，說，「要不要看？」

信封上的收信人名字是四三七號。地址是：更生新村一百號。

「還沒封，拿出來讀啊。」他說。

信封是手寫的，信的內容，卻是電腦打字。

親愛的立榮：

收到你的回信，雖然只有一張小小的紙張，已經讓我欣喜若狂。

等到你積分更好，他們就會允許你寫更多了。

我想問你：你最近有沒有覺得特別累？

我猜你一定覺得很累。

因為你最近一直在我的心裡跑來跑去，跑來跑去。

早上我去果園看蓮霧熟了沒有，發現蓮霧被鳥吃了很多。最討厭的是，鳥在每一粒蓮霧上都咬一小口，結果就是，所有的蓮霧都是壞的了。

可是，我想，也不能怪鳥。他怎麼知道他咬一口蓮霧，就害我全部都不能賣了呢？譬如我今天早上在廚房用拖鞋打死一隻蜘蛛。我怎麼會知道，那隻蜘蛛的媽媽在家裡等他回家呢？

我多麼想寄一箱蓮霧給你吃。

你一個人吃不完，可以分給室友吃，你的人緣也就會更好，別人就不會欺負你。

你說你剛剛換到一個有小窗的房間了，雖然窗子很小，很高，而且永遠鎖死的，但是你可以看到一個角的藍天。

我好開心。

只要你看得夠久，總會看到一隻鳥剛好飛過那格小窗。

說不定，就是那隻吃了我蓮霧的小鳥。

那，他經過我的眼睛，又經過你的眼睛——好像我們秘密約會了，想想就覺得很甜蜜。

你看，你時時刻刻都在我心裡跑來跑去，跑來跑去，跑來啊跑去……

你的蕉妹敬上

我把信紙小心地放回信封，不可置信地看著員外，「這是情書啊，寫給坐牢的人？」

員外得意地點頭，「是啊，你覺得寫得怎麼樣？」

「情意綿綿，好感動，是真摯的文學作品呢，」我說，「蕉妹是誰？寂寞民宿的房客嗎？」

他收回信，用仍舊夾著皮包的那隻右手伸出一隻手指，沾了沾自己的口水，把蕉妹的信封口。

然後又露出那個神秘的笑容，透著小男孩似的喜悅，說，「你覺得寫得不錯？真的這麼覺得？」

「是真的啊，真的很動人。」

他湊近我的耳朵，小聲說，「我寫的。」

「什麼意思你寫的？」

「就是我寫的。」

我駭然，「你寫的？」

「對啊，」他說。

一時不知道如何回應。

他繼續說，「坐牢的，大多是可憐人，我用不同的名字寫信給他們，鼓勵他們，陪伴他們度過人生的難關。」

「你都用女人的名字寫？」

「是啊，」他認真地說，「鼓勵效果比較大。他們都會回信。」

我看著他手裡一大疊粉紅色的信，起碼有二十封，「你給不同的受刑人寫信？都是用蕉妹嗎？」

「不是啦，」他說，「每一個受刑人都會有一個不同的女人給他寫信。」

「所以，」我的想像力拚命旋轉，想趕上他的現實，「你給每一個囚犯創造一個女人，每一個女人都有不同的名字，每一封信都寫不同的內容？」

「那當然啊，」他說，「每一個人的命運都不一樣，你知道我意思嗎？蕉妹有蕉妹的性格跟生活，跟別的女人寫信內容當然不一樣。」

我張口結舌，說，「你——蕉妹跟這個——立榮，寫了多久的信？」

「八年。」

「八年！」我幾乎尖叫，旁邊的人轉頭看我，「你還要記住蕉妹八年前寫了什麼、兩年前說了什麼，每一封信前後要一致，不穿幫？」

員外露出「那是小意思」的驕傲笑容，說，「對啊，所以我要給每一個女人完整的人生故事，譬如蕉妹是個寡婦，住在國中附近，開一個鋪子給學生繡學號，丈夫留給她兩分地，種蓮霧……」

「你有幾個蕉妹？」

「八個。」

我快暈倒了，好像突然發現隔壁拎著垃圾、放了個響屁的鄰居赫然是個國際刑警組織在通緝的江洋大盜，我問：「你——你做這個，勾當，多久了？」

他想了想，「十年總有了。」

腦子沒法消化，總覺得什麼地方轉不過來。

「這……算不算欺詐呀？」

員外掏出後褲袋裡的方格子手帕，擦臉上的汗，然後把手帕再規規矩矩塞回原處。他今天的吊帶，恰好是粉紅色的，跟信封搭配。

「怎麼會是欺詐呢？」他認真地說，「沒有任何對價關係。我又沒得到任何好處，我在行善。我老母教我要佈施，這就是我的佈施。」

「佈施！」我有點氣急敗壞了，「他們出獄了，來找蕉妹，你怎麼處理？他們發現蕉妹就是你，豈不心都碎了，怎麼活下去啊？騙感情跟騙錢一樣糟糕啊。」

他斬釘截鐵地說，「不會有問題。」

「怎麼不會？」我口氣越來越兇，「坐牢的人，出來的時候，多半妻離子散、家破人亡。如果是我，出來第一件事就是去找蕉妹。她情深義重啊。然後看到的是你——你怎麼交代啊？」

員外搖頭，好脾氣地安慰我，無限真誠地說，「放心啦，我只寫給那些不會再出來的人。」

三、

小鎮

另一條路通往墳場。

小花蔓澤蘭覆蓋了原生樹種，
連血桐都被壓住了。

包著香蕉的紙袋，
一個一個像小孩的身體掛在香蕉樹上。

老人說，晚上不要走香蕉園，
香蕉園招陰。

15 少女都庫

搬到鄉下幾個月以後，第一次到美容院洗頭。美容院在小鎮靠北的邊緣，一棟二層樓房的一樓店面。樓房左邊外牆有一個獨立的鐵梯，顯然二樓和一樓是兩戶不同的人家。有個院子，冬青樹籬很矮，看得見裡面幾株高大的桃花心木，樹冠長到二樓的窗口；那扇窗，木框是土耳其藍色的，雖然已經斑剝，卻有英國窗子的風味，加上桃花心木的濃密樹葉掩映，使得這鄉下最普通的水泥房子多了那麼一點綽約的美感。

為了土耳其藍色的窗和桃花心木，我踏進這家美容院。

幫我洗頭的是一個排灣族少女。一頭又黑又亮又濃的頭髮垂到腰部，是那種可以做洗髮精廣告的青春髮絲，但是初看她不會馬上聯想少女，因為這女孩身材很胖，像一條大絲瓜，臉頰全是肉，眼睛被肉夾成一條縫。一旦洗頭工程開始，她就話說個不停，天真地咯咯咯咯笑，是個傻ㄚ頭似的可愛少女。

「大媽……」

我一驚，怎麼稱我「大媽」？我是「大媽」沒錯，但是，這年頭不是把「大媽」甚至「婆婆」都稱為「大姐」才禮貌嗎？這女孩怎麼這麼叫人討厭……

「你的頭髮怎麼這麼少，」她抓起我的頭髮，好像抓一把蔥在手上。繼續說，「比我家剛生下來的小貓還要少毛。」

我寒著臉，決定不跟她說話。

「而且好乾。」

她好像看穿了我的念頭，想盡辦法讓我說話。

「你今天中午吃什麼？」

「飯。」

「那你有沒有吃過我們原住民的山地飯？」

「沒。」

「啊那太遜了。」

女孩把洗髮精混水，開始在我頭上揉搓。洗髮精的香味刺激我連打噴嚏。鏡子前面凸出的小台上，有一盒衛生紙，女孩伸出濕淋淋的兩根手指從衛生紙包裡抽出一張紙，塞到我手上，然後邊抓我的頭，邊滔滔不絕：

「那太遜了。我們的飯比你們的好吃。小時候，我祖母一早就去山上顧田，小米田，多早你知道嗎？她工作完，下山回到家，我們還在被子裡面睡覺，天都還沒有亮。然後她就開始燒柴。你沒有燒過柴吧？」

「沒。」

「撿過柴？」

她的天真一點點融化了我的敵意，我的句子長了一點，「沒有，可是我小時候燒過煤球。你不知道什麼是煤球吧？」

「吐，」她一聲詫叫，「你的頭殼好硬，一定是想太多，睡不好，常常失眠，那你肩頸一定也很緊，對不對？」

實在太討厭了。我很恨那種足浴按摩師，一邊捏得你痛得咬牙切齒、臉孔變形，一邊宣佈你的「病歷」：腸胃不好對不對？膀胱不好對不對？脾臟不行喔……這個女孩只是洗個頭，都可以大發診斷議論。

我看看鏡子，洗髮精白花花的泡泡很大一堆盤在我頭上，鏡子裡的我看起來很滑稽。

她用力抓我的頭皮，同時不吝於評論，「你的頭殼硬得像石板。我們用石板做房子，石板還分公的跟母的，你知道嗎？」

話實在太多，而且跳躍得太快，招架不住，我說，「你剛剛說山地飯是什麼？」

「就是搖搖飯啦，煮的時候要攪拌，一直攪拌，慢慢煮。白米跟小米混在一起，煮出來很黏，很好吃。配一塊鹹魚、炒蘿蔔。我祖母讓我們都吃完以後，就坐在地上抽菸斗。」

「你的祖母會抽菸斗？」

「怎麼不會，我們部落的祖母都會啊。你們漢人的女人比較不會做事。」她捧著一堆泡沫，趿著拖鞋趴啦趴啦走向裡間的洗水槽。裡間和外間用珠子串成的垂簾隔開，她一頭栽進裡間，被她甩開的珠簾嘩啦啦一陣響。泡沫沖掉之後回來繼續搓，繼續聒噪，「我們菸斗都是自己做的，砍桂竹跟箭竹。桂竹的根還可以雕刻。」

「你來小鎮多久了？想念部落嗎？」我問。

她不回答，只是更用力搓頭，好半晌，說，「祖母菸斗的味道跟搖搖飯的味道，就是我們部落的味道……」

「你的部落在哪裡？」

「在大武山裡。本來在台東跟屏東交界的很深很深的山裡，那裡有很多紫斑蝶，幾萬隻紫斑蝶。後來舊部落被土石流沖走了，我們搬到山腰。但是我祖母還是每天背著她的竹簍走回舊部落去看她的小米田，她還在石板屋那裡養雞。有一次……走，去後面沖水。」

躺著沖水，頭往後靠著水盆，她的動作粗魯，水不斷濺到臉上，落入眼睛，可是我不敢閉眼。天花板上貼著一隻又肥又大的灰色壁虎，一動也不動，我倍感威脅，目不轉睛；這傢伙萬一失手掉下來，就會直接摔進我的嘴巴。

「有一次怎樣？」

「有一次，」她拿著水管用熱水沖我的頭，「有一次祖母種田太晚下山，天黑了，她摔進山溝，竟然給我骨折，然後自己爬下山喔，一直爬到一八五公路那邊的原住民文化園區，管理員第二天早上開門，還以為抓到山豬。他們把她送到醫院，我們都不知道，因為我們都以為她在石板屋裡喝酒唱歌，睡著了，根本沒有去找她。」

「她會自己一個人到深山老屋裡喝酒唱歌？」

「會啊，」隔著嘩啦啦的水聲，她大聲說，「你們不會嗎？」

她的「我們」和「你們」，分得很清楚。

「你想念部落就是想念你的祖母嗎？」

水龍頭關了，她用毛巾幫我狠狠擦乾頭髮。

回到座位上，一路上她不再說話。

她一停止說話，整個房間就安靜下來，這才聽見後面角落一個電風扇嘎啦嘎啦吹著的聲音。風扇開得很大，一直左右搖擺，每次搖到我右後方廁所的門口，一隻黑色的充氣猴子就蹦起來。充氣猴子綁在一條線上，線綁在一張洗頭椅的手把上。猴子的嘴畫得像個血盆大口，露出誇張的、長長的牙齒，竟然還有兩個像狼的獠牙。黑色的眼睛下面有好大兩顆白色的眼淚。每次風扇轉過去，猴子就被風吹得「噔」一下竄起。

往鏡子裡看，我的頭包著白色的毛巾，我的眼睛很小、鼻子很塌，嘴唇蒼白。我的臉後面就是不斷蹦出的黑猴子的臉，嘴巴在大笑，露出奇怪的獠牙，眼睛在流淚，一張萬分悲戚寂寞的臉。

風扇吹過來，一張白色的面紙被颳起來，飄到我頭上，然後掉下來，剛好蓋在我臉上，臉還有點濕，就黏在我左頰。我的雙手都套在圍兜裡，無法伸手。鏡子裡的我，看起來真的很蠢。女孩不知為何，視若無睹，只是扯下包頭的毛巾，開始在我頭髮上抹潤髮的精油。面紙自己掉落地上。異樣的安靜令人不安，我反而找話說，「你剛剛說排灣族的石頭分公母？」

「不是石頭分公母，是石板，建房子用的石板。」

「石板為什麼分公母？」

廁所的門突然打開，老闆走了出來，是個五十歲左右的女人，短髮燙得焦焦捲捲的，染成紅褐色，摻雜一縷一縷金色的挑染。貼身的黑色恤衫襯出豐滿的乳房線條，露出白皙粉嫩的乳溝，五分褲緊繃著厚實的臀部。她開口罵人：「都庫，搞完了沒有，你看都幾個鐘了……」

都庫拍拍我肩膀，表示工作完成。她走到我後面，坐進猴子旁邊那張椅子，開始梳自己的頭了。她拿出一根紅繩子，有點困難地把手臂往後伸去，把她黑色瀑布似的頭髮紮起來。

16 阿蘭

玻璃門外突然一陣騷動，傳來擴音喇叭的喧譁，高亢激昂的宣傳音樂，從肺部嘶吼的喊話聲，由遠而近。

老闆問我，「要不要修？」

竟然帶點廣東腔，我說，「一公分。」

她一手持剪刀，一手嘩啦拖過來一張高凳，放在屁股後面，半坐半站，刀起刀落，頭髮碎屑撲撲簌簌落在我沾滿染料的塑料圍兜上。刀法快得有點嚇人，我頓時坐直身子，全身戒備盯著她的剪刀。

「台北來的？」她問。

我點頭。

「住寂寞民宿喔？」

「你怎麼知道？」我很驚奇。

「鍾老闆說他最近有一個作家搬進來啊，我覺得你很像，不接地氣。」她用拿著梳子的手推我的頭，讓我轉個方向，「我們這裡外地人很少。你來玩嗎？可是這小地方哪有什麼好玩的。來看朋友？」

才來兩個月，當地人可以一眼就看出我是外來人口，十秒鐘之內就會問為什麼來到這「沒有人要來的小地方」。

第一個問我來幹什麼的是菜市場賣芭樂和香蕉的小販。他坐在一個大紅的塑膠椅子上，攤子前面一張厚紙板，寫著幾個歪歪斜斜的字：「一堆五十元」。這「一堆」吸引了我的注意。怎麼賣東西會用如此印象派的文字？「一堆」究竟是幾個芭樂？

其實就是三個大顆的芭樂，每一顆都有嬰兒頭那麼大。他不說「三個」，他說「一堆」，好像「一堆」比「三個」感覺多一點。好吧，買一堆芭樂。他高高興興地接過五十塊錢，然後又伸手從一旁檸檬堆裡拿了一粒青綠疙瘩、酸香撲鼻的檸檬給我，說，「送你。」

他看起來那麼友善，我就設法答覆問題，「為什麼會來這個小地方」。但是我不想告訴他，我只是自稱作家；我也不想告訴他，我可以周遊列國三十年，是因為爸爸留下來的幾棟老公寓本來在田中央，田中央後來變成市中心，老公寓變成摩登辦公大樓、百貨公司。我更沒理由跟他說，大嶼山的師父認為我有個「功課」要來這種「沒有人要來的地方」做。

我開始亂掰，「林務局有一個『森林作家計畫』，邀請作家來感受森林，寫森林。」

「林務局是做什麼的？」

「保護森林啊。」

「森林本來好好的，不需要保護。」

「有山老鼠啊。」

「抓山老鼠有什麼用。是因為有人要買木頭，才會有山老鼠偷砍樹。」

「不管怎麼樣，山林都需要保護嘛。」

「作家做什麼？」

「寫字。」

「寫字喔？」他說，「我以為廟裡的師父才寫字。」

他住在大武山腳下的泰武部落裡，種了一甲地的芭樂和檸檬。不用農藥，所以芭樂有大有小，有歪有醜，還有蟲啃過的。檸檬也長得東歪西倒，各形各狀。他每天用小發財卡車載著芭樂和檸檬來到市場。

他說，森林是活的，森林是神秘的，森林裡有山神，也有魔神仔，你林務局的作家要小心不要冒犯山神們。

我說，哪裡有魔神仔？哪裡有山神？你見過？

我差點說，都什麼時代了，這麼迷信……

他不高興了，板起臉，「現在的人不知道什麼叫做『敬畏』。我跟你講，人要懂得敬天地、畏鬼神，不然會得報應，大山是會報仇的。人不能太驕傲。」

他的嚴肅教訓讓我嚇一跳，拎起芭樂走人，而且決定，以後不要這麼費勁跟人說我來幹什麼的了。

我對阿蘭說，「來玩的。大武山好玩。」

阿蘭把吹風機拿過來，對著我半乾半濕的頭髮呼呼吹起來，半吼著說，「吹乾了再修一次。」

她的口音，在這偏鄉出現，還真有點特殊，我問，「香港人？」

「是啊，嫁過來三十年了，」她自嘲，「口音改不了，可是成功把老公休了。」

「店開多久了？」

「嫁過來就開了，三十多年咯，」她從口袋裡掏出一把圓形梳子，把我頭髮拉直，「聽說這裡原來就是個美容院。」

宣傳車在門口停了下來，玻璃門自動打開，湧進來一群人。走在前面的人，好像新郎，身上披掛著紅色的布條，布條上面大大寫著自己的名字。他堆著滿臉熱情和屋子裡的人打招呼，旁邊簇擁的人殷勤地彎腰送上傳單。「拜託，拜託，拜託……」

可是屋內只有幾個人，過大的熱情有點消化不了；阿蘭用拿著剪刀的手接過一大把傳單，塞進圍裙放著髮夾和梳子的口袋裡，大聲跟打扮得像新郎的人說，「會啦會啦，一定投你啦。」

那人鞠躬哈腰倒退著走回玻璃門，輔選人群也推推擠擠跟著離開了，走向下一家。下一家是個西裝房。玻璃門又自動關上。

「你真的會投給他？」

她站到我的正前方，面對我，跨著馬步，正在認真端詳我左右耳邊的髮長是否平齊，「每一個我都這樣講啊。這樣他們才會來我這裡剪頭。啊你是怎樣？」

最後一句話是對另一個人講的。

原來有一個男人沒走。他站在我的座椅後面，盯著阿蘭看。他的頭髮有點染後褪色的牛雜湯的顏色，背有點弓，肩膀一邊高一邊低，兩手插在褲袋裡，就那麼斜斜歪歪地站著，好像努力做出可愛壞男人、純情浪蕩子的樣子。

我認得他。他在萬金聖母堂那條街的廟口有一個小攤，賣客家粄條、鹹湯圓、米苔目。

17 鏡子

有一次，清晨五點半開車出門，想要去追太陽從大武山脊出現的那一刻。鄉下開車，不必認得路，三千公尺高的山，是一個巨型路標。進入一個村落，在狹窄的小路轉來轉去，如同身處迷宮，可是只要一到空曠處抬頭一望，大武山就清清楚楚站在那裡，告訴你東南西北、何去何從。

有了大武山，就沒有所謂迷路這回事。開車走路可以信馬由繮，好像一個有信仰的人，內心有一個篤定的星野座標，任何糾纏的狹路、迷茫的荒原，不需恐懼，最後都有出口。真的假的，對的錯的，信仰就是他永遠的路標。

到了一個小小廟前廣場，晨光中，各種早餐小攤正發散食物的熱騰騰香氣。

坐下來吃碗餛飩吧。

一個皮膚黝黑的老農坐在另一張桌旁，我坐下來之後，不曾見他抬頭過。他從大肚茶壺裡自己倒茶，垂著眼皮，有一句沒一句地和老闆說些桑麻瓜果的話，說的是南部口音的閩南語。今年都沒有颱風，明年鳳梨香蕉都會過剩，價錢會崩盤；高麗菜又要一顆十塊錢賤賣了……

「台灣快沒了……」他好像是自言自語，但是因為突然換了頻道說國語，顯然是說給我這明顯是外地人聽的。

「咁？」我從冒著熱氣的餛飩碗裡抬起頭來。

「台灣快沒了。」

他又說了一遍，喝口茶，完全不看我，眼睛低垂盯著茶壺，說，「國際航空線都把我們改名了。」

「喔，」我用閩南語說，「那你講應該怎樣呢？」

老農搖頭：「沒法度啊。《三國演義》說的，拳頭大的贏……」

《三國演義》有這麼說？

一個壯碩男人騎著摩托車從我們的攤子緩緩經過，用元首敞篷車輛經過首都大街的架勢。男人穿著背心，露出健美比賽尺度的誇張肌肉，整個手臂是藍色的，佈滿密密麻麻的龍虎刺青，赫然是個黑道殺手猛男，氣勢逼人，但是摩托車前座籃子裡載的是一隻秀氣的雪白貴賓狗，頭上的白毛紮出一個紅色的雞毛毽子，睜著幼兒般好奇興奮的眼睛，和雄偉又殺氣騰騰的主人一起在市場兜風。肌肉賁張的刺青男還低頭去吻那公主狗狗的頭。

正在煮米苔目的老闆突然接話，說，「想美國人來幫忙，是做夢。阿兜仔甘願把兒子送過來為你打仗？做夢。」

老農說，「對啊，阿兜仔翻臉不認人的。」

「不過，我們這裡是塊福地，」米苔目老闆把麵從大鍋裡撈出來，說，「那邊人家也不笨，也不壞，也知道把一塊福地搞爛了，對他們也沒有好處啦。不會打仗啦。」

這是田間論政啊，我抬頭仔細看看米苔目老闆，瘦瘦的人，汗衫背心濕透了，鍋裡一團蒸汽蒸紅了他的臉。他的頭髮有點紅，額頭上綁著一條白毛巾阻擋汗水流進鍋裡，仍是不斷用脖子上的一條毛巾擦汗。他的肩膀明顯地一高一低。

就是這個米苔目老闆，此刻站在我的座椅後面，看著阿蘭。

阿蘭用嬌嗔的聲音像對狗發號施令一樣命令他，「坐。」

他不動。

「坐啊你。」

他不動。

「怎樣啦你？」阿蘭轉到我的右側，開始修右邊的髮層。男人仍舊不作聲，也不走開。

阿蘭忍不住了，抬頭圓睜著眼對他說，「是怎樣？吃錯藥？今天晚上不行啦。」

男人說話了，「阿蘭——」

聲音有點猶豫，「你後面立一個人。」

阿蘭原來彎著腰，現在「虎」一聲站直了，拿著剪刀的手臂懸在半空，好像被點了穴道。

她鐵青著臉，聲音拔高，罵道，「死仆街痟人，站在那裡像煮熟的狗頭，這種笑話你都能黑白講。」

從鏡子裡看阿蘭，她在我的右手肘邊，她的後面，可以看見一半都庫的背影——都庫低著頭，正在塗指甲油。電扇嘎嘎響著，那隻充氣猴子一會兒上，一會兒下。其他就是放髮捲、吹風機、瓶瓶罐罐的檯子。左邊進門的收銀台上一個金色的、嘴角翹起假笑的招財貓，手臂不停地搖。招財貓背面牆面上貼著一張佈滿灰塵的海報，海報上的女人一頭大波浪的鬈髮，歪著頭嫵媚地笑，露出一排像牙科招牌的白齒。

米台目老闆站在我的左後方，正面對著阿蘭，所以我看到的是他的側面。他今天穿得相當整齊，白色的短袖襯衫，深色西裝褲，腳上是一雙塑膠涼鞋，好像是來跟阿蘭約會的。

阿蘭破口大罵、男人愣在那裡的電光石火之間，我迅速地往右邊扭頭看了一下實體的存在——都庫、猴子、廁所的門、電扇，然後扭頭往左邊，就是櫃檯、招財貓、海報、玻璃門，門外停小白，我的電動機車。

玻璃門外的白色電動機車，車頭歪一邊；停車的角度，大概跟玻璃門斜成四十五度。下午的陽光照到機車把手上的鏡子，反射出一道強光，射進玻璃門，又折成兩道光，在大波浪鬈髮女郎海報上方閃動，像兩把正在格鬥的劍。不知道為什麼光會閃動，也許玻璃門不緊，隨著風有些輕微的搖晃。也許玻璃門分兩片，兩片的折射角度造成光的晃動。

我回過頭來飛快地比對鏡子裡看到的。

聽說，本來是虛的東西，會在鏡子裡浮現；本來是實的東西，鏡子裡反而消失。

阿蘭不敢回頭，她一動不動，僵硬地站著，面對著男人。

然後我聽見阿蘭哆嗦地說，「紅毛，你看見的人長什麼樣子？我阿公嗎？」

紅毛仍舊盯著阿蘭——也許在看阿蘭後面的空氣，他吞吞吐吐地說，「一個女孩子，學生頭，大概十三四歲，面圓圓……」

阿蘭的臉緊得發青，我擔心她拿剪刀的手會突然亂動，趕緊說，「阿蘭，不要理他，他在跟你說笑啦。」

阿蘭根本沒在聽我說什麼，語無倫次地對米苔目老闆說，「你——你問她，你問她，她——她是誰？要幹什麼……」

其實頭髮也已經剪好，阿蘭不動，我就自己動手扯開綁得太緊的塑膠圍兜，站起來，斷髮灑了一地，把圍兜稍微疊一下，放在鏡台上，鏡子裡瞥見後面坐在充氣猴子旁邊的都庫扭轉半個身子，正往這邊注視。

我走過去，塞了二十塊錢在都庫手心，然後走向門口的收銀台，把準備好的三百三十元壓在招財貓屁股下面。這裡洗頭是一百三十塊，洗加剪是三百三十。

玻璃門自動打開，我走了出去。

後來仔細回想，發現了當時沒有注意到的一些細節，譬如說，把硬幣塞進都庫手心裡的時候，她呆呆地瞪著我看，那表情，幾乎近似驚恐。

譬如說，從離開剪髮的座位，把塑膠圍兜疊好，放在鏡台上，一直到抓起招財貓把三百三十塊錢放在貓屁股底下，阿蘭都沒有出過聲，當然也沒有說再見。那個米苔目男人，更是一點聲音都沒有。

在玻璃門外，把小背包背上，然後轉過來掏出口袋裡的鑰匙，跨上電動機車，插進鑰匙，發動；做這整套動作時，我一直面對著玻璃門內。他們三人——阿蘭、都庫、紅毛，身體同時都轉向了外面，聚焦似乎全在我身上，眼光盯著我的動作。

一直到我騎車離去，他們三人在店裡頭，如同三個被點了穴道的人，一動也不動，注視我。

還有，充氣猴子癟癟地趴在地面上。電風扇好像也停了。

18 麗華

派出所後面那家麵店的麵好吃。

不要以為派出所旁邊就一定是很多商店的熱鬧大街。當然，派出所確實在一條人來人往的大馬路上，但是派出所旁邊有一條巷子，一進入巷子，就是幾百年不變的鄉下：一株老榕樹，葉叢濃密，樹蔭森涼，虬結的樹幹上圍著一匹大紅的布。

人有了字，就是文明；樹有了布，就是信仰。人們經過老樹，總帶著一種親密的敬畏。

樹下一座小小土地公廟，大概是兩歲小孩的高度，裡面土地公端坐，香火燃著。圍繞著老樹有人用水泥築了一圈護欄矮牆，就成為街坊鄰居聊天的板凳。總是有村子裡的男人，忙完農務，三兩成群來到這裡，一條腿跨在護欄上，另一隻腿垂下來晃啊晃的，夾腳拖甩在地面，懶懶地抽著菸，有一句沒一句地。男人跟男人一堆，女人跟女人緊挨著坐在另一頭。

麵攤就在距離大榕樹兩米的一個鐵皮屋屋簷下。就是說，鐵皮屋裡頭是個雜貨店，賣些油鹽醬醋、斗笠雨靴、衛生紙之類的東西，雜貨店主人把雜貨店面街的一小截屋簷下的空間，租給麗華，擺這個麵攤。攤子上有個玻璃櫃，排著一列滷菜——豆干、滷蛋、豬頭肉、海帶、肥腸。一鍋湯熱呼呼不斷冒汽，麗華右手拿一支長勺，左手取麵條、豆芽、香菜、肉末，俐落地乒乒乓乓，沒幾分鐘就是一碗讓人流口水的陽春麵。這麼簡單的一碗麵，卻是方圓十里之內的人都愛吃的街坊點心。

我到的時候，已經是早上十點，早餐的客人已散——五、六點起床的一批勞動者，這時已經在田裡工作了。麗華高興地為我把桌子擦乾淨，麵端上來，還給我一碟她親手做的辣椒醬，說，「我種的，一滴滴就辣死你。」

沒有別的客人時，她就摘掉口罩，坐下來聊天。這一天，她說的是濟公的事。

「我表姐的媳婦阿淑，在合作金庫上班，結婚五年都沒生，夫妻兩個去醫院檢查也檢查沒有，老人叫阿淑去廟裡問一下事，阿淑打死不肯，說是迷信。年輕人以為自己什麼都知道……」

「那怎麼辦呢？」我幾乎開不了口，她的什麼鬼辣椒只是用筷子尖沾了一下下，放進麵碗，已經辣得我眼淚掉下來，舌頭火燙，無法再吃第二口。

「直到上個月，表姐檢查出來有胰臟癌，哭著跟兒子說一定要去廟裡求一下，不然她做鬼都不甘心。阿淑才同意讓我帶他們去問問那個濟公師父。」

「怎麼問？」

「他不錯喔，」麗華湊近我，好像要講一個八卦秘密，聲音卻很大，說，「我們去啦，就我跟表姐還有媳婦阿淑，三個人。我們先跟師父要一些平安符，他就給了我們三張，我就說，也給我老公一張。他不回答，只是對著我的面孔上下看，然後說，你並沒有結婚……」

「那濟公師父不準啊，」我明明就看過麗華的丈夫，一個臉長得像馬的退休公路局員工。

「她沒有結婚啦，」有人從後面接話，麗華的姐妹淘，秀英，穿著一件大花褲，抱著一大包衛生紙，從雜貨店裡面走出來，大手大腳拖過凳子，放下衛生紙，挨著我們坐了下來。

「麗華老公有兩個老婆，」秀英跟我說明，「一個住東村，一個住西村，兩個人跟太陽月亮一樣不相見，三十年來相安無事。但是老公比較愛麗華啦，對不對？」

她看著麗華笑，「麗華犧牲，不要名份，說在一起就好。」

麗華好像也滿意姐妹淘的旁白，繼續說，「師父就給了一張跟我們三個顏色不一樣的符，讓我帶給我老公。」

秀英說，「我有事要問你，不過你先把這濟公的事說完吧。」

「然後那個濟公師父就問我表姐：你說你是你娘家的老二？表姐說『是』，師父就問說，那你家老大呢？表姐就說，老大是哥哥，十歲的時候在來義溪游泳淹死了。然後師父又問表姐的媳婦阿淑：你知不知道你公公是拜什麼的？阿淑說不知道——」

我像狗一樣伸出舌頭減緩痛苦，又大口大口喝水，總算好了一些，打斷麗華，問，「阿淑的公公是誰？」

秀英顯然覺得我腦子不太靈光，有點不耐煩，搶著回答，「麗華表姐的媳婦的公公，當然就是麗華表姐的老公、麗華的表姐夫啦。」

「喔，麗華，」我說，「那你表姐就是阿淑的婆婆……」
麗華說，「對啊。」
「那你是阿淑的什麼？」
「我是阿淑的婆婆的表妹，表姨婆啊。」
秀英說，「你們外省的，沒有親戚，所以搞不懂這些。趕快講趕快講啦，那個濟公師父怎樣嘛……」
麗華再回到正題，說，「我表姐夫拜一個王爺，是他的祖父離開泉州來台灣時候帶過來的，表姐夫每天都拜。那個王爺好像姓蘇，臉黑黑的，眼睛凸出很大。表姐夫死了以後，蘇王爺還在他房間一個架子上，就沒人顧了，因為表姐自己是拜觀音的。阿淑是獅子鄉那邊嫁過來的媳婦，怎麼可能知道死掉的公公房間裡還有一個蘇王爺。」
秀英聚精會神地聽，這時撇撇嘴不滿意地說，「這樣對待王爺，不出事才怪。師父說什麼？」
我再度插嘴，「濟公師父跟你們這樣的談話就叫做『問事』，對嗎？好像醫生在問診……」
麗華笑，「對啊，這就是『問事』，你沒有問過事？」
我說，「我沒有問過事，但是我知道蘇王爺是誰。他為了救人，自己吞下瘟疫病毒，所以黑臉、眼睛凸出，中毒暴斃啦，然後瘟疫就解除了，救了整個縣城的百姓，大家就拜他為王爺，跟疫情有關……」

「趕快說啦，」秀英實在受不了了，用手肘推著麗華，「師父要你們做什麼？」

麗華說，「師父問了很多問題，最後總結是，你們要做三件事：一，去跟十歲死去的那個阿兄承諾，將來阿淑生出的兒子要過繼給他做後生，讓他不會無後——」

「慢點慢點，」我不得不再問，「有點複雜，那個十歲死去的哥哥是阿淑的什麼人？」

秀英說，「就是她的婆婆的哥哥，大舅啦。趕快繼續說。」

「十歲死，沒有後代燒香，所以會作怪嘛，」麗華邊說邊拿起手邊一塊抹布擦桌子，「二，把蘇王爺重新帶到主屋，按時拜；三，買白蓮蕉來種。」

「所以，」我說，聽得入神，麵都涼了，再分析，「師父的診斷，阿淑不孕有三個原因：一，小時候就死掉的婆婆的哥哥沒有後代祭拜，所以不高興了；二，被人忘掉的王爺不高興了；三，要找到一種植物——白蓮蕉，是要阿淑拿來吃還是幹嘛？」

「不知道耶，」麗華搖頭，說，「白蓮蕉還沒找到。」

秀英伸手重重打了一下麗華，「哎喲，阿華，你怎麼不知道，白蓮蕉就是薑黃啦。」

「喔，薑黃，」我一面說，一面得意自己知識廣泛，「那我知道了。第三題也解密了。薑黃是薑科薑黃屬，印度來的，做咖哩要用到。可是薑黃也是中藥，治療女人月經不調、閉經之類的問題。看起來濟公師父的意思是，阿淑不孕，可能跟月經失調有關係，所以要她吃薑黃。嗯，這挺走科學路線的。」

麗華恍然大悟，「是喔。」

「問題是，做了這三件事以後，你覺得阿淑就會懷孕嗎？」

「師父說，明年就一定會懷孕。」

秀英說，「一定會啦。濟公廟靈驗是出名的。」

麗華轉過臉來看姐妹淘，「你剛剛說要來問我什麼？」

姐妹淘從包裡掏出三張符咒，平放在桌上，煩惱地說，「我老母生病住院，很痛苦，現在還在醫院，每天唉唉叫，聽了實在很揪心，不知道怎麼幫她。今天一大早我就去了神明那裡，拿了三張符咒。師父叫我用陰陽水、米，還有一種什麼東西沒聽清楚，排隊的人太多，我心裡太亂，混在一起，現在不知道怎麼辦，因為那第三種東西不知道是什麼，所以想來問你。」

麗華已經從口袋裡掏出了老花眼鏡，正在低頭仔細看符咒。

秀英滿面愁容，「還有，給我三張符咒，那我是要一次燒完呢，還是分早中晚三次燒？還有，陰陽水到底是早上給她喝呢，還是晚上。如果早上做好了，放著，晚上還可以給她喝嗎？」

麗華突然問我，「你不知道什麼是陰陽水，對不對？」

搖頭。

「陰陽水，」麗華說，「陰水，就是泉水、雨水、露水，負能量的。陽水就是燒開過的水，或者說午時接下來的水，屬於正能量。」

「哇，」我說，「負能量、正能量，很科學啊。」

麗華把三張符咒恭敬地疊起來，還給姐妹淘，叫她收好，說，「你沒聽清楚的第三種東西，是粗鹽。所以是陰陽水、米、粗鹽。三張符咒呢，就一次燒完，然後把灰加到陰陽水裡面。陰陽水早上做好晚上才喝，沒有問題。順序是：先放鹽、米，加入燒開的水，再放符咒灰，就好了，給你老母飲下去。」

我萬分驚駭，對秀英說，「夭壽，你在醫院裡面給你媽喝陰陽水，醫生看見不把你趕出去？」

秀英這時已經全身輕鬆，把符咒小心翼翼放進包裡，理直氣壯地說，「你以為醫生就不拜神明啊？我在廟裡還碰見過他跟他老婆呢。」

她站了起來，把衛生紙重新抱在懷裡，衛生紙像一座山，把她整個頭臉都遮住了。她咕噥咕噥說，「而且，人家收驚比醫院的掛號費還要便宜，一次一百五都不到。」

19 闊嘴

有一天，麗華說，你有興趣，可以到對面去看警察廟，就在警察局裡面。

「你是說派出所大榕樹下面這個土地公廟？」

「不是啦，」她說，「不是派出所，是分局，警察分局裡面有一個『警察廟』。」

「有沒有搞錯，」我說，「警察局裡面有廟？」

旁邊坐在長條板凳上翹起一條腿低頭吃麵的男人說，「人家白金漢宮裡面也有教堂。」

反應這麼犀利啊，這個五金大賣場的禿頭老闆。

是的，白金漢宮裡面確實有個小教堂，但白金漢宮是人家女王的住家，不是辦案的政府機關警察局啊。

「闊嘴可以帶你去看，」她說，「明天他值勤。」

闊嘴是麗華的表弟。

第二天就騎機車去了警察局。警察局多半建得比地面高個一公尺左右，讓老百姓踏著台階上去，警察可以從上往下俯瞰，一方面讓老百姓產生敬畏，一方面若是暴徒衝鋒，警察就佔據了制高點。
拾級而上，闊嘴已經站在執勤台旁邊等我。他的嘴確實闊，一張臉好像就是為了長那張嘴而存在的平面背景。對我友善地笑時，嘴角幾乎是從耳朵到耳朵一整條線；配上兩個尖尖的耳朵橫向凸出，好卡通的臉啊，我想，可是，闊嘴穿著藍黑色的警察制服，屁股後面還配著槍。
轉身時，看見員外，一個警官陪著，遠遠從二樓走下來，兩個人邊走邊談話。員外體積龐大，走得非常慢，抓著樓梯扶手。闊嘴也看見了。
「他來警察局做什麼？」我問。
「喔，鍾老闆啊？你認識他？」闊嘴說，「他是犯保協會理事長，幫我們很多忙。」
「飯飽協會？」我說。
闊嘴笑了，「犯罪的犯，保護的保。」
「犯罪人保護協會？」
「不是啦，犯罪被害人保護協會。他幫忙募款，照顧那些被害人的家屬。」
「哪一類的被害人？」
「小鎮大部分是車禍，被撞癱瘓了，一家人的生計都會陷入絕境。」
穿過警察局的迴廊，從後門出來，看見一個小小停車場，停著三輛車——一輛藍色的卡車，兩輛白色的日本車，卡車上很多粗麻繩。我停下腳，環視一圈，說，「車子停在這裡，但是車道不通外面的街，只能從警察局內部的停車場進來，很怪異，好像車子在坐牢。這些是什麼車，怎麼進來的？」

闊嘴笑了，「你可以做刑警啊。」

他指著三輛車，說，「這三輛是我們前天抓毒品扣下的車輛，運送毒品的車。如果有重大車禍什麼的，肇事的車子也拖來這裡先放著，等候處理。」

所以這不是一個停車場，是一個扣車場，果然是汽車的看守所。跟著他走出扣車場，轉向大樓的背面，經過一個像倉庫的空間，裡面黑壓壓一片，好奇走到門口湊近一看，裡頭站著二十多個警察，背對著門，正在練習瞄準射擊。「碰」一聲槍響，我嚇一跳，門口一隻趴著的老狗蹬跳了起來。

離靶場五公尺處是一株巨榕，樹葉濃密鬱稠，樹幹纏繞虬結。盤根錯節的樹根堆上，就是一座小廟，大概半個冰箱那麼大，裡頭坐著好幾尊高高矮矮的神像。主神是個大鬍子，黑金色的臉膛，眼睛圓睜。我很快目測他的比例：額頭以上那個金碧輝煌、紅光閃閃的冠，和他下巴以下一直到腳的全身長度，幾乎等長。介於神冠和身體中間那張威嚴的臉，很短，所以比例是四：一：四。當然，神是端坐的，所以身體短，而神冠代表神力，所以那麼高。

五尊神像中，三個是金臉、黑臉、紅臉，一個最年輕的帶點嬰兒肥，但是所有的神其實都被煙燻得烏漆墨黑的，還有一個頭小、臉窄、一臉偷笑、抱著一個酒葫蘆的，帽子簡單像個尖桃子。

闊嘴正式一一介紹：這是主神三山國王，這是關公，這是土地公，這是中壇元帥，這是濟公。

嗄？這幾個各有所轄的神，怎麼搞到一起來變成一家人了呢？而且還入住警察局？

有人在小鎮的水果集貨場裡面的水溝撿到，都是人家丟棄的神，不知怎麼辦就送來派出所。派出所依照程序公告「失物招領」。如果是被人遺棄的狗，還可能有人來找，或是認養；丟掉的神，就沒人敢承認，更沒人敢收下了。「請神容易送神難」，大家都怕惹了神。

公告半年期到了，也沒人來認領。又過了好幾個月，警察局也不知如何是好，神像也不能當廢棄木材丟垃圾桶。一個警察就跟同事籌資，在警局後面院子榕樹下搭出一個小台，收容這些流浪棄神。

警察在外面辦事，什麼奇怪的事情見不到啊。小鎮謀殺案幾乎沒有，最嚴重的也只有家裡的打打鬧鬧，或者老人老狗走失了，要求幫忙尋找。基本上看不到血案，但是車禍可不少。警察在現場看到斷頭斷腿、內臟流一地被野狗舔的，回到派出所連飯都吃不下，晚上回家還做惡夢，孩子們聽見爸爸半夜裡夢中哭喊尖叫。警察同事們這時想到院子裡就有等候失物招領的五尊神還在樹下，趕忙去拜。拜了心安。

去拜的人，就越來越多了。

闊嘴說，「有一次處理公路上一個車禍，死的是個年輕的女人。她騎摩托車，前面卡車飛下來一片鋼板，當場把她頭顱切掉……」

他有點說不下去。

「你剛剛說中壇元帥，」我轉移話題，說，「中壇元帥就是三太子，就是哪吒，就是紅孩兒？」

「對。」

難怪，三太子是永恆的青少年，五尊神像裡，只有他是站著的，還俏皮地一腳前一腳後，其他老人家都正經八百，穩穩坐著。

闊嘴遞過來三支點燃了的香，讓我正對著神像拜。我拿著香，頓了一下，不知道怎麼拜；是三鞠躬嗎？我只在小時候對著國父孫中山遺像做過三鞠躬。還有，是用身體彎下來鞠躬呢？還是讓拿著香的手臂上下搖擺來鞠躬？還有，香要舉多高？跟眼睛平，還是高過頭頂？

不好意思問闊嘴，我胡亂拜了拜，就把三支香還給闊嘴。

闊嘴接過香，插進香爐裡，走回到我身旁。

「闊嘴，」我說，「小鎮的加油站去年不是發生了一個槍擊殺人案嗎？你有參與辦案嗎？」

「有啊，」闊嘴笑開來，「這裡三十年沒發生過命案，壓力好大，不過，我們二十四小時內就抓到兇嫌了……」

「你們有沒有先來這裡拜一拜？」

闊嘴收起笑容，正色說，「我是不迷信的。」

我看著他。

他說，「警察要科學辦案。」

我看著他。

他有點動搖了，說，「不過喔，也可以說，寧可信其有……」

「所以哩？到底有沒有來拜？」

他還沒回答，靶場突然傳來「碰碰碰」連串射擊聲，一輛警車同時緩緩駛進了停車場。

闊嘴遠眺警車，確定沒事，回過頭來，說，「中元節是一定要拜的啦。」

「遠近警察都來這裡拜拜？」

闊嘴認真地說，「那當然，『好兄弟』這裡特別多，一定要照顧的。」

他數「好兄弟」給我聽，「我們這個警察局原來是日本人的郡役所，所以有日本人的亡魂在。你看，那邊還有個將軍府。」

緊貼著警察廟右側，是個更小的廟，大概是上飛機的手提行李箱的大小。兩盞紅燈守在廟口，裡面卻沒有神像，只有八個字寫在一張色紙上：

各界神靈鎮守將軍

「為什麼沒有神像？」我說，「也沒寫明是祭祀誰。」

闊嘴這時把他一直握在手裡的紙遞了過來，是個故事簡介，「我就知道你會問，我也說不清楚，這個院子裡的亡魂有第二次世界大戰的日本人，有在這裡駐守過的中華民國國軍弟兄，還有啊，車禍都在我們局裡處理，車子扣在這個院子裡，所以那些被車子撞死、壓死的亡魂，都會跟著肇事車輛一起過來，所以亡魂真的、真的很多啊這裡。」

「老百姓也會來拜嗎？」

「會喔，」他說，「因為很靈驗。」

「所以，」我說，「民眾會進入你們的警察局，一句話不說，直接穿過警察局來到後院，來拜這五尊被人丟棄的神？」

「是啊，」闊嘴說，「警察局是開放的，鄉親就直接走進來。」

他看看錶，說，「我要去交班了，有些交辦事項還沒弄完。廟的說明都在這張摺頁上，特別印出來給你的。同事很用心寫的喔。」

跟闊嘴道謝，我走到巨榕的另一邊，坐在一根凸出的樹根上，讀說明書。

……鑑於神明對擲筊常不合邏輯，更不知坐鎮主神是誰，張警員乃要求訂做值班台、值班椅各一張，另設值班神尊「執勤牌」每神各一，及「交辦事項牌」一組。以擲筊方式經神明同意，每一神尊需負責輪值一星期，於次星期一早上八點按順序交接。

神明如有外出時，信徒得在「交辦事項」盒子裡留言。當神明返駕時，便需優先處理信徒的交辦事項。擲筊輪值順序為：三山國王、關公、土地公、中壇元帥、濟公。

拿著說明簡介，再度轉到廟前面細看，果然，五尊神像左側有一張小桌，小桌是派出所執勤桌的復刻縮小版，桌子正面還印著一個迷你警徽。今天的「值班神尊」是三山國王。

這時，從剛剛闊嘴給我的說明摺頁飄下一張紙頭，風一吹，就往靶場那邊飛走，我跨大步追過去，在靶場前面捕捉到，正準備放回摺頁裡，看見白紙上有幾個字，手寫的，寬寬大大的，字體遼闊：

世界所有塵，一一塵中見

下面是當天的日期。

怕闊嘴已經離開，我跑步回警察局，闊嘴正在和另一位警察交接業務，他把腰帶後面的手槍拿出來，放在辦公桌上。我喘著把紙條拿給他看，問，「這是你的嗎？」

他搖頭，「不是啊，沒見過。」

20 阿青

一整天鑼鼓喧天，早上九點到現在下午三點了，沒有停過。各種陣頭、花車、神轎、鼓隊、穿著各種朝代服裝的人群，有騎馬的、乘轎的、步行的，一隊一隊走過大馬路，真是聲勢顯赫。小鎮不大，我懷疑是隊伍不斷地繞圈圈，同一批人馬不斷經過我的樓下，以致讓人覺得這個遊行的浩大是不是超過了首都的國慶大典。

有時候，後面的馬隊還沒到，前面的神轎就暫時歇一歇，鑼鼓嗩吶暫停。

突然的安靜讓我好奇了，走到牆頭趴著往下看，剛好看見身披厚重錦繡、背插彩色令旗，威風凜凜的大頭三太子，正在過馬路。

大頭三太子走到對面那個檳榔小攤，買了包檳榔。

從我俯視的角度無法看見他怎麼吃，因為他的頭在那巨大的面具裡面。

檳榔攤後面是一道鐵絲網做的圍籬，圍著一圈廢棄的地，地上幾株香蕉樹東倒西歪地長在雜草叢裡。鐵絲網上掛著好幾張花花綠綠的大幅海報，每個字都讀來驚悚。

哇！候選人張志明涉案？快看《週刊》一三四期

你真的要選王春嬌嗎？你知道她做過什麼事？
辦公室裡八個人都貪汙判刑了，你怎麼沒事？

三太子買完檳榔，走到圍籬邊一張海報前，掀起一片錦繡下擺，叉開兩腿，撒了一泡尿。

離開短牆，一轉身發現阿青在我書桌旁邊，正要動手，我先放出一聲尖叫，然後衝進去，厲聲喊著，「阿青——」

我的聲音立刻又變成卑微的懇求，「不要動我書桌上的任何東西。」

「可是你的書桌很亂，」她不服氣。

「不亂，」我搶過她手裡的抹布，叉著腰，說，「所有的白紙、筆記、雜誌、報紙、稿紙、鉛筆、原子筆、橡皮擦，還有書，我自己都知道什麼東西在哪裡，你動了就糟了。」

「好吧——」她拖長了尾音，表示非常無法苟同，非常勉強。我知道她沒有被說服。這個女人不被說服，後果就很嚴重，她會繼續整理我的東西，整理到所有的紙張和書都疊成一塊一塊像磚頭，每一只迴紋針都針尖跟針尖對齊，但是我準備要用的剪報、筆記本裡做的標示、提醒重點的小黃貼，編過號的頁碼文件，全部不見。

她又用力奪回抹布，把松香精油滴幾滴上去。

我一定要說服她。雖然她已經轉身又要開始打掃，我轉到她前面，擋住她的路，說，「阿青，你想想看，你爸爸作法的時候，是不是要很多道具？」

阿青的爸爸是小鎮南邊劉厝一個宮廟的乩童。

她點點頭，閃過我，在地毯上跪下，開始專心擦拭茶几。她穿著七分褲，長頭髮用兩條橡皮筋紮起來，用力時，馬尾就左右晃盪。工作起來帶著一種決絕的兇狠，擦一張桌子，除了桌面、桌沿、桌腳，她都精密擦拭以外，連一張桌子的四只桌腳的四個底，都要翻過來檢查。聽說她的孩子，放學回家時，到了家門口必須把全身衣服都脫下來，洗手洗腳消毒之後，才讓進家門。

「你是不是，」我走到她身旁，也跪下來，跟她等高，幾乎附在她耳邊，鍥而不捨地說，「你小時候，是不是有一天，半夜的時候，看到你阿爸在作法？」

她點頭，說，「是啊。」

「你是不是看見他，點了蠟燭以後，很多小紙人都跳起舞來？」

「對啊，」她說，「我有看見。」

「如果你媽，」我說，「在他作法的前一天，打掃的時候，把他的小紙人全部換了位置，你覺得你爸還可以讓小紙人跳舞嗎？」

阿青直起身體，用袖子擦臉上的汗，轉頭瞪我，說，「你寫作就是作法？」

我回瞪她，「就是。」

她讓步了，說，「知啦知啦。不動你書桌就是。」

我如釋重負，回到書桌。

吸塵器開始轟轟響起，吵得讓人頭昏腦脹，不得不又回到陽台上去逃避。陽台上有一張圓桌，上面一個小小玻璃瓶，插著我清晨剪下的玫瑰。阿青的塑膠包包放在桌上，一張處方單攤開，用機車鑰匙壓著。處方單上是阿青小學生般的字體，粗粗寫著：**及通安**。顯然是因為處方單上印好的專業藥名她怕看不懂，記不住，她自己再寫一遍。

我嚇一跳；不懂醫藥的我卻剛好認識這個第四級、含嗎啡成分的管制藥物。畫畫的好朋友動腰椎大手術之後，劇烈疼痛，就是吃及通安止痛，然後漸漸吃更強烈的嗎啡，變成上癮，最後竟然因為藥物中毒而死。

吸塵器停止時，我問：「誰生病？」

阿青也來到陽台，手裡拿著她自己帶來的水。這是她的休息時間。

「老公，」她仰頭大口大口喝水，「三叉神經痛，痛得跪在地上叫娘。」

「三叉神經是哪裡？大腿嗎？脖子嗎？」

「不是，」她指指自己的臉頰，「是這裡。」

「臉痛？」

「醫師說，臉上的神經痛。」

「突然發作？」

「幾年前發作過，」阿青露出苦惱的神情，「開始的時候以為是牙痛，看牙科，結果右邊牙齒都快拔光了，他還是痛個半死，所以後來換到神經科，才知道是三叉神經，就是臉上有三條線啦，醫師說，大概被血管壓到，所以痛。已經有兩年沒發作了，前天在吃晚飯的時候，他突然丟了碗跳起來，抱著頭，摔倒在地上一直跳、一直慘叫，趴在地上哭，說痛到不能呼吸，不能說話，我還以為他就要斷氣了……」

所以孫悟空的所謂緊箍咒，其實是因為這猴子有三叉神經痛。

我把椅子挪近阿青，認真地說，「阿青，那不是好機會嗎？」

阿青轉頭看著我，說，「嗄？」

「他平常對你那麼壞，打你，抓你頭髮把你頭皮都撕掉一塊，打得你頭破血流、鼻青臉腫，還斷過兩根肋骨，」我說，「你就讓他好好痛死，不要去拿藥……」

阿青搖頭，說，「好可憐耶，看他痛得在地上滾，一直哭，好像斷了腿的狗，一個大男人趴在地上哭。他一直在叫阿娘喂……」

「你一個大女人被打在地上哭，」我說，「有沒有人說你可憐？」

她好像理虧似地，拿起水瓶又喝水。

「阿青，」我把椅子拖近她，很用力地說，「你要趁著他痛得倒地的時候，上去對準他的肋骨踩一腳，說，你要跟他離婚。」

阿青低頭看著自己的腳趾頭。她的腳，很粗，很黑，腳骨很寬，是那種典型的下了一輩子田的腳。

「你想想看，」我沒放鬆，「你跟我說過的，他說他會殺了你，用西瓜刀。還說，西瓜刀用完換菜刀，把你頭骨剁碎了餵豬，說，豬反正不分葷素什麼都吃，五分鐘就會把你的頭顱跟餿菜一起巴喳巴喳吃個精光，誰都不會發現。這都是他說的話，是不是，是不是？」

阿青憂鬱地點點頭，眼睛噙著淚。

「這是非常、非常危險的事。阿青，你為什麼不跟他離婚？」

「大姐，我有兩個小孩……」

「那不是理由啊，阿青。你完全可以獨立養小孩。」

「大姐，」阿青抬起頭來看我，眼淚大把大把流了下來，「我不能離婚。」

「為什麼不能離婚？」

「廟裡的師父在我們結婚前就算過，我們命盤注定不會有小孩。要是有小孩，後來就一定會吵架，變冤家。所以結婚以後大概有八年，都不敢有小孩。最後是因為婆婆急了，天天催，我們才生了小孩。」

「所以，」我把面紙遞給她，「生了小孩以後就開始吵架啦？」

阿青擤鼻涕，肩膀抽搐著說，「真的，真的是有小孩以後他就開始打我，以前都不會，師父的話是靈驗的——」

「胡說八道，」我站了起來，用拳頭敲打桌子，生氣地說，「這誰都會算。所有的夫妻有了小孩以後，太累了，都會吵架。」

「你不懂——」阿青眼淚鼻涕流個不停，幾乎說不下去，「後來，我受不了了，想離婚，我有自己偷偷去找師父問——」

「讓我猜——」我走進屋裡拿了一條濕毛巾遞給她，「師父對你說：我開一種藥給你，拿回家偷偷給他喝下，他就會爆發三叉神經痛，然後你踩斷他的肋骨——」

阿青噗哧笑出來，然後又哭，然後又笑，她的臉痛苦得扭成一團，用濕毛巾用力壓住眼睛，幾乎控制不住、泣不成聲，說，「師父說，如果我一定要離婚，我的孩子會死。」

「老天，」我伸手撫摸她的頭髮，「這你也相信？」

她完全崩潰了，趴在桌上，嚎啕大哭起來，「不管相不相信……大姐，你會用孩子的命去賭一個相信不相信嗎？」

21 新厝

給了阿青一杯熱茶，她逐漸平靜下來，拿起抹布就準備進屋子繼續上工，我一把拉住她，說，「今天少做點吧。你上禮拜說要跟我說你阿姑的故事。」

「喔，」她把抹布摺成整齊的方塊，又坐下來，「好。」

「我阿姑有特殊體質，」

「特殊體質？」我說，「她有罕見疾病？」

「不是啦，」她笑了，「特殊體質就是，會看見人家看不見的東西。」

「我是作家，我才會看見人家看不見的東西。」

「我不知道你會看見什麼，」阿青瞪我一眼。她元氣一恢復，倔強的勁就出現。她把自己的椅子挪開一點，說，「我阿姑會看見房間裡的人。」

「我會看見，」我說，「我會看見戰場上被坦克車壓死的人、監獄裡被槍斃的人、半夜裡偷偷在哭的媽媽、跟情人在浴缸裡做愛的女人、被河馬吞進肚子夾在河馬大腸中間的小孩……」

南邊的短牆種的是軟枝黃蟬，開著亮黃色的喇叭花，旁邊有一個鞦韆椅。沒有風，鞦韆椅卻突然自己開始搖盪起來。

阿青也看見了，說，「好奇怪……」

「嗯，奇怪。」

阿青說，「什麼？」

我說，「什麼？沒有風。」

她說，「是沒有風。」

一陣安靜。

我說，「沒事，我剛剛是說，作家就是有特殊眼睛的人，看得見一般人看不見的事情，譬如卑鄙的人在假裝高尚，譬如痛苦的人在假裝幸福，譬如活著的人其實早就死了，譬如勇敢跟膽小的人其實剛好相反，譬如一堵牆的後面可能是一朵快要變成鯨魚的雲……」

「不知道你在說什麼，」阿青說，「我阿姑，上禮拜就有人找她去看新過戶的房子，說，房子裡不乾淨，要阿姑過去看。」

「房子裡不乾淨，」我說，「不是應該找清潔工嗎？你阿姑開清潔公司？」

阿青不理會我扯淡，說，「阿姑跟她先生開一個舊貨攤。」

阿姑的故事，是這樣的。

阿姑一個朋友旺來，在小鎮外圍買了一間中古屋，獨棟的，有點像三合院，就是三邊都有房間，圍著一個小院子，院子裡有曬穀場，大門前面有稻田和檳榔樹的那一種。

旺來一家人搬進去以後，一直有人喊頭痛，晚上也說睡不著。旺來阿嬤住在邊間，阿嬤說，每天晚上都聽見有老人在乾咳。旺來的老婆說，三更半夜有人敲門，屋頂有小孩的腳步在跑來跑去。旺來自己，有一天清早甚至揉揉眼睛看見一個女人坐在他床頭櫃上梳頭髮，女人的衣服是青色的長衫。旺來八歲的女兒說，為什麼每天晚上狗都在嗯嗯哭，地上有腳印。

這屋子「不乾淨」。

我說，阿青，你停一停，我先跟你說一個英國的故事。

在愛丁堡附近有一對夫婦，買了一棟老房子，住進去以後，嚇死了，因為，晚上都聽見敲門的聲音，打開門，門口空空盪盪，什麼人都沒有。冬天開暖氣，他們聽見暖氣爐那邊有人在說話，躡手躡腳走過去一開門，又是空空如也。有一天晚上，太太一踏進廚房，就看見一個穿黃色雨衣戴雨帽的人背對著門，坐在廚房電爐旁邊一張椅子裡，她歇斯底里奪門而出去報警。警察來檢查，樓上樓下地下室閣樓裡，全部都看了，什麼也沒有。可是明明夫妻兩個都看見東西、聽見聲音，雖然沒有一起同時看見一樣的，可是不可能兩個人同時都瘋了啊。

這就是英國的「不乾淨」的房子。

「哇，原來外國也會鬧鬼——」阿青睜大眼睛，很緊張，「後來呢？」

後來，夫妻兩個都要崩潰了，就去看他們的家庭醫生。

那個醫生幫他們做了各種檢查，驗血驗尿驗糞便什麼的。最後報告出來了，他們問醫生有什麼建議。醫生說，「我建議你們趕快找煤氣公司的人到家裡去一趟，而且要他們現在就去，立刻檢查。」

夫妻倆覺得莫名其妙，但是照做了。

煤氣公司的人來到房子裡，帶著檢測器，上上下下一檢查，發現他們家的煤氣桶漏氣，空氣裡充滿了無臭無味無色的一氧化碳。

「一氧化碳？」阿青驚呼，「一氧化碳會怎樣？」

一氧化碳會造成嚴重的幻覺、幻聽。他們兩個所聽到的午夜敲門、講話，看見廚房裡突然出現人，都是他們確實覺得聽見看見的，可是那是因為一氧化碳中毒，破壞了中樞神經。醫生看出他們的情況已經很危險，如果再久一點沒發現的話，他們會中毒而死。

我說，「怎樣？你相信我嗎？」

阿青露出堅定的神情，用力搖頭說，「是你不懂。那可不一樣。我的阿姑是真的會看見東西的。」

22 斗金斗銀

阿姑說，好，她去看一看旺來的新厝。

阿姑到的那天，太陽很大，她穿著黑色綢緞衣裳，黑布鞋，走過曬穀場，到了正廳門口。正廳是神明廳，裡面黑黑的。阿姑停了下來，不跨入門檻，只是站在正廳外面，用右手掌放在眉毛上，遮住曝曬的陽光，往裡面看了一看，就倒退著走了出去，身體倒退走喔，一直退到大門，出了大門之後才轉身，走到右邊檳榔樹下。

旺來本來就在院子外面稻田那邊等，這時奔到檳榔樹下，急急問說，「怎樣？」

阿姑嘆一口氣，說，「難怪啊。」

「難怪什麼？是怎樣？」旺來氣急敗壞。

「正廳裡面，」阿姑慢條斯理說，「一屋子老歲仔。」

旺來很驚，說，「什麼老歲仔？誰？」

阿姑瞇著眼，看著院子前面一株狐尾椰子，椰子中間一枝竹竿樣的細枝尖端站著一隻黑頭翁。她說，「這年頭，白頭翁都變黑頭翁了。」

旺來哀求，低聲下氣地說，「拜託，你趕緊說好不好？」

阿姑說，「很老、很老、很老的那一種，就是講，穿清朝衣服的那一種老歲仔。」

旺來一下子就明白了，登時氣呼呼破口大罵，跺腳說，「太沒道義了，明明跟我講，他們搬家的時候有把祖先帶走，這代表他們白賊啊，亂講騙人啊，房子賣了，人走了，把祖宗丟在這裡給我們。」

旺來當場掏出手機，打電話給賣方。電話上越說越大聲，吵了起來。他邊講邊走到鴨池塘那邊去了，又一直講回到檳榔樹下，然後在阿姑跟前切掉電話。

「怎樣？」

「他講，有啊，他們有把去年往生的爸爸帶走。」

阿姑說，「可是他們沒有通知爸爸的爸爸還有阿祖阿嬤的爸爸啊。他們家族人很多耶。客家人，幾十代人都作伙不離散……」

「怎麼辦呢？」旺來非常苦惱。

阿姑當然有辦法。

旺來就依照阿姑的指示辦事。

他去買了一斗金、一斗銀，用手推車運到正廳裡。

「什麼一斗金、一斗銀？」我打岔了。

阿青說，「金紙銀紙啦。」

我鬆口氣，「不是真的金子銀子。那——為什麼要金紙銀紙？」

阿青說，「那你就不懂了。我們很講究的。金紙分很多種，像『天公金』最貴，是燒給玉皇大帝的，『壽金』是燒給媽祖、關聖帝君的，『福金』是初一、十五給土地公的。『甲馬金』上面印了盔甲、兵，還有馬，是燒給宮廟的五營兵將的……」

五營，我知道，每一個村子的四個入口和中心，地上都放著一個小廟，大概是郵局寄包裹的紙箱大小，比人的膝蓋還矮，通常在進村出村的道路一株榕樹下，或者稻田、鳳梨田邊，東營、西營、南營、北營、中營，五支部隊嚴密齊整地保衛著村子。

「甲馬金，」我說，「我懂了，其實就是地下勞軍費啦。」

阿青用嘉許的眼神看我，猛點頭，「對。」

我也看見關鍵難題所在，「可是現在是不相干的別人家的祖先賴著不走，或者說，這些清朝長輩也很無辜，他們走不掉；旺來用哪種金銀去燒給別人的列祖列宗呢？」

阿青有點高興看我那麼認真好學，覺得我邏輯也很通，就正經地回答，「對啊，銀紙都不能亂燒的。『大銀』是除夕、端午、中秋燒的，燒給祖先。『小銀』是燒給好兄弟的，去萬善公廟燒——就是陰廟啦。還有喔，出殯的時候不是都有人一路上撒紙嗎？就是撒『小銀』——」

「讓我想想，」我的歸納能力是不錯的，我說，「『小銀』是給孤魂野鬼的，那出殯撒『小銀』的意思就是，家有喪事，新魂要過路，要加入你們，所以賄賂遊盪的孤魂野鬼，買通他們，讓他們沒事不要來找新鬼麻煩，對嗎？」

「這……」阿青顯然沒想過那麼多，不確定地說，「大概，大概是吧。」

「那麼，」我舉一反三，說，「依照這個邏輯，新聞報導常常有那些討債公司的人到欠債的人家門口去撒紙錢，是不是撒的也是『小銀』？為的是招引『好兄弟』上門，來嚇死那個欠債的人？就好像找陰間的黑道來幫忙討債？」

這個邏輯推得似乎太遠，阿青很猶豫，說，「我倒是沒想過，可是你說得蠻有道理，好像應該是喔……」

「不過，」她又想起來，「還有一種『經衣』，長方形的，上面會印梳子、牙刷、鏡子、拖鞋之類的，就是旅行用品，也是到陰廟燒給好兄弟的。我們跟阿嬤去陰廟的時候，會拿『經衣』跟『小銀』一起燒，阿嬤每次都會碎碎唸，說一定要記得先燒經衣，然後燒小銀。阿嬤說，當然要讓他們先洗澡更衣，然後再拿錢上路。」

「阿嬤很有道理，」我說，「那——在墳墓常看見有人把紙壓在石頭底下，看起來毛毛的。那是什麼？」

阿青睜大眼，說，「不知道你會問這麼多。我不知道耶，要問阿姑。」

「那你現在打電話問她。」

阿青說，「真的假的？」

「真的，」我說，「現在打。」

阿青掏出手機，滴滴嘟嘟按了號碼，再按下擴音鍵。

一會兒，就聽見阿姑沙啞的聲音，很乾脆，很粗獷的女人。

「放墳墓的是墓紙啦。清明掃墓或是新墓落成的時候都要放。不過泉州移民過來的，比如鹿港的、淡水的、清水的，都用五色紙，直接插進泥土裡面，不是放在墳墓上面。漳州過來的就用黃色的墓紙，而且要放單數，就是拿三張、五張、七張，用石頭把黃紙壓在墳墓上。墓紙代表屋瓦，不管是在墳上壓，還是插進土裡，就是為祖先修房子的意思，就是孝順啦……」

電話結束，阿青笑咪咪地，為阿姑的博學有點小小的得意。這時，我總算成功地讓她暫時忘記了剛剛的眼淚。

「所以旺來帶了一斗金、一斗銀，」我繼續追根究柢，「為什麼說『斗』？今天哪裡還有人用『斗』？」

「那些沒搬走的，都是清朝人啊，當然要用『斗』。旺來他們是真的帶秤去的，就是古早時候用的秤。」

「現在哪裡去找古早時候的秤？」

「我阿姑的店就有。」

「然後呢？」

「然後，就在那個正廳裡面，旺來他們用秤，秤出一斗金、一斗銀，然後焚香，說：你們看好了喔，這間厝，是我們用一斗金、一斗銀，買過來的。現在銀錢房屋兩訖，各位長輩，可以走了。一路好走。」

「後來，」我說，「旺來就可以睡了？阿嬤也聽不到老人咳嗽了？」

阿青說，「是啊，後來就只有阿嬤自己在咳嗽。」

23 市場墳場

舊貨攤在兩條馬路交叉口。

兩條馬路交叉，一條通往市場，一條通往墳場。

通往市場的路，從清晨到午後都很熱鬧。在「本條道路不許設攤」的鎮公所告示牌下面，是一個很大的蔬菜攤，攤子好像被貓打翻的水彩盒，從紅蘿蔔的橘紅、苦瓜的潤白、番茄的大紅、小白菜的翠綠、花椰菜的暗綠，一路到茄子的紫光燦然，一路潑彩。

緊鄰蔬菜攤子是一個孤零零的小攤，就一張廚房的小桌那麼大。一個身形瘦弱的女人坐在桌子後面，穿著一件寬大的袍子，像古時候的測字先生。桌上擺的是十來個石頭硯台。石頭，是她的男人到東港溪邊一腳步一腳步去尋得的。男人挑形態秀逸的石頭回家，慢慢琢磨，磨出一個溫潤的淺渦，可以注水磨墨。

在這鄉間小鎮，怎麼會有人在菜市場裡賣手製石硯呢？小鎮有多少人寫字？難道寄望來市場揀豬肉、挑青菜的人，順便買個硯台回家磨墨寫書法？

可是，又怎知那沿河揀石磨硯者不是一個大隱隱於菜市的田間哲學家呢？

主婦騎著機車穿梭來去，再擁擠的人群，她們也能遊走自如，身手靈活如同在操控自己胯下一匹馬。她們穿著花布衫、七分褲，腳踩拖鞋。每個人頭上都戴著像太空人一樣的頭盔，再加上蓋住口鼻的大口罩。下馬來問菜價時，頭盔和口罩不拿下來，於是在市場上就常看見一個一個頭大如斗的蒙面人在買芒果芭樂地瓜葉。

市場的路底有個銀行，規定是你一定要摘下頭盔才能進去，但是當這些姐妹們進入銀行時，都是街坊好鄰居，坐在櫃檯後面的職員，也不願意為難，於是堂堂大廳裡，一個一個都像搶銀行的蒙面人，頭盔和口罩之間只露出一點點眼睛的縫，大搖大擺走進去。

另一條路通往墳場。沿著大路前行不久就出現一條小的岔路，彎進去，入眼就是一棟廢棄的破屋，鬼針草糾纏地從垮掉的窗口爬出來；兩株巨大的麵包樹、一地枯黃的落葉和落葉下面已經爛成腐殖質的葉泥，告訴你這條路很少人走。沒有路燈，晚上經過，絕對不能吹口哨；有人拍肩膀，絕對不要回頭；聽見有人叫你的名字，絕對不要應聲。

踏進窄窄的小徑，撲鼻的是熱帶叢林濃烈的氣息，小花蔓澤蘭無所不在。這一分鐘可以蔓延兩公里的急行軍，這一平方公尺可以吹出十七萬顆種子的敢死部隊，開滿了貌似天真無邪白色的小花，層層覆蓋了原生樹種，連血桐都被他掐住了脖子，只有和他一樣野獸般凶猛的香蕉樹，仍舊從草叢裡死命地往上長。

顯然有人在照顧這些墳地裡的香蕉樹，黃色的大紙袋保護著正在逐漸成熟的香蕉，避免果實被蟲咬鳥叼。包裹著香蕉的紙袋，一個一個像小孩的柔軟身體掛在樹上。

人們說，晚上不要經過香蕉園，香蕉園是「陰」的。

這個舊貨攤，就在市場和墳場兩條路的交叉口，所以活人不想用的、死人不能用了的東西都送到了這個十字路口。

舊貨攤的另外一半是個很大的垃圾回收場，人們推著小車把垃圾送來這裡換錢。穿白背心露出肌肉、留著軍人平頭的老闆坐在一個古時候的大秤旁邊，看一眼垃圾，秤一秤斤兩，就告訴你這垃圾值多少錢。交易作久了，垃圾裡就長出黃金來了。

舊貨攤在一個鐵皮屋頂下面。佔據了人行道上的，是代表曾經美好生活憧憬的大件東西：顏色陳舊的冰箱冷氣機洗衣機、灰塵滿佈的魚缸行李箱、輪子已經生鏽折斷了的曾經溫馨甜蜜的娃娃車、門已經卡住打不開的櫥櫃衣櫃酒櫃、底盤漏水的古式荷花陶甕。鐵皮屋裡面則是一個「人生展覽館」，地上滿滿是東西，你得踮著腳尖走路免得一腳踩在一個眼睛挖空了的洋娃娃頭顱上，或是一轉身你的包包把一個蔣中正或毛澤東半身銅像給勾了下來，嘩噠一聲摔在水泥地上。

24　紅木櫥子

一只曾經被認為講究人家才會有的紅木櫥子立在一片凌亂的回收物中間。紅木原色被灰塵蓋住，變成髒髒的醬油色。用手指一抹，手指變黑，醬油色下面露出一道美麗的紅木光彩。

櫥子的門都壞了，架子上只有幾本相冊，上個世紀五十年代，這個島嶼的每一戶人家都會寶貝珍藏的那種相冊——橫的大開本，厚厚的大紅絨布包著封面，裡面每一張黑色的厚紙都搭配一張半透明的油紙。家人的照片，通常是小張的黑白照，用漿糊黏貼上去。世情寥落、人事全非撕下這些照片時，漿糊扯下一片黑紙，於是黑紙上就有一塊塊慘白不堪的禿處，像一個絕情的證據。

好幾本這樣的紅絨相簿，躺在灰塵中。七零八落的黑白照片，掉出相簿，黃了邊、糊了人頭，垃圾一樣撒在相簿的四周。

拿起來一張一張看。照片橫跨大時空，從日本殖民時期到民國六、七十年，穿晚清唐裝的、穿民初學生裙的、戴日本學生帽與穿和服的、穿旗袍的、穿西裝的，加上當時的舊報紙剪報，原來全部都屬於同一個人，一個有名有姓的人。

照片完整得驚人，從他是一個眼睛大大的嬰兒抱在穿晚清小襖裹小腳的祖母的懷裡，到他穿著黑呢料日本學生制服一臉英氣，到他成為受人尊敬的各種協會主席，幾乎是個歷史大展。顯然他的照片常出現在地方報紙上；大家都穿西裝打領帶的正式團體大合照中，他總是被簇擁著坐在第一排正中間。

他清朝出生的祖母的出殯花車、他日治時就已經富有的父親從地方水利會榮退辦桌的大宴請，到他自己跪在十字架前成為神的信徒，到他子女的盛大結婚喜宴，到他抱著金孫如同當年他的祖母抱著他洋溢著幸福的照片——三本相簿，一個人生，一個成功、圓滿的人生。

可是櫥子角落裡還有一疊凌亂的黑白照片，會是什麼呢？

一場鄉間大出殯的系列照片。

是個傳統的鄉間出殯。白菊綴滿花車，樂隊吹著嗩吶，道士揮舞魂幡，子孫披麻戴孝，親友哀傷哭泣，一張一張照片連接起來就是一個紀錄片。可是，這是誰的葬禮？

喔，這張，看到躺在棺材裡的人的正面臉孔了。僵直的肌肉，再怎麼化妝都是一張死人的臉，嘴巴張著，趴在棺木邊上的一個人正在往他嘴裡塞東西，可能是一塊玉。周圍滿滿跪著一臉悲戚的子孫。

原來就是他。那個抱在清朝祖母懷裡的嬰兒。

那麼這整個滿佈灰塵的紅木櫥子就是他家族的財產。

他的某一個子孫，把櫥子，連同櫥子裡頭包含他從出生到死亡的所有的家族記憶，全部送到垃圾場來論斤議兩，賣了。現在，構成這個人生命的一切——幸福和眼淚、悔恨和笑聲、愛情的第一個害羞的眼神、職場上卑鄙的動機和純潔的努力、奮不顧身的勇敢和彎腰撫摸一隻小狗的片刻溫柔，所有的機關算計和無可奈何的委屈，全部攤開在一個鐵皮屋頂下，散落灰塵裡，混跡在鍋碗瓢盆、木桶玩具、福祿壽土地公、維納斯塑像、塑膠項鍊、破傘舊鞋之中。

本來在人行道上和顧客大聲討價還價的老闆娘，突然從大肚子彌勒佛雕像後面伸出頭來，衝著我很不客氣地說，「你們要找什麼？」

「我們？」

她在說誰？我回過頭去看看後面，沒有人啊。

轉過頭來，我對老闆娘說，「我找花器。」

「你們……」她遲疑了一下，說，「我是阿青的阿姑，阿瘦。」

25 茶葉罐

阿青的阿姑叫阿瘦，真的很瘦。脖子下面的鎖骨凸出，胸部扁平，薄衫下幾乎可以數出她有幾根鐵條似的肋骨。丈夫在回收場那頭收貨，廉價買入舊貨，阿瘦就在這頭講價，高價賣出舊貨。丈夫個頭大，像個地方角頭，阿瘦臉尖骨削，穿著素黑的綢布短衫，頭髮在腦後綁一個髮髻，年紀其實不大，卻十足就是個半夜作法的道姑。

她不是兇，她只是不笑。一個斯文的女人剛剛輕聲細語問她：「請問老闆娘，這些相片簿怎麼賣？」

阿瘦看也不看她，懷裡抱著一個髒兮兮的陶甕，正在滿地找地方擱置，隨口說，「一百五。」

「一本一百五？」斯文客人高興了，「包括裡面的照片喔？」

阿瘦「空咚」一聲擱下陶甕，冷冷地說，「我是講，照片一張一百五十塊。」

客人嚇到了，手裡還捧著相本，說，「這一本大概有兩百張，那就是……一本三萬塊？」

阿瘦彎腰把甕推到一個觀音像旁邊，甕刮著水泥地發出刺耳的聲音，她歪著頭說，「不要講價。想買的人多呢，我還不一定賣給你。」

客人尷尬地放下相簿，沒趣地走了。

阿瘦從彌勒佛像後面走出，朝我走來，突然半途止步，表情陰晴不定，看著我。

「阿瘦，你好啊，」我說。

很難說她的眼睛是在注視我還是我的頭髮還是什麼，一種模稜兩可的神情，又似乎一時間難以決定要跟我說什麼。

在不尋常的彆扭沉默之後，她清清喉嚨，說，「老師昨天去了水邊？」

「昨天嗎？」我邊想邊說，「昨天去了一趟青山遊樂場，還有附近的武潭部落。怎麼了？」

「沒有去溪邊？河邊？海邊？池塘？」

她仍舊跟我維持一個距離，我往前一步，她倒退一步。我試試看不露痕跡往左移動一點，她就不動；我再往前，她又往後退，眼睛卻始終盯著我。

「沒有去水邊，」我說，「但是武潭有沒有潭，或者青山遊樂場有沒有井，我就不知道啦。」

她的眼睛瞇起來，思索，然後說，「武潭部落的後山有瀑布。青山遊樂場後山下面有潭。」

「喔，」我說，「不知道啊。」

「老師有女兒嗎？」

「沒有，」我說，「只有兒子。」

她看著我。

阿青說她有特殊體質。果然是個怪女人。

「有什麼老舊容器適合插花嗎？」我說。

她謹慎地退後一步，指指右手牆壁那邊一排破銅爛鐵的架子。

看在阿青的面子上，阿瘦賣給我一個錫製的茶葉罐。她雖然還是板著臉，但是三千塊的罐給我減了一百塊，表示友好，然後從一張破桌子下面抽出幾張舊報紙，包裹茶葉罐；我注意到，那幾張舊報紙，還真不是一兩個月前的舊報紙，而是真正老的舊報紙，因為其中一張標題斗大的字，寫的是「香蕉大王判刑二年六個月」。這不是五十年前的事嗎？剛剛紅木櫥子裡那個照片簿的主人翁不就是那個時候的農會總幹事嗎？報紙怎麼可能保留那麼久？

老錫茶葉罐，是個弧度柔軟的八角罐，古拙可愛。工匠手雕的冬梅和秋菊枝頭還各有一隻鳥，梅花枝上一隻鳥回首，菊花枝上一隻鳥欲飛。詩句是五絕，以饒有稚趣的隸書雕寫：「踏雪尋梅花，沉醉倚西風。」

這世界，什麼東西是沒有因緣的呢？

八角罐的形狀清朝時開始在中國南方流行，手工訂製這只錫罐的人，很可能是個來往於廣東潮汕的商人，晚年定居島嶼南方，成為在地鄉紳。他一定知道錫是貴重金屬，價值雖然不比白金、黃金和銀，但是錫的金屬性質乾淨無毒，人們說錫「盛酒酒香醇，盛水水清甜，貯茶色不變，插花花長久」。

一七四五年，瑞典東印度公司有一艘商船，哥德堡號，觸礁沉沒，一九八四年打撈出海，船上三百七十噸茶葉，在鹹海裡泡了兩百多年，有一千多公斤竟然完好如初，可以打開就泡，因為這一千多公斤的茶葉都是封存在錫罐裡的。

待曾兒回到家，第一件事就是要把錫罐擦拭乾淨，放在書桌上，給自己泡一杯清茶，細細欣賞。茶葉罐的主人，在世界的昨天，也是這樣欣賞這個茶葉罐的吧？他的晚年小鎮，很可能和我現在的一樣，被香蕉園和鳳梨田包圍；他一定擁有一個範圍不小的四合院，搖曳的桂竹圍繞著四合院，曬穀埕上種著香氣甜美的含笑樹。這南方的鄉紳從雕著五言絕句和梅花的錫罐裡取出茶葉，給自己泡一壺茶，把錫罐放回窗邊，傍晚的斜陽從海峽照過來，穿過樟木做的窗格，錫罐就籠罩在一片溫溫遲遲的粉光裡。

結局也都一樣；走的走，斷的斷，離的離，死的死。掩埋記憶的蔓藤，一寸一寸爬進了前庭，覆蓋了客廳，淹沒了窗台；那美麗的、洋溢著茶葉香氣的老錫罐，經過一雙一雙漸次淡漠的手，失去了溫度，進到了垃圾回收場，被灰塵鎖住。

然後遇到我。

把報紙包好的錫罐放進背包裡，滿意地正要轉身離去，阿瘦突然說，「老師晚上可以去我那裡，六點半到七點之間。我幫你處理。」

「處理？處理什麼？」我問她，可是阿瘦已經風風火火走了出去。

26 手足

很容易就找到阿瘦的家，就在停車場裡有個廟的警察分局斜對面。分局是個三層樓的建築，長得像個「高」字，入口正中間，在「警」跟「察」兩個字的中間，掛著一盞紅色的圓形燈。門口停著一輛警車。

一排三層樓的透天厝，她是中間的一戶。緊鄰的右邊是個牛肉麵攤，七點，已經在刷洗收攤。左邊顯然是住家，門關著，裡面傳出電視的聲音。門楣上寫著：

耶穌是我的真主

阿瘦的門口騎樓下，已經有不少人，坐在紅色的塑膠凳上。一隻瘦瘦的黑色土狗趴在地上。騎樓外是暗夜朦朧空盪盪的街心，十字路口閃著一個很大的紅色的「慢」字。

玻璃門裡面，看見阿瘦的背影，她跪在祖師爺神壇前誦經。一個自我介紹為「師兄」的人把我帶進去，角落裡已經有一張凳子，讓我坐下。

「可以拍照嗎？」

師兄說，「可以。」

角落白鐵架子上有幾疊紮好的金銀紙。

「這些可以碰嗎？」

他說，「可以。」

「待會兒那些鄉親進來問事，可以坐在這裡旁聽嗎？」

他點頭，「可以。」

誦經結束，阿瘦起立，她的髮髻梳得更整齊了，幾乎看得見一條一條油亮的髮絲；衣服也換過了，唐裝的白色上衣和黑色綢緞寬褲，看起來純淨肅穆。她回頭瞥我一眼，表示致意，那眼神的端莊、沉靜，和白天喊著「一張一百五」的兇悍像是兩個不同身體的人。

神桌上黑臉的祖師爺神像前已經供著三牲酒水，一盤一盤的水果，寫著供奉者的名字。師兄師姐們各就各位，阿瘦站立正中，面對祖師爺，眼睛緊閉，身體逐漸有韻律地搖晃，準備迎接祖師爺附身。

她赤腳，踩著節奏整齊的步伐向前傾、向後仰，然後拿起一塊板子啪啪用力敲打寫著「佛光普照」的桌面，不時發出喉嚨深處低沉混濁的聲音。一旁的師姐拿出一張黃色的紙和一支紅色簽字筆，擱在神案上，閉著眼睛的阿瘦突然俯身，在紙上寫狂草似地畫下符咒。

一張矮凳擺在廳內正中，面對騎樓、背對神案。第一個進來的是一對老農夫婦。滿面憂愁的老婦人在矮凳坐下，阿瘦，或說，祖師爺附身，站立在老婦人的背後，也朝著大街和騎樓裡三三兩兩等候的信徒。老農站在妻子的身旁，非常關切又手足無措的樣子。

祖師爺低聲問，「何事叩問？」

是純正的閩南語。

老婦人垂首流淚，「吾幼女外出尋職，久不轉來。心實驚，無眠。」

祖師爺語調平穩而徐緩，說，「此係暫時，免驚。吾為汝加持。伊將平安轉來。」

老婦人閉眼低頭，祖師爺身體微微前傾，左手按著婦人的頭頂，右手握著一把香，從婦人頭頂引煙逐步往下運行。香煙繚繞，最後，一旁師姐奉上杯水，婦人仰頭飲下。

第二個進來的，是個年輕人，穿著白色恤衫，牛仔褲，運動鞋。他坐下，用碎碎唸的方式說話，口齒不清，又快又急，「我家是開機車修理的，本來就拜神明，可是這幾年來我爸說，怎麼拜了這麼久，家運也沒有改，錢也沒賺到，根本不夠力，所以我爸就把家裡的神明偷偷丟到大水溝去了。然後就一直到處問，應該拜誰，可是新的神明帶回家沒多久，又說沒用，又偷偷丟掉。這幾年丟掉好幾尊了。」

祖師爺閉眼聆聽，身體左右前後搖晃，喉嚨發出不規則的低音。

「最新請到家裡的是一個台南的王爺。這個王爺說，機車行應該關掉，要爸爸去山裡種樹。爸爸就真的把機車行關掉了，到屏東大武山買了一小塊地。問題是我爸連榕樹都不認得，現在要開始種樹。」

站立在年輕人後面的祖師爺一直在聆聽，一直在搖晃，有時腳步一個小踉蹌。

「今天來求祖師爺解惑，是因為，上禮拜，我爸說，王爺要他跟我媽分開，如果不分開，他永遠賺不到錢，還有厄運臨頭，要禍延子孫。而且分開的意思是，他們這一輩子都不可以再見面。我覺得我們快要妻離子散、家破人亡了，不知道怎麼辦才好，求祖師爺開示……」

祖師爺閉著眼睛，開始說話，濃濁語音，不容易聽懂，一直站立在右手邊的師兄就跟著祖師爺的話，一句一句翻譯：「祖師爺說——你原不信我——為何來此……」

年輕人著急了，努力辯解，「不信可以變信啊，今天以後我就信祖師爺……」

「祖師爺說，」師兄繼續逐句翻譯，「信仰來自心誠——你父心有異念在前——就是說他本來就有問題啦——求神問卜在後——然後才到處找神明——其實一切在心——就是你爸心性不工——王爺言之——王爺說的話——信者聽之——信的人自己要懂得解讀——地角與天涯——勞心更費懷——是說，就是說——你很費心——若逢牛鼠後，舉動得錢財——就是說——你爸應該是凡事不成，失物不見，買賣還可以，婚姻不會破……」

聽到最後一句，年輕人嘩一下痛哭失聲，抱著頭，趴在自己膝蓋上，像個孩子一樣嗚嗚哭了起來。

祖師爺左手輕輕按住他的肩膀，漸漸給力，右手持香，從頭頂沿著他的背脊在空中往下畫符；年輕人抽搐的肩膀慢慢、慢慢平靜了下來。

玻璃門外騎樓裡等候的人們，沒有表情，靜靜看著這廳內的一切。他們聽不見，可是他們顯然太懂了。憂愁的心，眼淚給淨化了。懷疑的痛苦，信仰給療癒了。

來問事的，都問完了。大家紛紛走到騎樓去吃紅豆湯。我問翻譯師兄，「鄉親都不在乎自己的私事被那麼多不認識的人聽見？」

翻譯師兄有點驚奇我問這樣的問題，說，「凡是因痛苦而來到這裡的，都是家人。」

「隱私不是問題？」我說，「都是那麼私密的事情啊……」

師兄嚴肅地看著我，說，「你們都市的人不明白。對外人，才有隱私問題。你難道不覺得，痛苦，使人們變成手足？」

27 辦事

我正要走出去吃紅豆湯，旁邊的師姐攔住我，說，「現在輪到你。」一把就拉著我坐進了那個矮凳。

祖師爺閉著眼睛，立在我身後，身體微微搖晃，左手摸著我的頭，右手持香，用附身的喉嚨深處聲音說，「你最近有沒有心神不寧，輾轉難眠？」

我笑了，「我永遠心神不寧、輾轉難眠。」

「你有沒有覺得，有人在你耳朵裡說話？」

那倒是有的。我常常聽見師父跟我說話。昨天傍晚小鎮的垃圾車響起「給愛麗絲」鋼琴聲時，我還想起多年前他跟我說的一則公案：

僧問：「如何是平常心？」

景岑禪師云：「要眠即眠，要坐即坐。」

僧云：「學人不會。」

師云：「熱即取涼，寒即向火。」

我回師父說，「熱就滾爛泥巴，冷就擠成一團，那跟豬有什麼差別？」
師父說，「人有意識而為，豬無意識而為。差別大矣。」
「你有沒有覺得，有人在你耳朵裡說話？」祖師爺再問一次。
我趕忙回答，「沒有啊。」
「有沒有看見人家看不見的東西？」
我笑了，「常常看見，我看見戰場上被坦克車壓死的人、監獄裡被槍斃的人——」
「老師不要說話，」翻譯師兄突然說，「祖師爺要運功了。」
祖師爺喉嚨裡發出混沌的聲音，師兄開始翻譯，「祖師爺說——不管你是誰，我請你不要害她。」
我說，「誰？誰誰？」
「請不要答話，祖師爺不是在跟你說話。」
「那她是在跟誰說話？要誰不要害誰？」
「不要說話，祖師爺要你不要說話，她正在幫你護身祈福，祈福以後，人家就害不了你。」
「喔，好吧。」我說，「沒有人要害我啦……」
「祖師爺說，今晚有人跟著你進來的，」師兄說。

「沒有啊，」我說，「我一個人來的。」

「祖師爺說有。一個女生。」

我面對著玻璃門外的騎樓。一個大概五、六歲的小女孩，站在騎樓，把臉貼著玻璃朝裡面看，貼得緊，鼻子壓得扁平，好像一塊嚼過的口香糖，黏在臉的正中。那隻瘦瘦的黑狗，站在她旁邊，也對著我看。

「你是說那個小女孩嗎？」我說，「她不是跟我來的。」

祖師爺突然大聲咳嗽，好像一口痰就要上來。師兄說，「不是不是。祖師爺看見跟著你的人了，正在幫忙你處理。」

她突然一聲暴喝，「哈」了一下，重重拍打我肩膀，打得我身體前傾。

師兄說，「好了。」

「什麼好了？」我回頭問。

祖師爺閉著眼睛，雙手持香，對著空中唸唸有詞。師兄翻譯說，「祖師爺說，渠本無惡意，一切皆善因，平安，平安。」

香的青煙從我腦後飄過來，慢慢籠罩著我的鼻眼。原來覺得嗆鼻難受的氣味，現在慢慢覺得熟悉了。打開眼睛，看見青白色若有若無的煙，有生命似地一縷一縷往黑底夜空飄去，牽引出極為柔美的線條。

走到騎樓，有人遞過來一碗紅豆湯。熱熱的，好吃極了。

「祖師爺有沒有答不出來的問題？」我問。有一點小心我的措辭。

捧著紅豆湯的師姐說，「有啊，上個月打鐵村一個人的狗狗死了，她來問她那隻狗狗的前世今生。問狗的前前前世。問狗的前前前世跟她的前前前世的關聯……」

「那祖師爺說什麼？」我轉頭問阿瘦。

她剛剛從裡面走出來，瞇著眼，看看夜空，溫柔地說，「祖師爺一回駕，我就什麼都不知道，也不記得了。」

「可是我記得，」師姐大口喝甜湯，「祖師爺說，狗的前世不見得跟你有關，他可能是東港溪裡一塊石頭、大武山上一條百步蛇，或者只是一粒空氣裡的微塵什麼的。」

「你們辦事不收費嗎？」我問。

阿瘦驕傲地搖頭，「不收費，我們做功德，憑大家的心。」

「那你們的佛堂怎麼維持？水電房租都是開銷啊。」

翻譯師兄回答，「我們有會員，會員每個月捐五百塊。」

「你們會員——」我說，「都是務農的嗎？」

師兄說，「我開油漆行，師姐家開寵物店。也有種香蕉的。」

開寵物店的師姐說，「我們是做誠心的。那些靠這個賺錢的人，我給你看，是這樣做的……」

她放下了紅豆湯，把手機拿到我面前，讓我看購物網頁上的一則「貨品」：

> **桂靈師**
> **通靈算命**
>
> **算命、通靈諮詢費**
> **一律1800**
> **（急件處理3000）**
>
> **多一個項目**
> **多300**
> **例如感情＋事業**
> **＝1800+300**
> **付款後會幫您做**
> **線上預約的動作**
>
> **FB搜尋：**
> **桂靈師**
> （通靈、算命）
> **建議售價~~3000元~~**
> **一次付清特價**
> **6折**
> **1800元**
>
> **付款方式**
> **PPHomePay**
> **取貨付款**
> **ATM**

吃完紅豆湯，那些問過事、得到開示的人，依照祖師爺的指示，買了金紙銀紙，走到馬路邊燃燒的火爐，一疊一疊丟進火裡。有幾個人，邊拋紙邊合掌禱告，邊流淚。烈火熊熊把每個人的臉照得變了形。

小鎮，夜很靜，街很空，天幕很大，火光跳躍顯得特別荒涼。金紙銀紙瞬間成青煙，一片一片青黑色的灰，被風捲起，飄往空中，像滿天黑蝴蝶，大大的翅膀在夜空裡上下翻動，越飛越高；一整片黑蝴蝶翻飛的後面彷彿有光，一盞孤零零的燈，就是警察局門口那一盞圓形紅燈，在萬古寂寞的人間，冷清地亮著。

四、

月光部落

我的愛，就是給你，
飛得高的翅膀、聽得見夢的耳朵、看得見彩虹的眼瞳，
這無比遼闊的世界，
就從大武山出發……

颱風

如果，月光照亮了開滿曲莖馬藍的山路，你發現懸崖邊坐著兩個少年，正在聊天，你會不會停下車、按下手煞，走出去，跟他們說話，問他們怎麼會來到這大武山上看滿月，坐在懸崖峭壁的邊緣，腿盪在山谷虛空之上，兩人中間的石牆上放著塑膠杯，裡面有粉紅色的飲料？

如果，那較大的一個，靦腆地說，「我是獵人。」你會不會問，「你獵什麼？」

當他說，「山豬，」你會不會問，「獵到山豬賣給誰？」

他說，「給認識的客人」，你會不會當下就把自己的手機號碼寫在一張紙片上給他，說，「下次獵到，就來電話？」

我就這麼做了。

上車以後，按下車窗，隔著山路又對他說，「告訴我你的名字，我不接來路不明的電話。」

他說，「Galis。」

「Galis，什麼含意？」

他不好意思地笑一下，說，「颱風。」

那個年紀看起來比颱風還小的，本來背對著山路這邊的我，一直看著月光下迷離的山谷，這時轉過臉來，是個十來歲的男孩，濃密睫毛下的眼睛又圓又亮又黑，他說，「你是老師嗎？」

一個禮拜以後，接到颱風的電話：「抓到一隻山豬。今天晚上九點，到青山遊樂場碰頭。」

我說，「好。」

可是心裡很毛。

青山遊樂場，在小鎮十里之外，荒郊曠野中，四周是杳無人煙的香蕉園和鳳梨田。香蕉樹上吊著沉沉的塑膠套袋，好像隨時會動。鳳梨田，在這季節裡長出一顆一顆鳳梨，農人為了防鳥防蟲，在每一個鳳梨的頸部圍上一圈護肩，就像日本武士的頭。開車經過時，黑影幢幢，感覺像遍地人頭、滿山凶險。

交山豬肉，為什麼不約在部落裡有人家燈火之處，卻約到夜黑風高的晚上九點在荒郊野外一個廢棄多年的遊樂場？而且還是我一個人赴約。

簡直就像毒品交易。

打電話給颱風，問他為什麼。

他說，因為我們部落在山上，田間沒路燈，怕你晚上不好找。

那為什麼約那麼晚，可不可以早一點。

「沒辦法耶，」電話上他聽起來很喘，「白天都在工地啦，晚上才回到部落。」

颱風正在一個建築工地上，電話裡可以聽見電鑽和水泥車運轉的轟轟巨響，突然想到他和大眼睛少年在懸崖上喝的粉紅色飲料。

我知道那是什麼了。

29 青草茶

兩年前，勞動系教書的朋友介紹一個外號叫「鱸鰻」的勞工運動頭頭帶我到台南一個工地看建築工人的工作狀態。冬天，連下了一個星期的雨之後第一個爽晴的日子，地上仍舊泥濘不堪，我們穿著塑膠雨鞋站在一個大坑旁。寒流才過，空氣仍然凍得讓人手腳僵硬。

「上個月一個工人從鷹架摔下來，死了。」他說。

鱸鰻三十歲不到吧？曬得很黑的臉上一條長長的疤痕，從額頭中間斜切到右眼旁，看起來有點飽經風霜的凶惡。

「摔死的工人幾歲？」我問。

「六十二。」

「六十多歲的老人，還做高空的工作？」

他陰沉著臉，沒答話。

水泥車、堆土機、升降機、電焊機、鏟土機、怪手，還有很多叫不出名字的機械在工地裡轟隆轟隆運轉。在很高的空中操作吊桿的人，就螞蟻那麼小，小到完全看不清面目，就只是機械的一個零件。很多戴著安全頭盔的工人在龐大的機器運轉下穿梭。

旁邊圍籬地上放著一整排白紙包的瓶瓶罐罐，白紙上寫著「青草茶」、「養肝茶」、「酸梅湯」，還有一大堆粉紅色的塑膠杯。

「這麼冷還喝青草茶？」我問。

鱸鰻笑了，笑得極其輕蔑，說，「你們這種階級的人才會以為那是青草茶。」

「你們這種階級？」我轉過去瞪著他，火大地說，「少年的，運動搞多了你滿腦子階級是不是？要跟我比階級正確是不是？我是漁村長大難民的女兒，在你這個年齡的時候，還買不起你身上這件襯衫，更買不起你口袋裡這包菸，」我指指他上衣口袋，「你什麼階級你說說看？」

媽的，真鄙視這種爪子趴在道德高地、自以為是、藐視一切的「進步青年」，別人的傷口和疼痛從來不屑一顧，歷史的晦澀幽微又無能鑑別，卻把進步口號當作盾牌跟徽章在故作聲勢、張牙舞爪的表演爛咖！

顯然沒想到我老人家的回擊這麼直接，鱸鰻頓時收了氣焰，望向工地，說，「那些其實是保力達B。因為怕官方勞檢，所以工頭用塑膠瓶裝起來，紙包一包。工人喝了提神，取暖。」

我「呸」了一聲，粗魯吐出嘴裡一口痰，說，「工地喝酒，不是危險嗎？」

「我爸爸那代人在工地的時候，喝的是保力達B套米酒，」他說，「後來配莎莎亞椰奶，現在有些人會配伯朗咖啡，很多老師傅配維大力。」

「不危險嗎？」我再問。

盯久了，已經發現，安全帽的遮蓋下大多是上了年紀的工人，皮膚很黑，人瘦得像生鏽彎曲的鐵釘。

鱸鰻指指自己的臉，說，「猜猜看這條傷疤怎麼來的？」傷疤像條黑蜥蜴趴在臉上，很粗，很糾纏，可見當時傷口很深。

「一條鐵纜在空中突然鬆脫，直接甩下來打到我的臉。」

這時穿著長統膠鞋的工頭走了過來，拿起一瓶「青草茶」，打開瓶蓋，仰頭灌下。

鱸鰻說，「阿輝仔，你說說看，工地喝酒，危險嗎？」

阿輝仔用髒破的袖子擦嘴，因為缺牙而口齒含糊，說，「危險有什麼法度，工頭也不敢要求啦。一天工錢只有一千一百塊，做一整天也只能勉強吃飯，如果我們還要囉嗦，就找不到師傅了。」

鱸鰻一旁補充，「這些師傅喔，一出生就勞動，工資低，家庭破碎的很多，精神不正常的不少，跑路躲警察的，更多。年紀也漸漸大了，你看，」他指著正走過來的一個工人，說，「天冷下雨，連雨鞋都是破的。喝點酒，麻痺一下，不然做不下去啦。」

「阿輝仔，警察有來嗎？」鱸鰻問。

「管區有打電話來，」阿輝仔再開一瓶「青草茶」，扯下一個粉紅色的塑膠杯，倒進去，喝了一小口，說，「問東問西的，我都說沒有聽過，不知道。」

「警察找什麼？」我問。

「通緝犯，」鱸鰻說，「很多工地工人都沒有身份證，勞工仲介當然也不會問。警察常到建築工地來找通緝犯。老實說，不是走投無路的人，也不會來工地啦。」

在月光懸崖上看到的，就是這樣的粉紅色的塑膠杯子。

30 山豬有約

既然晚上九點與山豬有約，乾脆就把這一天做為我的大武山巡山日吧。

下午就從小鎮出發，往來義方向行駛，大概十分鐘就到了縣道一一〇和一八五號公路交叉的路口；穿過路口就進入了來義鄉，開始入山。

是很想去考「巡山員」這個工作的，想想看：每天的任務就是在山裡行走，看樹，聽鳥，觀察動物，住在草叢工寮裡，躲在樹叢裡抓偷竊樹木的「山老鼠」。還有比這個更親近大自然的工作嗎？

把甄選簡章拿來研究，一看到「術科」考試，就打消主意了。考試有兩項，先是背著一個二十公斤重的背包，九分半鐘內跑完一公里。開玩笑。

然後要實地騎上一輛一五〇西西循環檔機車，在二十五公尺內由一檔換到三檔。

二十五公尺內換三檔？

算了。別提了。

一入山谷就是林邊溪。溪道極寬闊，乾涸，暴雨沖下的大石頭，被烈日凶猛曝曬出一種洪荒初始的野蠻感。沿著林邊溪東岸走一小段，到了大後部落突然北折，就是上游瓦魯斯溪了。

走在無水的溪床上，令人不安，誰知道暴雨會不會突然從天而降。我出生的這個島嶼，被我視為理所當然，但是，我真的認識它嗎？

島的形狀像香蕉，也像一片白玉蘭的葉子，葉形南北狹長，跟葉軸橫切的葉脈就很短促。如果說葉軸是高山，那麼島嶼的溪，就是這些東西走向的葉脈。夏季，天空裡的雨水約好了全部同時報到，每一條溪，就變成高懸直下的水管，一夕暴漲，像一列失速的火車，衝向大海。火山爆發般的大地能量，把山中沿路的巨木大根連同村莊部落、農田樹林、牛羊豬鴨一併掠走，混入泥漿，滾進大海。

冬天，雨水不來。溪床被夏天的暴雨撐開來寬達數里，石頭與石頭之間，白頭的蘆葦搖曳，滿目荒蕪。

沙土路旁有一個草棚，棚下一張破舊的桌子，桌子上一堆參差不齊的檸檬，排灣族老婦人嚼著檳榔、赤著腳，坐在沙土上。我停車，搭訕幾句，買了一包醜檸檬，她高興地賞了我幾粒夾了石灰的檳榔。

蜿蜒上山，到了山腰部落，停車懸崖邊，查看地形，知道眼前是排灣族佳興部落，舊稱「布勒地社」。海拔三百三十公尺，九十戶人家。佳興部落屬於排灣布曹爾亞族支群的巴武馬群。

往下眺望，層層大山環抱著一個白色的十字架，是一個山頭上的小教堂。好大氣魄，竟然拿大武山的山嵐繚繞來當禮拜的煙火。福佬和客家莊的神明，都在市井之中。屏東平原的土地上無處不是宮祠寺廟道觀道場。村頭村尾路東路西，也都有土地公和各路將軍守護。這深山部落裡的教堂，卻昂然獨立於穹蒼之下，丘壑之中。

下山時已近晚，月光盈盈灑在鳳梨田上。沿著這條老山路，在半山廢棄的石板屋那裡一個大右轉，經過幾畝田，就是約好的遊樂場了。獵人是不是已經收拾了刀子在等著……

走過一片墳場。

墳墓其實是往生者的人間小別墅，只是跟黑影幢幢的香蕉園在一起，讓我有點錯覺，彷彿別墅裡有人在走動。

到了約定的地點，青山遊樂場。

車子熄火，車窗打開，鳳梨田裡蛙聲震耳。遊樂場廣場上站著一個比房子還高的摩天輪，摩天輪旁一座巨大的龍頭馬身的動物。雲影浮動，使得高聳的摩天輪時明時暗。後山上的檳榔樹，一片黑影，在夜風裡搖動。

一種神秘的氣流使我開始信心動搖：晚上九點，荒郊野外，鬼魅似的遊樂場，全為了一隻山豬——我是不是至少……該把車門鎖上……

一輛摩托車噗噗出現在小路上，燈如鬼火，朝我過來。

鬼火接近，看見車上的臉孔，我放心了。是懸崖邊那個大眼少年。

我的車跟著他，朝部落駛去。

31

土石崩塌

以為只是來買一包新鮮的山豬肉，一手交錢，一手取貨，拿到就馬上回家，但是車子停妥，跟著少年徒步走進部落，入眼的，卻是一爐熊熊明火，火上一個鋁製大盆，盆裡一鍋冒著騰騰熱氣的水。幾個人蹲在地上，圍著爐灶，正在七手八腳往灶裡添柴。

一個人轉過身來，是颱風。

他丟下柴，匆匆走過來，拖出一張塑膠椅，熱情招呼，「請坐，請坐……」

所以不是一手交錢，一手取貨。水都還沒煮開，現在是晚上九點半。

然後就看見他了。

月光把矮矮的木屋影子投射在地面，黑影中，躺著一隻似乎睡著的小黑狗。

我走進黑影，蹲下來。

這是一隻年幼的小山豬，仍舊睜著大大的、睫毛長長的眼睛。頭上流下的一灘血，已經糅進他黑色的毛，一片暗紅，硬了。

輕輕撫摸他。

小山豬，你媽一定在大武山漫山遍野找你呢。

帶路的獵人少年也走了過來，在我身旁蹲下。
他也伸出手，撫摸小山豬。
好一陣子，爐火那邊快樂喧譁，小獵人和我，就默默蹲在那山豬旁。
他說他叫「村怒可」，在本鄉的中學讀高三。「Cunnuq，」他解釋，「就是『土石崩塌』的意思，出生的時候部落碰到土石流。」

族人開心地歡迎我。
颱風介紹他的叔叔，說，「打獵都是叔叔教我的。」
我問叔叔獵人，「你有槍？」
他興高采烈地奔進屋裡去把槍拿了出來。
「我們是傳統打獵的，可以有獵槍執照。」叔叔一邊說，一邊拿一塊布擦槍。
掏出手機拍照，土石崩塌說，「這是iPhone嗎？可不可以看看？我們部落裡沒有iPhone……」
看看那鍋水，還只是在冒熱汽，離滾沸遠得很。
「大概要等多久？」我問。
「很快很快啦，」幾個人七嘴八舌搶著回答，「大概再一兩個鐘頭就好了。」
颱風抓著一瓶保力達B，在我旁邊一塊木頭上坐下來。

「你在工地做什麼工？」

他用袖子擦擦嘴角，說，「粗工啦。」

「什麼樣的粗工？」

「就是……」他在思考怎麼說明，「就是，沒有技術的，比如說，綁鋼筋的，綁完以後，泥工要進場，可是地上很髒亂啊，我們就去把地掃乾淨——」

「清潔工？」我問。

他笑了，搖頭，「也不是。正式的清潔工跟監火人員都還要有特別關係才給你做。我們都是臨時工，什麼都做。工資一天一天給的，沒有工就沒有錢。基本上就是，別人不做的都我們做啦。」

「監火，」我說，「監火人員是幹什麼的？需要技術嗎？」

他又笑了，這回我注意到他有一排很白的牙齒。皮膚曬得很黑，白牙顯得特別白。「監火不需要技術，比如有人在上面焊接，監火的要看火星會不會掉下來燒到下面的塑膠袋之類的。」

「這工作比較輕鬆吧，為什麼輪不到你呢？」

「這種好康的，都是被工地主任的朋友啊、阿姨啊、阿婆啊之類的拿走了……」

突然想起我的包裡有一盒瑞士薄荷巧克力，拿出兩片，遞給颱風，他很驚喜地接過去。

「颱風，」我說，「你看過工地出意外嗎？」

他把巧克力放進嘴裡，說，「當然有啊。上個月就有一個北邊部落的，被一根鋼條刺到，鋼條穿過胸部，當場就死了。十九歲。公司賠了九十萬。」

「九十萬？」我大吃一驚，「一條人命才九十萬理賠，怎麼可能？那違法呀——」

他看著不遠處跳躍的爐火，無所謂地，說，「是違法，可是僱主違法被抓到，也就罰三十萬，跟九十萬加起來也不過一百二十萬，違法划得來啦。有的連一毛錢都不給呢。」

我不相信。

他說，「很多小白公司，就可以一毛錢不給。」

「小白？」

「就是找一個沒有犯罪、沒有欠款紀錄的人，比如流浪漢啦，來做公司負責人，簡單說就是人頭公司啦。工人死了，他就跑路了，抓也抓不到。就是抓到，小白本來就一窮二白，讓你關個一兩年，監獄還包吃包住哩，也沒有什麼不好。」

「我叔叔就認識一個跑路的小白，」土石崩塌說。

「你高三了，」我轉過去，「畢業想做什麼？」

他低頭看著地面，安靜地說，「去蓋房子的工地打工，或者，就簽下去。」

「簽下去？簽什麼下去？」

他抬起頭來，真是一張俊秀青春的臉，眼睛裡好多表情，很世故，看多了人間坎坷的世故，又有一種天真，深山甘泉似的天真。

颱風幫他回答，「就是簽當兵的約啦。」

土石崩塌點頭，「我們部落的年輕人都簽啊……」

十點半，一陣歡呼，水沸騰了。颱風衝過去，和叔叔兩個人，一個抓頭，一個抓腳，把小山豬的身體放進沸水。身體放得進去，頭和腳卻在鍋子外面；頭和身體浸入鍋裡，腳卻翹在鍋外，所以燙了身體之後，又折騰著把頭浸入滾水，然後是腳，然後是尾巴。然後又是頭。然而僅僅是頭，就要搞半天，因為頭上有眼睛、耳朵，各種窟窿，而脖子有很多皺褶，燙一次不夠，於是再提起來，翻過來燙左邊，再翻過去，燙右邊，好幾個來來回回。從頭燙到尾巴，又花了一個多小時。

豬毛很不容易處理。即便身體都刮乾淨了，耳朵、腦後、腿間，仍舊藏著黑毛。於是噴槍拿出來了，一股藍色的火焰對著豬腿凹凸處射去，頓時傳出燒炙的焦味。

這個味道我熟悉。夜裡插上電源的捕蚊燈，飛蛾撲上來，就是一陣肉體的燒焦味。

徹底清除乾淨以後，黑毛豬變成白白肉肉的豬體了，接下來就是把豬體放在地上一塊大木板上，眾人圍著，開腸破肚。

颱風和叔叔們圍著小山豬光溜溜的身體，有的拿刀解剖，刀尖刺入，從胸膛往下切開整個腹部；有的持鋏去毛，有的刨內腹取臟，有的用手收拾那血肉模糊的碎屑，丟在一旁水桶裡。

土石崩塌走近我，小聲說，「你不想看，對不對？」

確實無法直視；我伸長手臂把手機拿得遠遠的，錄影小豬的大操刀，眼睛卻看著別的地方。

他帶著我走到較遠的角落一張椅子坐下。

他四下張望了一會兒，說，「恐怕要在部落裡待到半夜，那——我唱歌好不好？」

「好。」

他高興地說，「我去拿吉他。」

很快從房裡抱了一把吉他出來，在我身旁坐下，說，「我會一首情歌，唱給你聽。」

少年獵人抱著吉他，有點害羞地，用極其樸素的聲音，輕輕唱起。

火在嘶嘶燃燒，水在噗噗冒汽；光著屁股的一個小孩騎著一輛輪胎癟掉的三輪車不斷繞圈圈，繞一圈又一圈，年輕豐滿的媽媽手裡抓著一個飯碗滿場追趕，時不時偷襲似地搶一口飯塞進孩子嘴裡。

昨天還在大武山深不見底樹林裡奔跑的小山豬，已成白花花的肉塊。這時，隔壁突然傳來混聲唱詩篇的歌聲，部落裡的家庭禮拜開始了……

「你唱的那首歌說些什麼？」我問土石崩塌。

手指撫著弦，他靦腆地看我一眼，低低地翻譯歌詞：

我的心飄到遠方，
那個地方，所有的人，
都有翅膀，
我的愛，就是給你，
飛得高的翅膀、聽得見夢的耳朵、
看得見彩虹的眼瞳，
這無比遼闊的世界，
就從大武山出發……

他終於擺脫矜持，放聲唱起來。爐火的光閃爍，他年輕的臉龐一會兒亮，一會兒暗。

五、

作文課

灰冷了之後，
才知道曾經熱過的是火。

燈滅了之後，
才知道曾經亮過的是光。

念斷了之後，才知道，之前的，叫做愛。

32

渣男

在阿蘭那裡剪了頭髮的第二天，作文課就開始了。我答應義務給小鎮國中生上一個整天的課。

國文老師帶著九個十四歲的小孩，來到寂寞咖啡館。員外把寬敞明亮的寂寞咖啡館會議室讓給我們，酷酷地說，「不必感謝，咖啡館本來就沒人。」

十四歲的人，應該是人頭羊腳的中間過渡動物。他不是小孩也不是大人，他的女生像男生，男生像女生。他前一分鐘憂鬱地坐在那裡說出讓大人嚇得睡不著的人生警句，譬如，「你知道嗎，我覺得人生是不值得活的」——父母驚嚇得半夜秘密討論是不是要找兒童心理醫生，下一分鐘他已經在操場上追打嬉鬧，像一隻體力充沛、無法控制的小獸。

他坐在屋子裡就想出去，他一出去就想進來。他對異性已經感覺到一種朦朧的衝動，已經藏著欲言又止的幻想，夜裡在棉被下有一種莫名的衝動，可是見到對方時又是一副兩隻腳都是左腳的，自己會絆倒自己的尷尬。

他常常一個人偷偷照鏡子。

如果鏡子外是隻貓，鏡子裡就出現一隻老虎。

這些人頭羊腳的少年眼中的我，應該是這樣的形象：頭髮全白，而且不是那種好看的、優雅的、拿著紅酒杯的自信銀白，是老鼠在天花板夾層裡沾滿灰塵鑽出來那種麻灰骯髒的難堪白。再加上，女人老了以後，她脖子後面的肉不知什麼時候長成一堵厚厚的肉板，從後腦勺一路蠻橫長到肩膀，所以從側面看一個上了年紀的女人，彷彿頸背上背著一個腫起來的肉包裹。因為頸背增厚，那其實不駝背的，看起來也像駝背了。

有一次，下雨吧，和一個教書的閨蜜共撐一把傘走過一條巷子，雨傘不小心刺到剛好從我們身旁大步走過的一個年輕男人的頭，他轉頭，看見我們，怒氣衝天地說，「沒眼睛嗎，老女人！」幾乎就要「呸」吐口痰的氣勢。

我這才醒悟，原來，「老女人」是句罵人的話了，跟「賤人」、「王八蛋」差不多。香港人罵「死八婆」，也是這個意思。

他已經往前走了，年輕時曾經做過美麗空姐、現在腰身比我還粗的閨蜜，突然一手抓住我的手臂，孔武有力地把我「挾持」著往前推，抓著傘追上去，跟那個人並肩。

他驚奇地回頭看我們要幹什麼。

雨勢不小，閨蜜命我把雨傘撐高，讓他看得見我們，然後在嘩啦啦的雨聲中用吼的，聲音穿透雨簾，說書快板般地開罵，「你媽是不是老女人？你是不是老女人生的？你以為你就不會老？我告訴你，你很快會變成一個禿頭、大肚子、流口水、手發抖的老男人，你知道嗎！」

本來在驚嚇中的我，看她如此痛快，也突然有勇氣了，大聲喊上一句，「半夜尿不出來的老男人！」

他站立在雨中目瞪口呆，看著我們踩著皮靴咯噔咯噔揚長而去。

有點怕這些半人半羊的孩子覺得我是個吃小孩手指頭的老巫婆，我諂媚地準備了雞腿、漢堡、可樂、披薩，希望用食物讓他們放鬆。

雞腿很油，男生們用手拿著，巴喳巴喳吃得貪婪。

「來，我們邊吃邊聊聊語言。」

本來低頭避著與我直視的人，食物壯膽以後，敢好奇地注視我了。

我說，「現在是二十一世紀了，對討厭的男生，你們叫他什麼？」

大家相互張望，一個女生說，「好像沒有精確的說法，就——統稱『渣男』……」

「『渣男』有什麼特點？」

少女們興趣來了，七嘴八舌搶著丟出概念：

「不守信用。」

「背後說人壞話。」

「只會討好老師，百分百狗腿，兩面人。」

「始亂終棄。」

「睚眥必報。」

「暫停，睚眥必報？」我說，「你們會用成語。那——誰可以告訴我，這個成語的來源？」

一陣面面相覷。坐在長桌尾端的國文老師自己是個二十多歲看起來剛剛踏入職場的人，一頭蓬鬆亂髮，好像起床以後手指抓抓就上台的模樣，這時緊張地盯著學生，一臉的欲言又止，恨不得代答，顯然有點擔心自己的學生表現太差。

一個個子矮小的男生，鼓足勇氣，說，「范睢……」

幾乎同時，一個高高的女生說，「范睢……」

「哈，你們兩個答案不一樣，是范睢還是范睢？」我說，「睢，『目』字旁，讀『雖』。睢，『且』字旁，讀『居』，關關睢鳩的睢。是『雖』還是『居』呢？」

沒有人說話。

「老師覺得呢？」我把球丟給年輕的國文老師。

他說，「《史記》司馬遷寫的是范睢，但是後來學者考證，應該是范睢。」

學生跟我一起拍手叫好。老師臉紅紅的。

五個女生坐在同一邊，我轉向她們。

「大家心裡最討厭的女生是哪一種？用什麼形容詞？」

女生們彼此看了一下，一個大膽的，梳著俏麗馬尾的，把大家的顧慮說了出來，「髒話也可以說嗎？」

「嗯……」我沉吟了一下，這個時代的孩子，髒話會有多髒？

我說，「只要有美學的距離，都可以。」

「什麼是美學的距離？」眼睛大大的那個女生問。

「就是，譬如說，大便很噁心對不對？」

「呀——」大家做出噁心的表情，點頭。

「可是，如果你用透明的玻璃做出長長的管子，把大便或者看起來就像大便的東西，譬如新鮮的生巧克力，黑褐色的，軟軟的，裝進去，然後用機器讓裡面的大便不斷運轉，好像腸胃的蠕動，更重要的是，如果你這整個裝置放在當代美術館的展場上，打上燈光，大便就有了美學的距離，是不是？」

學生轉著眼睛，覺得好笑，又有點挑戰，開始聚精會神。

我卻聽見窗邊傳來很輕的笑聲。

33

佛焰苞

左邊窗台上竟然坐著一個女生。圓圓臉，齊耳的學生頭短髮，穿著一件短袖白襯衫，黑色百褶裙，坐在高高的窗台上，兩條腿懸空晃著晃著，腳上是白襪黑鞋。

窗外是強烈的陽光，所以她的臉一團黑影，看不清眉目。

她的白衣黑裙，顯得有點古舊，是我自己做中學生那個時代的嚴謹黑白，現在已經不太容易看見。眼前圍著桌子坐的這群女生的上衣，雖然也是白的，可是有個俏皮的水手大翻領，而同樣是短裙，卻是經過設計的藍白格子百褶裙。

她顯然不在名單上。

「李雅婷，」我看著手裡的名單，隨興點一個名字，「李雅婷能不能舉一反三，也說一個美學距離的例子？」

李雅婷是坐在長桌最後那個滿頭鬈髮的女孩，矮矮圓圓的，那種會被叫「小皮球」外號的女生。她遲疑了一下，後面眼睛大大的女生搶著說，「我會。」

大家轉頭看著她。

「我家後面有一個成衣工廠，就在圓環過去一點，吃冷熱冰的那個圓環，」她說，「工廠前面有一排垃圾桶，很大的垃圾桶，比我還高。工廠不用的碎布跟破布就一堆一堆丟在那裡。我阿嬤會去把碎布撿回來，然後把碎布一片一片縫接起來，最後用大紅色的綢布把碎花布圍在中間，做成棉被的被套。被套很漂亮，誰都不知道中間都是垃圾布。」

大眼睛的女生叫王小薇。

「這麼棒的例子，王小薇，」我說，「可以向你的阿嬤買一條嗎？」

王小薇不好意思地微笑。

「好，回頭來說，大家最討厭的女生是哪一種？」

男生都不說話，五個女生卻幾乎異口同聲喊出：「綠茶婊。」

「表，」我問，「什麼表？」

幾乎有點興奮，混聲回答，「綠茶婊，婊子的婊。」

我十四歲的時代，用這個字會被打死吧。

「什麼是綠茶婊？」

這回李雅婷搶著舉手了，滿臉俏皮，說，「就是外表像白雪公主，永遠做出清純無辜、楚楚可憐的樣子，內心其實非常算計。她裝作跟你是好朋友，是閨蜜，每天跟你作伴上學放學，連上廁所都要牽手去，其實就想撩你的男朋友。她最知道怎樣激起男生的保護慾，男生都會被騙。」

張雀兒說，「最假掰的女生就是綠茶婊，可是男生最喜歡。」

楊秀英說，「綠茶婊的口頭禪就是，哇——」她轉用戲劇誇張的嬌滴滴嗲音放送，「你好棒好棒喔，我都不會耶，我好笨喔……」

「那，」我問，「那你們都不是綠茶婊咯？」

齊聲回答，「才不是。」

「但是呢，」我慢條斯理地說，「你們所描述的綠茶婊的一舉一動，好像都是表現給男生看的，對吧？但是不喜歡綠茶婊的，那麼在乎綠茶婊，可不可以被解釋為：反對綠茶婊的和綠茶婊一樣其實都很在乎男生喜不喜歡，一樣是以男生為中心呢？」

又是一聲輕笑。

那個獨自坐在窗台晃腳的女生。

我轉頭看著她，說，「下來坐吧？」

陽光照著她的頭髮，泛出一圈光彩。她身邊有很大一盆盛放的白鶴芋。白色的花瓣叫佛焰苞，其實不是花瓣，是花的苞片，形狀是佛像背後那片向上燃燒的火焰，微微內捲，包著中間獨立似短燭的肉穗，那肉穗其實才是花。

天南星科的佛焰苞，遠看就像一片佛焰護著一支蠟燭。早晨十點半，大武山的陽光斜斜射進窗台，一道一道的光裡，看得見塵埃翻滾，就在這花灑似的光裡，雪白的佛焰苞抱著柱形花穗，彷佛教堂裡有誰點上了一根蠟燭。

模糊覺得那女孩看不清的臉龐在對我笑，可是同時發現，全班學生，包括坐在長桌尾端的老師，都在看著我，露出困惑的表情。

「她不在名單上？」我問國文老師。

他茫然地看著我，說，「您是說？」

就是這吉光片羽的恍神中，一陣大武山的清風徐徐長長吹了進來，佛焰苞像電波驅使一樣微微顫動，我發現自己有兩雙眼睛，一雙明確地看著正盯著我等我說話的十個人，另一雙眼睛注視著坐在窗台的女孩。

但是陽光強烈，突然不太確定她是否仍然坐在那裡。也許我看到的，只是一盆白鶴芋，佛焰苞剛好盛開。

收回視線，轉向那四個男生，說，「你們的女同學說，你們喜歡綠茶婊？」

男生們好像被說中了心事，低頭不語。只有一個瘦瘦的少年，脖子細，手長腳長，像一隻長頸鹿不小心長出了人的頭；故意不梳的一撮頭髮粗粗地蓋住一隻眼睛，桀驁不馴的表情生猛刻在臉上，不屑地說，「才不見得。」

坐在他正對面的李雅婷說，「才見得。」

長頸鹿一下子臉就紅了，火大地瞪她，說，「渣男才會喜歡綠茶婊。」

王小薇插進來，「你們根本看不出誰是綠茶婊。」

李雅婷兩隻手臂交叉胸前，別過臉去，不看長頸鹿。

「你們就是喜歡綠茶婊——」

就這麼七嘴八舌吵開了。男生是明顯弱勢族群。

我站起來，繞著長桌走一圈，把準備好的題卷一一發給學生。回座位時，故意經過窗台也給她一張題卷，但是，窗台是空的。

真的只有一盆巨大的白鶴芋。

停頓了一下，還是把題卷放在窗台上，同時伸手摸了一下她剛剛坐著的地方，想看看是否還有溫度。

窗台石板涼涼的。

這時才注意到，窗外有一株很高的大王椰子樹；一大把婆娑的葉子在風裡來回擺盪，幾乎要碰到窗玻璃。

顯然看錯了。

「半小時，」我坐回座位，說，「寫你們最誠實的答案。」

34 十四歲可以思索的問題

半個小時後收回問卷，發現這些人頭羊腳的，是這麼看世界的。

①身為「小孩」，最難的是什麼？

——大人永遠自以為是。

——做次等人。大人錯了，還是你錯。

②在你心目中，大人的特質是什麼？

——虛偽。我媽是老師，她對每一個人有不同的表情，連笑聲都不一樣。如果不剛好是她女兒，我絕對不知道她的真面目。

③所有你在學習的東西，哪一件你覺得對你將來成為大人會真正有用？

——沒有。

——沒有。我爸每天教訓我，其實答案是，沒有。

——會修理東西。馬桶壞了自己會修，不要花錢。

——正面思考，面對壓力，不怕挫折。

——見人說人話，見鬼說鬼話。見討厭的人就說笑話。

④如果你可以給世界上所有的小孩一個禮物，你想給什麼？

——給他一件隱身衣。大人一出現，他就可以變不見。

——給他自由。

——給他超能力，讓他在星星跟星星之間旅行。

⑤如果你可以披上隱身衣一天，誰都看不到你，那一整天你想做什麼？

——我不要披上。我希望全世界除了我之外所有的人都披上，那我就可以獨處了。不過，隱身衣一拿下來，所有的人都還在，沒用。最好是一種隱身衣，他們一穿上就脫不下來，這是我的願望。

——會惡搞。把同學的書包拿起來丟垃圾桶，把他的褲子脫下來。剪他頭髮……

——我會每一分每一秒都留在我暗戀的人身邊，從早到晚到永遠。

⑥如果給你三個願望，你有哪三個願望？

——得到黑科技，炸掉世界。
——有神力，進入動漫世界，而且進去了就不回來。不過……我媽會哭死。
——睡覺，睡覺，睡覺，一直睡覺。
——我又漂亮，又聰明，又健康，人生永遠的勝利組。

⑦你覺得世界上最噁心的事情是什麼？
——指甲劃過黑板的聲音。
——突然發現這世界有人複製了一個我。
——老鼠正在吃人肉，滿嘴血。
——一隻瘦瘦的蚯蚓鑽到你耳朵裡。
——所有的東西倒帶往回走。譬如，已經拉出來的大便縮回去。

⑧如果作弊不會被發現，你會不會作弊？
——不會。
——不會。
——不會。
——不會。

——如果坐我隔壁的人功課比我好，會。

⑨做夢的時候，你在哪裡？你怎麼知道你現在不是在做夢？你的生存可不可能是一個超級生物的「模擬程式」？如果是，生命有沒有意義？

——做夢的時候，我在床上。

——看不懂。

——我爸一喝酒，就認為他在做夢。他在夢裡還可以揍我。酒醒來就問我為什麼在哭。

⑩兔子一定比烏龜早抵達終點嗎？

——一定。

——不一定。說不定兔子半路碰到獵人。

——路線如果是一個圓圈，終點就是起點，那就不一定。

⑪最大的數字是什麼？那個數字+1，是什麼？

——難辦了。

——加不完。

——所以沒有最大數字？

——就像問，宇宙的邊界在哪裡……

——你乾脆問我：我愛他有多少？

⑫在你的理解中，什麼叫「人權」？人的特徵是什麼？什麼，使得人是「人」？你和其他動物的「關鍵」差別是什麼？

——人的特徵就是，喜歡做沒有意義的事，而且重複做。

——人會說謊，動物不會。

——人會研究動物，動物不會研究人。所以，關鍵在「研究」。

——人會後悔。動物不會。

——人會策畫謀殺。動物只會飢餓而吃動物，不會策畫，不會謀殺。

——人會留紀錄。刻在石頭上、洞穴裡什麼的。動物活在當下，會大小便，但是不會故意留紀錄。所以，我想，動物沒有歷史老師。只有人有。不過歷史課，很煩。

——人會想做做不到的事。我家嚕米想跳牆出去玩，跳幾次跳不過去，就算了，以後也就認命，趴在牆下睡覺。人會一直試一直試，譬如飛機，譬如上月球，都是這樣。所以人的特徵是，想翻牆。

——人會預想死亡。我祖父快要死了，他最近一直在分配他的土地，山上的給誰，海邊的給誰，有水的給誰。豬就不會知道他有一天會死，不會去為死做準備。

⑬ 如果人有「人權」，那麼動物有沒有「動物權」？

——有啊。如果我們聽得懂動物的話，我們恐怕會嚇死。

——沒有。我餓了，要吃雞，難道我媽還要去問雞讓不讓我吃他？

——保護動物，是不是就是動物權？不知道耶，我們部落入口有一個布條標語，說「原住民什麼什麼權」，不知道是講土地還是打獵什麼的。這跟動物權一樣嗎？我想不清楚的是，A保護B，就是B有權？那如果是由A來說B有權，那真正有權的還是A是不是？我阿公是獵人，他就不覺得他有什麼權，他是人耶。是人就有權嗎？

⑭ 愛，是什麼？

——無法形容啦。我想到他就覺得心跳加速。

——就是沒道理的心甘情願。

——我媽總是說全世界她最愛我。可是她打我打最兇。

——就是對方很爛，劈腿，也愛。

⑮ 你相不相信有鬼？一個平行世界？為什麼相信，為什麼不相信？

——相信。

——相信。

——相信。

——相信。

——相信。

——問我媽。她每天去廟裡。

⑯生命是什麼意思？生命的意義是什麼？

——不知道。

——不知道。

——不知道。

——不知道。

——生命就是一段時間。好像點燃蠟燭。滅了就沒有了。

⑰你快樂嗎？定義快樂。

——我想睡覺。

——給我每天多一點睡覺，我就會很快樂。

——快樂就快樂，幹嘛要定義？

——比你隔壁的人快樂，就是快樂吧。

——如果可以每天都看到他，我就快樂。

⑱如果有一個快樂機器，你戴上就永遠處在快樂狀態，但是一戴上就永遠拿不下來。你戴不戴？為什麼？

——不要。

——老天哪，不要。

——每天吃蛋糕，而且不吃不行，吃一輩子，好可怕。

——恐怖。只有一種情緒，那不是神經病嗎？我們九塊厝村子裡就有一個神經病，連褲子都沒有，永遠笑嘻嘻。

⑲把全世界的鐘錶都拿走了，還有時間這個東西嗎？時間是什麼？

——先有時間才有鐘錶。我阿嬤用她繡學號的布尺量我的身高，總不能說，丟掉尺，我的身體就不在了吧？

——時間就是記憶。把記憶拿走了，那時間就沒有了。

——看不懂。

——不知道。

35 絲棉樹

一八五公路、四十四．三K的地方，小巴往右轉進小路，這是比悠瑪部落的入口。大武山到這裡已經是末端，兩座山在這裡溫柔交疊，後山淺灰，前山暗綠，山稜線上頭淡藍的天空，飄著幾朵深深淺淺的白雲。陽光落在一大片鳳梨田裡。刀劍形的葉子，竟然是粉紅色的，遠看壯觀像一塊巨大的地毯。

一隻黃牛，趴在路中間，像老狗一樣，懶懶地看著小巴接近，到不得已時，才踢踢腳站起來，甩著尾巴，慢吞吞走到路邊去。

一排矮矮的房子，每一家前面都是個小院子，晾著衣服和孩子的塑膠玩具，竹編的篩子攤開的是酒紅色的紅藜。

排灣族老媽媽蹲在地上用小掃把收攏落在地上的紅藜碎粒。她抬起頭來和對街一個正在杵小米的老婦人打招呼。一輛電動三輪車悠悠駛過來，駕駛座上是個嚼著檳榔的老爺爺，兩個稚齡孫女攀在他身上，歡樂地嘻笑，風吹起她們的長髮；老少三人正在部落裡來來回回兜風。

小巴在小學門口停下。絲棉樹群就在校園裡，高聳的樹幹，巨大的板根，「哇……」少年們驚呼，「侏羅紀公園耶……」

「每一個人，」我說，「找一個安靜的角落，專注幾件事。」

少年們圍著我，但是眼睛都飄向巨樹群的方向，蠢蠢欲動。我頂著獵獵風聲用吼地說：

一，聽，仔細聽風的聲音，辨別風穿過絲棉樹葉的聲音。絲棉樹群對面是欒樹林。你去比較一下，風吹過兩種樹林的聲音是否不一樣。

二，看，仔細看樹。看樹葉，看樹葉的顏色，一片葉子的邊緣和中心，顏色一樣嗎？看絲棉樹的花，花苞、花蕊、花芯、花蒂。看樹幹、主幹跟枝幹接縫的地方、樹皮、樹皮上凸出的樹瘤、樹瘤上的斑點……

三，觸摸。摸樹幹，感覺樹皮跟你的手心接觸。摸樹葉，感覺葉片的厚度和柔軟度。同一棵樹，樹梢上最高的一片葉子和最下面接近地面的一片葉子，大小、顏色、厚薄、濕度，一樣嗎？摸板根，感覺板根有多硬、多粗、多老。摸掉到草地裡的花朵，感覺花瓣的重量、肉感和紋路。

他們一哄而散，我伸手只抓到正要拔腿的那個最矮的男生，用盡力氣大聲說：

回家之後要寫顏色。找一個新的顏色，描寫那個顏色，但是不能夠用任何既有的顏色的形容詞。

36 笛

好像玩躲貓貓一樣，九個小孩一下子就不見蹤影，只有那個國文老師，矜持地在幾株大樹之間低著頭走來走去，像一個憂鬱的詩人。

往絲棉樹群外圍低窪的山谷走去。前幾天才有一架軍用無人機摔在這山谷裡，說不定還可以看到壓斷的樹木、一些碎片。山谷中大多是野生雜樹，姑婆芋大得驚人，一片葉子幾乎就有一把傘那麼大。蕨類植物和雞屎藤攀爬在大樹上，原始森林濃郁的氣息蒸騰。

突然聽見前面有一陣窸窸窣窣的腳步聲，樹叢間有人的身影。

是學生跑到這兒來了嗎？用手撥開樹枝雜草，看見一個女生的背影。

一株巨大的鳳凰木，長在山谷裡，從上面完全看不到。一種開了粉紅色碎花的藤，爬在樹幹上，從高高的樹枝長長地垂墜下來，在風裡飄盪，那個女生瘦瘦的背影，就在這既粗獷荒蕪又柔美得幾近淒涼的野地裡。

她轉過身來，用手掠開垂下來蓋住頭臉開滿了粉紅花的藤枝，撩了一下沾著草葉碎屑的頭髮，然後抬頭看站在高處的我，笑了。

是那個坐在窗台上的女生。穿著和那天一模一樣的白上衣黑褶裙，手裡握著一捲白紙。她撥開膝蓋高的野草，向我走近。到了我身邊，眼裡帶笑，抿著嘴把那捲白紙遞過來，我莫名所以地接住，她就從我身旁走了過去。

白白淨淨的臉，眼睛圓圓的，眉毛粗粗的，是一個輪廓分明的少女。她交東西給我的時候，那個臉孔，就是個小女孩，臉頰還帶著一點可愛嬰兒肥，可是看我的眼神，有一種理所當然的親密，好像我們早就認識，熟稔安適，不必言說。

往上走回校園，絲棉樹群中有一個水泥做的圓形司令台。一般小學的司令台，都在操場的前端，一米高，長方形，高台上有頂篷，背景一定是國旗和標語。這個司令台，在樹群中央，沒有篷，十幾公尺高的絲棉樹冠就是它頂天立地的頂篷了，有點像祭祀天地的神壇。

我在神壇坐下，打開白紙。不是白紙，是我那天發的試題，每一題都用鉛筆寫了答案。

陽光穿過樹隙，把搖搖晃晃的樹影投在紙上，看得我眼睛花花的。揉揉眼，抬頭找人，躲貓貓分頭去沉思的少年們有一兩個已經回來，撫摸著絲棉樹的板根。

遠處靠近欒樹林的草坪上，有個鞦韆架，白衣黑裙的那個女生坐在鞦韆上擺盪，看見我抬頭，跟我揮了揮手。太遠，看不清表情。

絲棉樹的花朵，三三兩兩簌簌落下來，打在紙上。再過三個月，就要結果了。棉絮包在果殼裡，炸開來滿園飛絮。亞馬遜河的人拿這棉絮包裹毒箭的頭，利用棉絮的張力，讓毒箭發射得更強勁。南亞的人，拿這棉絮做棉被的填充，更重要的是，絲棉無法拿來織布，浮力卻最大，做水上救生衣缺它不行。

加勒比海托貝哥島上的原住民，對絲棉樹有特別的崇敬。祖傳的說法是，十七世紀的巫婆甘甘莎若從非洲來到島上和丈夫相聚，丈夫死了以後她想回家鄉，所以就躍上一株絲棉巨樹，要從樹上起飛。可是她在行前，人家送她一隻雞，她烤了吃，沒多想加了點鹽巴，在起飛時，鹽巴使她變重，她就從樹上摔下來，死了。

她思鄉的靈魂，就永遠地留在世界上每一株絲棉樹裡。所以絲棉樹是不能砍的。巨大的樹幹裡，有七層樓，每一層，都住著古老的靈魂，望向家鄉的方向。

巨樹群這邊陰暗涼爽，聽得見花朵穿過層層葉片往下墜的聲音。草地那一邊，卻陽光普照，一片明亮，遠處那個鞦韆無聲盪著，好像明暗兩個世界。

村子那邊有人在吹笛，笛音細細的，漣漪似地盪入絲棉樹群。傾聽了一會兒，是排灣族的古曲，也許古曲總是唱給大山聽的，有那麼一種放棄了所有的防衛、全面敞開自己的決然和滄桑。

我把女生的試卷捲成圓筒，握在手心，招呼了幾個半羊半人的少年，跟著幽幽的笛聲離開樹群，往村的方向走。

就在山丘上的教堂旁邊，一個打赤腳的老人坐在板凳上吹笛。笛子緊貼著他的鼻孔，他在用鼻子吹笛。

37

瓢蟲的紅有多紅

①身為「小孩」，最難的是什麼？

是你比爸媽先死。而且事先無法告知他們。

②在你心目中，大人的特質是什麼？

他們總是認為自己要為別人負責。很少人想到要為自己負責。

一旦要為別人負責，往往就沒法控制，而且常常做不到。

大人其實很脆弱。

③所有你在學習的東西，哪一件你覺得對你將來成為大人會真正有用？

我媽是博物老師。她教我的，都有用。譬如吃樹皮。

④如果你可以給世界上所有的小孩一個禮物，你想給什麼？

送他們一個「不後悔」。

⑤如果你可以披上隱身衣一天，誰都看不到你，那一整天你想做什麼？

那一整天我都在想怎麼樣可以脫掉身上的隱身衣。

⑥如果給你三個願望，你有哪三個願望？

一，時間可以倒退到一九六六年九月一日早上七點。一切重來。

二，時間可以倒退到一九六六年九月一日早上七點。一切重來。

三，時間可以倒退到一九六六年九月一日早上七點。一切重來。

⑦你覺得世界上最噁心的事情是什麼？

最想擁抱他，他看不見你。

最想對他說話，他聽不見你。

痛，但是沒有眼淚。

⑧如果作弊不會被發現，你作不作弊？

生命其實作不了弊，所有發生了的，都是證據。

⑨做夢的時候，你在哪裡？你怎麼知道你現在不是在做夢？你的生存可不可能是一個超級生物的「模擬程式」？如果是，生命有沒有意義？

所有的生命都是模擬的。只有死亡不是。

所有的生命都是夢，只有死亡是醒的。

我沒有夢。

⑩你認為世界上最大的數字是什麼？

1

1是宇宙間最大的數字，因為它最絕對，沒退路。

⑪那個數字+1，是什麼？

1+1=1絕對加絕對，仍是絕對。

⑫在你的理解中，什麼叫「人權」？人的特徵是什麼？什麼，使得人是「人」？你和其他動物的「關鍵」差別是什麼？

人哪有權？

凡是談「權」，就代表有一個對象，那個對象主張你有權或者拿走你的權。

人跟著地球毀滅了，也不過就是一團火、一塊冰、一場雨。火或者冰或者暴雨，有「權」嗎？你跟誰談「權」？那個對象在哪一個星球上？

⑬如果人有「人權」，那麼動物有沒有「動物權」？

恐龍有權嗎？他們在哪裡？

⑭愛，是什麼？

灰冷了之後，才知道曾經熱過的是火。

燈滅了之後，才知道曾經亮過的是光。

念斷了之後，才知道，之前的，叫做愛。

⑮你相不相信有鬼？一個平行世界？為什麼相信，為什麼不相信？

鬼，不過是迷路的人。

你在這座山裡看不見那座山的路，而已。

⑯生命是什麼意思？生命的意義是什麼？

活幾個小時的蟲，你也會問一樣的問題嗎？

非洲每天要走十幾公里去取水的女人，要給她買部跑步機嗎？

⑰ 你快樂嗎？定義快樂。

不知道快樂是什麼。

瓢蟲知不知道他背上是紅的？知不知道他的紅有多紅？

⑱ 如果有一個快樂機器，你戴上就永遠處在快樂狀態，但是一戴上就永遠拿不下來。你戴不戴？為什麼？

這個問題其實很蠢。

小六的時候，曾經從一棵苦楝樹上摔下來，摔斷了左腿，到醫院去打鋼釘。後來說是鋼釘打得不好，要重來，拆了石膏再來一次。反正，痛得我一直哭，每天晚上都痛。好幾個月以後，終於可以拆除石膏，可以自由活動了，自由的那一個時刻，我快樂。你怎麼可能給我一個機器，讓我留在那個快樂的狀態呢？快樂是因為前面有痛。沒有前面的痛，就沒有後面的快樂。

⑲ 把全世界的鐘錶都拿走了，還有時間這個東西嗎？時間是什麼？

這是我最想知道的問題。時間，是個本來就有的真實存在的東西，還是人的想像呢？如果是真實存在的東西，那它是從哪裡開始的呢？會不會結束呢？

如果只是人的想像，也很奇怪，因為時間是不可逆轉的。死了的人不會回頭活過來，老的人不會變年輕，我吃掉的一顆蘋果不會從我肚子裡又回到原來的蘋果，掉下去的玻璃瓶破掉，不會回頭變完整。時間不可逆，表示它應該是一個事實的存在，不是人為了自己的方便發明的東西。

我感覺我在時間裡，可是又看不到時間流動，好像沒有開始，也沒有結束，好像是靜止不動的水，我可以從水裡出來，走開，可是，我要怎麼脫離時間呢？時間，有沒有岸可以上？

38

吃不吃貓

學生約我到小鎮的圓環吃冰。

代表大家寫電郵來邀請的，是那個長頸鹿，叫葉吉昌。

玻璃碗底層是煮熱的甜湯——紅豆、芋頭、湯圓，淋上煉乳，再加刨冰，刨冰上再淋糖水。很大一碗，從下面熱的一路吃到上面冰的。

圓環很小，但是汽車很多，坐在路邊攤，人聲車聲嘈雜，講話得大聲。

「老師你要不要貓？」王小薇說，「我們昨天在操場上撿到一隻剛出生的小奶貓，好可愛，耳朵摺一半——」

「不要，」我說，「我才不要呢。你們把貓帶到哪裡？」

一人一句，大家搶著說，

「頂樓的樓梯間——」

「用紙箱做了一個家——」

「給她餵牛奶——」

「她沒有尾巴——」

「還沒有被老師發現——」

「老師，」長頸鹿說，「你是不是認為動物有動物權？那你覺得，這隻被人丟棄的小貓，有什麼權利？」

「葉吉昌，你願不願意做一件事？」我說。

大家頓時靜下來。

「做什麼？」

「你拿一把美工刀，去割掉那隻小貓的耳朵。」

長頸鹿一時不知怎麼回答。

「去不去？」

「絕對不去？」

他搖頭，再搖頭。

「不去。」

「為什麼？」

眾人好像醒過來了，齊聲說，「太殘忍了，老師。」

「不去傷害她，是因為，你們覺得，小貓會感覺痛苦？」

「對啊。」

「好，葉吉昌，」我面對長頸鹿，「你說，貓該不該有權利要求我們不讓她痛苦？該不該有權利不讓你把她的耳朵割掉？」

葉吉昌點頭。大家很認真地說，「該。」

「以此類推，」我的紅豆牛奶冰已經快融化了，「我們該不該吃貓肉呢？」

「咿——」噁心的表情。

「我們該不該把貓，或者兔子，或者猴子，或者跟人的基因百分之九十九相似的黑猩猩，帶進實驗室，把他們的身體剖開，或者注射什麼新的藥劑，做各種實驗呢？」

紛紛搖頭。

「那麼水母呢？」我問，「我們吃海蜇皮，對不對？你們覺得水母會痛嗎？」

「慢點，」我突然想到，「你們不會不知道，海蜇皮就是水母的皮吧？不會不知道，海蜇是一種水母吧？知道的舉手？」

一半知道，一半不知道。

「葉吉昌，假設貓會感覺痛苦，而水母不會感覺痛苦，那麼是不是代表，水母就沒有權利？我們對貓跟對水母的態度，應該一樣還是不一樣？」

長頸鹿陷入深思，他知道他碰到了問題。

「我覺得，」他邊思索邊說，「應該不一樣。我可以吃海蜇皮，但是我絕對不吃貓……」

「那你覺得該不該吃雞呢？」

他點頭，「吃。」

「你覺得該不該吃牛呢？」
他點頭，「吃。」
「該不該吃狗呢？」
他搖頭，「不吃。」
「該不該吃猴子呢？」
他搖頭，「不吃。」
「那你用什麼標準在決定吃什麼，不吃什麼？」
大家紛紛低頭吃冰。其實都已經是冰水了。
「你們已經覺察到『問題意識』了嗎？」
王小薇說，「有。」
李雅婷說，「我們對動物吃或不吃的原則是什麼，是一個問題。」
長頸鹿說，「是以動物的智慧程度來做決定，還是以動物感受痛苦的能力來做決定？」
「太好了，葉吉昌，」我開心地叫出來，「你把關鍵問題說出來了。」
「你們現在明白，為什麼『動物權』這件事，是一個問題？而且是一個道德哲學問題？」
三個紅豆牛奶冰、兩個花生牛奶冰、四個綜合冷熱冰，一個四果冰，一份四十五元，總共四百五十元。

39 只有死亡是醒的

下午約了小鎮國中校長喝咖啡。

校長大概不到四十歲，直直的頭髮剪得非常短，人很瘦，腿很長，動作利索，像個長跑運動員。

我把那個孤獨女生寫的幾個答案拍照留在手機裡，給校長讀。

她一邊讀，一邊嘆氣。正要說話，服務生把咖啡端上來了。兩杯咖啡，一份乳酪蛋糕，一份提拉米蘇。

「姚校長，」我先啜咖啡，太燙，放下杯子，「你在學校久了，或許會知道，她是不是你們的學生？或者，已經畢業了的？」

校長搖頭，「不太可能。你剛剛說，她穿的制服是黑白的。我們的制服是藍底的格子裙，上衣有大翻領。」

她拿著我的手機，輕聲唸第一題：

身為「小孩」，最難的是什麼？

是你比爸媽先死。而且事先無法告知他們。

「可能有兄弟姊妹過世……」她皺著眉頭說。

我把手機拿過來，指給她看另外一段：

所有的生命都是模擬的。只有死亡不是。
所有的生命都是夢，只有死亡是醒的。

校長睜大眼睛，不可置信地說，「只有死亡是醒的？她真的這麼寫？」

我點頭。

「十四歲的小孩說這種話，」校長說，「蠻可怕的。」

「你們有中輟生嗎？」我問。

「有，」她說，「但大部分是男生。」

「那天來上作文課的呢？」

「我們挑了文字底子比較好，而且本來就喜歡國文課的。別說中輟生，就是沒有輟學，但是父母沒力氣管，晚上混宮廟、練八家將的，都沒有被選上。」

「混宮廟的學生多嗎？」

「有一些。沒辦法，你知道，鄉下嘛，家長務農、做工的多，比較辛苦，也往往管不到孩子，孩子功課差，功課越差，在學校越是不開心，就越是容易到宮廟裡去找朋友、找認同了，宮廟裡就可能遇到黑道，複雜了。」

「其實，」我說，「八家將本身是很美的儀式舞蹈，很好的鍛鍊……」

她點點頭，「只是學校沒有能力介入。」

「不過，寫這卷子的，」我想到卷子上那認真端正的字，說，「不太可能是混宮廟的吧。」

校長也同意，說，「那麼早熟，也可能是北邊客家鄉的小孩。客家人家規嚴，他們有些學校現在還是穿黑白制服，女生也比較多。」

付了帳，在咖啡館門口道別，校長往前走了幾步，又折回來，問，「你說她的頭髮是短到耳朵上面？」

「是啊。」

「現在的國中生幾乎沒有人留那麼短的頭髮耶——」

她遲疑，欲言又止，最後似乎把話吞了回去，只說，「她應該還會出現吧。」

校長轉身，匆匆離去。

六、

流氓

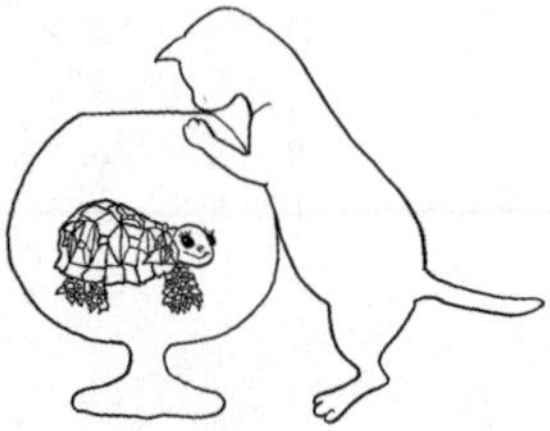

宇宙深沉的黑暗和光亮，
是不是在我認知的天線範圍之外很遠很遠？

我要不要承認，時空無涯，
這世界真的有不可思議的千絲萬縷？

40 野獸

「這是師父給你的禮物，」他從籃子裡拎出貓。

貓好像是禪房的一部分，像師父的蒲團和陶碗一樣，現在突然出現在我鄉下的家，感覺很違和。事實上，我從來沒拿正眼看過他，誰會不辭千里奔波，跑到大嶼山，找到禪房，然後去注意一隻貓呢？即使他是師父收留的貓。

他「喵」了一聲，算是打招呼。這動物，頭小小的，眼睛那麼大。他的頭，一半是眼睛。

「師父交代，」帶貓來的人說，「一個家有貓，就有溫度了。」

「這是什麼貓？」

他敷衍地搖搖頭，說，「大概是金吉拉吧。」

「金吉拉？」我說，「金吉拉不是老鼠嗎？」

他聳聳肩，「金吉拉是貓啊，一種波斯貓。」

「不對，」我說，「金吉拉是一種南美洲安第斯山區的鼠，我確信是老鼠，不是貓。宮崎駿的龍貓其實不是貓，是龍鼠。」

「你真煩。」他說。留下一包貓食，丟下籃子和貓，走了，說是要去趕高鐵。

他走了，才想到，我不知道貓的名字。

新環境，貓開始探險；他毫無自覺自己只是一隻貓，走路的姿態完全是森林中野獸大王巡視領土的架勢。看見地板上有個可疑的白色物體，先做埋伏狀，壓低身軀，然後瞬間一躍而起，用猛虎撲羊的兇狠和精準進攻，獵物原來是桌上花盆飄落的一片蝴蝶蘭花瓣。

決定叫他流氓。

這狠角色從沙發底下一路巡視到廚房、臥房、廁所，最後回到客廳。我把溫過的牛奶倒進一個淺淺的陶碗，然後趴在地板上看他怎麼吃。如果是狗，這時應該搖著尾巴表示感謝，他旁若無人，逕自把頭埋進碗裡，舔個乾淨，然後伸出長長的舌頭，滿意地舔自己的嘴角。

我翻過來仰臥，雙臂交叉腦後，他像爬大山一樣，爬上我的腿，然後一路匍匐前進到我胸上，用埃及人面獅身的姿勢，兩隻前腳並排伸出，眼睛與我的眼睛對視。就這麼趴著。

貓的臉，原來這麼像人臉，兩隻眼睛長在一個平面上，不像平常的土狗或狼，突出的長吻把眼睛隔成一邊一國。科學家說，當動物的臉長得跟人相像時，人就覺得他可愛。譬如北京狗，譬如波斯貓。

這是一隻長著一張可愛臉的貓。眼睛佔了頭的一半，頭又佔了整個身體的一半。頭大身體小，和嬰兒一樣，科學家說得不錯，我已經覺得他可愛了。

沒一會兒，他閉上眼睛，軟軟翻個身，肚子朝上，四肢打開成「大」字，仰天而睡。我不知道竟然有貓是打開四肢仰天而睡的。我的身體是他的床，野獸直接變成一團毛茸茸、熱呼呼的電流，微微顫抖，發出呼嚕呼嚕的聲音。

我在大武山終日遊盪，很晚回到家，一推開門，就看見他坐在門口。顯然當我把鑰匙插入門鎖時，他已守在門後。摸摸他趴坐的那塊地板，溫熱的，表示他已經在那一個位置趴了很久，等著鑰匙轉動的聲音。

因此觀察到三件事：一，這野獸有記憶——他記得我昨天、前天、大前天何時回家。二，這野獸有歸納力——既然同居人每天都在一定時間回家，那麼他今天也應該是同一時間回家；我如果不準時回家，他會假設我已經在叢林裡被更大的野獸吃掉了。三，這野獸知道「寂寞」這個東西；因為能感受寂寞，所以用一整天的痴痴等候來表達他對我的情感需要。

任何人，一旦覺得被需要，就被套牢了。我被套牢了。

流氓沒有意識到，他是客人，我是房主，反而很快就確定了一種分工方式：我是那個見到他就一臉歡喜、朝夕伺候他吃喝拉撒的長工，他是那個好吃懶做、腦滿腸肥的地主。他把脖子一伸，我就伸出手去摸他的脖子；他把肚子翻過來，我就伸手順著他的毛撫摸。他仰起臉對我的臉磨蹭一下，我就感動得發出被恩賜的嘆息。

這腦滿腸肥的地主又從不體恤他人。書桌上剛喝完水的玻璃杯，對他有極大吸引力，一看見就跳上桌，伸出茸茸的毛手，先把杯子試探性地推到桌沿，在我失聲尖叫之前，玻璃杯已經被推下懸崖；尖叫聲中，他端莊坐在桌上，像一個物理學家冷靜觀察水杯下墜的速度，像一個作曲家聆聽玻璃撞地粉碎的高音。

有時候，蝙蝠從一扇開著的窗口誤闖進來，在屋裡跌跌撞撞，找不到逃命的出口。流氓豎起耳朵，瞬間變成飛簷走壁的殺手，身體像一把流星飛刀追著蝙蝠跳高、旋轉、爆衝、突襲，一直到蝙蝠心肺衰竭，倒地不起。

如果是一隻從花園裡鑽進來的蟑螂，流氓就一縷煙飛過去，先用毛掌劈下；我不明白，人的腳追蟑螂永遠追不到，貓卻可以隨手一巴掌，蟑螂登時暈倒在地。流氓城府很深地按兵不動，等著蟑螂甦醒。可憐的傢伙醒來，想跑，鬚鬚一動，又是一巴掌晴天霹靂甩下來。蟑螂重傷癱瘓，流氓還要把他的身體翻過來翻過去檢驗一番，像煎蔥油餅一樣，確認他真的不動了，沒得玩了，才棄置不顧。

我負責收屍。

有一次，拖地時，地板上只看見兩根焦黃色的鬍鬚和折斷的蟑螂腳。流氓做了什麼，我不多問。只是想到，他咀嚼蟑螂的嘴會來磨蹭我的嘴……

殺手流氓也愛美，而且很自覺地美給我看。

春天的陽光從百葉窗的空隙灑進屋內，一條一條的黑影和一線一線的亮光，使得桌面出現鋼琴的黑白琴鍵。他就用柔軟多肉的腳步，婷婷裊裊走進那光影中，優美地趴下，讓自己和琴鍵構成潑墨畫。

如果今天瓶裡插的是燦爛奪目的跳舞蘭，他就把自己擺到那搖曳繽紛的碎花下面，頭枕在自己的臂彎裡，和瓶，和花，構成圖，彷彿寫生課堂裡排好的靜物，等著莫內來開筆。

陽台上有一張玻璃桌，桌上一盤紅蘋果，風，把九重葛淡粉的花瓣吹到桌上，流氓跳上去，趴在淡粉九重葛花瓣和鮮紅的蘋果之間，懶洋洋地閉上眼睛，背景就是大武山土耳其藍的天空。

41　貓女人

讀醫科的兒子放假飛來大武山下看我。島嶼的冬日，北方陰冷潮濕，南方卻可以坐在露台上曬太陽，山巒一重一重的，雲在上方，嵐氣在下方，山色深深淺淺。

不來常思念，相見亦無事。我們各佔據一張花園藤椅，兒子看雜誌，我手裡拿著一把梳子，在給流呡刷毛——刷背，刷腿，刷肚子，刷脖子，刷尾巴。

貓會舔自己身上的毛，這是他清潔自己、維持尊嚴的方式。所以他的毛永遠是乾淨的，好像一個在銀行上班的男人，西裝領口的白襯衫永遠是雪白的。可是，貓的毛不斷地被舌頭捲進他自己的胃裡，變成越來越大的毛球，他就難受嘔吐。

「要不要把你的長毛全部剪掉呢？」我邊刷毛邊說。

「把你剪成一隻無毛貓，你就不會吐。可是，人家說，剪了毛的貓，看見自己那麼難看，會生自卑感，對貓的心理健康有害……」

兒子翻著雜誌，眼角餘光看我。過了一會兒，他放下雜誌，坐直了，說，「你有沒有自覺，過去五分鐘你是在跟一隻貓說話？」

「有什麼不對嗎？」

「你變成一個『貓女人』了，真可怕。」

「『貓女人』什麼意思？可怕什麼意思？」

「你不知道嗎？」他身體前傾，加重語氣，說，「『紙袋女人』，就是那種抱著大包小包在街上流浪的女人。『貓女人』，說白了就是神經病的意思，就是那種什麼事都不做，一天到晚跟貓說話的女人，就是那種與世隔絕了，無法跟人有正常互動，每天只是在餵貓、抱貓、談貓、跟貓說話的女人。我看你要完蛋了……」

「哼，」拍拍流氓屁股，他一弓身就跳走了。我抗議，「首先，你有性別歧視。你看見海明威或是馬克吐溫或是牛頓或是林肯抱著貓跟貓說話、刷貓毛，你就不認為他們是貓男人對嗎？連『貓男人』這個輕蔑的詞都沒有，對嗎？」

我無法想像有人叫師父為「貓男人」。師父讀經的時候，貓就趴在那裡聽，悅耳的鐘磬聲響起時，他就豎起耳朵轉一轉，像雷達在接收情報。

永遠把辯論當作智力遊戲的兒子，說，「其實跟男女無關。你聽過貓身上有一種弓形蟲會在貓體內繁殖吧？」

「聽過，」我說，「可是跟『神經病』哪裡有關係。」

「你聽嘛。哥本哈根大學分析了八千個人的健康數據，發現，感染弓形蟲的人同時得精神病的可能比沒有弓形蟲問題的人高出百分之四十七，因為弓形蟲可能攜帶巨細胞病毒，而身體帶巨細胞病毒的人，百分之六十一有精神問題，會莫名其妙覺得自己全身疼痛而且容易有憂鬱、自殺傾向，沒法跟人正常互動……」

他的認真論述讓我吃了一驚，我收回伸出去擱在玻璃桌上的腿，坐正一點，說，「巨細胞病毒——會怎樣？」

「巨細胞病毒會破壞人體內的色胺酸，色胺酸是快樂荷爾蒙血清素的前驅物，色胺酸濃度低，人就容易憂鬱。」

「胡說八道吧？」我說，「你是在說，一，人養貓。二，貓有弓形蟲。三，弓形蟲帶巨細胞病毒。四，巨細胞病毒使人得精神病。五，結論：養貓的人容易得精神病。是這樣嗎？」

「真的，」他不理會我的抗議，繼續說，「你知道多巴胺是什麼嗎？」

我不知道。

「弓形蟲會在腦的決策區域造成囊腫，囊腫刺激多巴胺成長。多巴胺是一種鼓勵你衝鋒陷陣、『什麼都不驚』的神經遞質。譬如老鼠，如果得了弓形蟲感染，多巴胺發達，他就不怕貓了。」

「老鼠不怕貓——」我笑出來，「是因為多巴胺發達？」

「老鼠通常認識貓的尿味，一聞到就躲得遠遠的，但是得了弓形蟲感染的老鼠，多巴胺使他變得勇氣十足，不但不躲開，還會大膽靠近貓……」

這太好笑了，我說，「那，萬一開戰，我們讓自己的士兵注射多巴胺，他們就會勇敢十倍，就打贏啦？」

兒子嘿嘿假笑一下，說，「你知道勇敢的多巴胺老鼠後來怎樣啦？」

「怎樣？」

「貓回頭一看，啊，這麼近，一口就把他吃掉啦。」

我哈哈大笑。兒子認為教育的目的完成，又倒回藤椅，拿起雜誌。

迅速轉頭看流氓，他坐在一缽黃色雛菊旁，極其純淨，極其無辜，靜靜看著我們。

我還在琢磨剛剛得來的貓新知，「兒子，你的意思……是，『貓女人』只跟貓碎碎唸，不跟人講話，有可能是因為弓形蟲跟多巴胺什麼的，引起了貨真價實的精神疾病，而不只是一句隨口罵人的話？」

兒子看著我的眼睛裡滿是揶揄，說，「別擔心。家貓不會啦，在外面垃圾堆裡抓老鼠、吃生肉的，才會得病。」

42 海明威

接著就跟兒子說海明威跟馬克吐溫的故事。

海明威在佛羅里達的故居成了作家博物館，但博物館的主人，是四、五十隻神氣活現的六趾貓——六個腳趾的貓。

小子，如果你不知道，我告訴你：貓，有十八個腳趾，兩隻前腳各五個，兩隻後腳各四個。幫貓剪過指甲，就會知道，你要剪十八次。

所以海明威這隻貓，特別；他的前腳有六個腳趾頭。

海明威故居的幾十隻六趾貓，大多是「白雪」的子孫。「白雪」是當年人家送給海明威的一隻六趾貓。

二〇一二年，甘迺迪總統圖書館公佈了十五封從來沒有出土的海明威信件，其中一封，是海明威寫信告訴朋友他那隻「威利」貓咪出事的經過。原文網上有，我唸給你聽：

> 我正要把給你的信裝進信封，瑪麗衝進來說，「威利出事了。」
>
> 我一出去就看見威利，右半邊雙腿都斷了，一條腿折斷在腰邊，另一隻折在膝蓋下面。他

不是被車子壓過，就是被人用木棒打了。而他竟然就靠著一邊剩下的兩條腿，一路爬回家。他全身骨折，傷口全是泥巴，碎骨暴露，但是，他看到我，竟然依舊溫柔呼嚕作聲，百分之百信任我可以治好他。

我要瑞妮給他一碗牛奶，瑞妮抱他在懷裡，撫摸著他。威利舔著牛奶，我對準他的頭，開槍。

他沒太受苦，因為一槍就把他的神經都打碎了，他的腿也沒來得及感覺痛。本來蒙斯楚說要代我射殺，但是我沒法把這責任推給別人，也不願讓威利意識到他要被殺了……

我曾經被迫要對著人開槍，但是從來沒有對一個自己十一年來深深寵愛著的，更別說是一個斷了兩條腿還對你呼嚕作聲的……動手。

在海明威最傷心的時候，聽到消息的觀光客蜂擁而至，擠到他家門口。海明威信裡說：

我手裡那把槍都還沒來得及放下。

我就跟那些看熱鬧的說，你們來的不是時候，請體諒，請離開。

可是那個開凱迪拉克轎車的變態狂說，「我們可來對了，剛好可以親眼看見偉大的海明威為他殺的貓痛哭啊。」

第二天，流氓不見了。

床底下、書櫥裡、鞋櫃底、所有籃子、箱子、盒子、籠子，凡是有洞的地方，都找遍了。

「兒子，」我說，「證明你真的愛我，去這棟樓每一個角落，一寸一寸幫我找流氓，找到為止。」

兒子做個怪臉，真的出門去了。

馬克吐溫曾經同時養了十九隻貓，最有名的一隻叫做斑比諾，是他女兒在療養院病房裡頭偷偷養的。這隻不知好歹的斑比諾溜到別人的病房，突然趴在別的病人的枕頭上，把人當場嚇傻了，病得更重。東窗事發，做爸爸的只好把女兒的貓帶回家照顧。

有一天，斑比諾不見了，馬克吐溫著急得不得了，就在報紙上登出尋貓啟事：

貓走失了，懸賞五塊。找到了請送回給馬克吐溫：五大街二十一號。
體型很大，一片黑；貓毛豐美如鵝絨，胸前有一抹白；日常光照中你會看不見貓。

廣告刊出之後成為新聞，然後每天都有人送貓來給馬克吐溫。

幾天之後，黑貓斑比諾逃獄不成，在家附近被逮回來了，馬克吐溫馬上在報上再登一次：

「貓已找到。」

可是，來按門鈴的，每天還是絡繹不絕。按門鈴的每個人，懷裡當然都抱著一隻貓，肥的瘦的花的灰的白的，甚至連黑貓都不是。

只是假借貓名，想看一眼作家。

兒子在三樓樓梯口，找到了流氓。

聽完我的作家與貓故事，兒子長長舒一口氣，說，「海明威後來有精神症狀，拿槍自殺的，對吧？」

43 霍金

流氓有沒有思想？

我懷疑他有，跟師父一起生活的，就是一顆松果，也會有思想。

我更懷疑他另有身份。只是身為貓，無法言說，但處處是可疑的跡象。

譬如說，他最喜歡的位置，是窗口。

五樓有一扇窗，可以看見一條微微彎曲的馬路；這條馬路，很寬闊，行人很少，從略有人煙的鎮中心走向空曠，所以街的盡處就是濛濛的大山。十字路中央懸著一盞路燈，冬日的風冷冷吹來，燈在風裡擺盪，像一葉水中搖晃、永遠渡不到岸的破船。

清晨五點，天色昏昏，一個孤單老農戴著斗笠，騎著嘎啦作響的腳踏車，悠悠晃晃沿著街駛過我的窗口，駛向山。不知為何，這條鄉下的街總是讓我想起我曾經住過的阿爾及爾的街道，無可奈何的寥落和寂寞，透著奇異的、遙遠的、欲言又止的荒涼。

小鎮黎明，安靜淒清，往往一彎蒼白如棉絮的弦月，還懸在幽幽的天色裡，像一個被人遺落的手環。這個窗口、這條鄉下的街道，像個舞台佈景，抽象的人間驛站。

每站到這個窗口，就覺得自己進入了一個黑白電影的底片時空。

然後我注意到，這就是流氓最愛的窗口。肥肥的他趴在窗沿看著街景，好幾個小時。一條街，既是紅塵滾滾，又是荒漠如煙；為什麼能看這麼久？

流氓永遠在注視這個世界。他趴在花園的高處鳥瞰翩翩飛進花叢的蝴蝶；一陣風翻動了梔子花的葉子、陽光突然打亮玫瑰花的紅色花芯、一隻蜜蜂突然停在軟枝黃蟬絲絨般的花瓣上、一隻蝸牛沿著短牆黏答答往上緩爬，爬過紫藤的根、爬過蝶豆的枝，爬過葡萄的捲起的長鬚又爬上了葡萄大片的葉子……流氓全程目不轉睛，永遠在看世界的現場轉播。

我也狐疑，明明擺了好幾個柔軟的蒲團讓他睡覺，沙發和床也都是好吃懶做的好地方，但是他一定選擇趴在最不舒服的書堆裡。書桌上高高低低都是書，有的打開，有的閉著，有的是硬殼精裝書，有的是泛黃的舊紙線裝書，參差不齊、詰屈聱牙疊著，他就把身體壓在那一堆亂七八糟上面。

上星期六的事，是這樣的。

百般無聊，我翻開《楞嚴經》。這還是跟員外借的。有一天在寂寞咖啡館裡看見他正在讀《天下雜誌》，一邊拿著一根紅蘿蔔在餵黑靴陸龜。醜烏龜在咖啡桌上，趴在一本書上面，身體壓著封面，書名只看見一個「楞」字。我笑說，「烏龜愣頭愣腦哩。」

員外把書從烏龜肚子底下抽出來，竟然是《楞嚴經》。我吃了一驚，問他怎麼會讀佛經。他搔搔頭，有點不好意思，笑著說，「給坐牢的人寫信，有時候實在想不出要寫什麼，沒有靈感，就抄一段佛經湊湊，反正佛經裡都是鼓勵正念的嘛。」

颱風天，哪裡都不能去，乾脆看書。《楞嚴經》攤開在長沙發上，我穿著睡衣，趴著讀，雙手撐著下巴。

然後起身去倒杯咖啡。回來時，看見流氓整個身體趴在半本書上，用鬍鬚掃描經文，水晶球般的大眼睛聚精會神盯著這一段：

……新立安居，鑿井求水。出土一尺，於中則有一尺虛空。如是乃至出土一丈，中間還得一丈虛空。虛空淺深，隨出多少，此空為當因土所出，因鑿所有，無因自生。……若因土出，則土出時，應見空入。若土先出無空入者，云何虛空因土而出。若無出入，則應空土元無異因。

怎麼說呢？假設有人要挖一口井，他必須先挖土，挖出一個洞來；在他得到「土」的同時，他得到「空」。「土出」才有「空入」，你可以把看不見、摸不著的「空」看作一個實體，和看得見、摸得著的「土」，等量齊觀。「土」不挖出來，「空」就進不去。也就是說，沒有空就沒有土，沒有虛，就沒有實。所以「有」和「無」、「實」和「虛」、「土」和「空」，是同一件事，相依相存，是宇宙平衡的規律。

在禪房裡聽師父講過《楞嚴經》，怎麼當時沒這個領悟？

講經的那天，就是紐約九一一恐攻的隔天，師父還說了「南泉救鵝」的公案。

宣州刺史陸亙大夫初問南泉曰：

「古人瓶中養一鵝，鵝漸長大，出瓶不得。如今不得毀瓶，不得損鵝，和尚作麼生出得？」

南泉召曰：「大夫。」

陸應諾。

南泉曰：「出也。」

陸從此開解。

我問師父，「瓶中有鵝跟瓶中無鵝，難道一樣嗎？」

師父抬起眉毛看我，說，「你說呢？」

「你說呢？」我對流氓說。

流氓的眼睛和鬍鬚始終停在那一頁、那一段，敷衍地用短音輕輕「喵」了一下表示基本聽見。

「我都沒讀懂，你野獸懂啦？」

流氓突然起身，跳下沙發，走向房間另一頭靠著大窗的書桌，躍了上去。

桌上也是一本攤開的書；我有同時讀兩三本書的習慣。和《楞嚴經》同時讀的是英文版霍金在二〇一八年出版的《霍金大見解》。

大窗開著，風吹進來，攤開的書頁在風裡翻動。流氓站在書旁，不動，昂頭盯著我，堅持要我過去。

好吧，我過來。

一到書桌，他就伸出一隻前腳按住書——他的腳是白的，好像穿了冬天的羊毛襪子，定在剛剛風在亂翻的一頁，那是我還沒讀到的部分。然後他趴下來，用同一個姿勢——鬍鬚掃描，眼睛盯著書頁，開始專心「讀」書。

我低頭仔細看一下，是第三十二頁，起頭的一段文字是這樣的：

大爆炸理論最關鍵的神秘之處，就是設法解釋：這麼神奇、巨大的宇宙空間和能量，怎可能產生於「空」？

奧秘藏在宇宙裡一個非常奇特的事實：物理法則裡有一個叫做「負能量」的東西。

讓我舉例說明。

你想像有人要在平地上堆出一個土丘。土丘，我們假設就是宇宙。要堆出這個土丘，他得先挖一個「洞」，才會有「土」去堆積成「丘」。

所以，他並非只是在創造一個「丘」，他其實同時在創造一個「洞」——也就是一個「空」，「空」，就是丘的「負能量」。挖出洞，出來的土變成了丘，達到了平衡。

這個原則，就解釋了宇宙的起源。

大爆炸產生了巨大的正能量，同時產生了負能量，這時正、負平衡成零。正負必須成零，是一個自然法則。

我用力推開流氓，抓起霍金的書，三步兩步奔回到沙發，坐下來。

拿著霍金的第三十二頁，對照沙發上攤開的《楞嚴經》。

經書以挖井為例，說的是，鑿井求水時，出土一尺，就同時得到一尺虛空。出土一丈，就得到一丈虛空，「土」和「空」，相互平衡，因此無生無滅。

霍金用堆土丘為例，來說明挖土造成「空」，「空」就是宇宙的「負能量」，「空」所產生的「土」就是宇宙的「正能量」，而丘與洞、土與空，是「實」與「虛」的正負平衡，成為零。這就是宇宙的起源。

兩本不相干的書，用幾乎一樣的語言，一樣的例子，說明同一件事情。

流氓已經回到我腳下，我看著他，說，「有鬼啊？」

流氓一躍到我膝上，然後伸長了身體，前腳搭住我胸口，舉頭跟我對視，他的鬍鬚刺著我的臉頰。看著他清亮無塵埃的眼睛，剎那間，我百分之百確定，他懂我的意思，他正在用全身的肢體語言跟我心裡的念頭焊接：是的，《楞嚴經》和霍金，千年之隔、萬里之異，幽冥分界，然而宇宙深沉的黑暗和光亮，是不是在我認知的天線範圍之外很遠很遠？我要不要承認，時空無涯，這世界真的有不可思議的千絲萬縷？

我恍神了，站起來，走進廚房，拿了一塊貓點心給流氓吃。

師父說，貓會幫助我「開眼」——竟是這個意思？

七、

你們那邊什麼時間？

我已經可以想像我所在的這個島嶼
泡在一百四十公分水線下的景況：

捷運、電影院、國會和政府、消防局和警察局，
都在海水下面裹了一層白花花的鹽，
鐵鏽還黏著貝殼。

厚厚的青苔覆蓋了醫院的手術台和太平間。

44 有沒有岸

她終於來找我了。姚校長說得沒錯。

那天清晨，計畫是開車到萬安溪堤防去看大武山日出。跨過馬路，走到對面一條馬拉巴栗樹夾道的小街，車子停在樹下。遠遠的，就看見她靠在我的白色鈴木吉普車上，兩隻手插在裙子口袋裡，低著頭在踢小石頭玩。

「你們那邊什麼時間？」她問。

看看手錶，我說，「早上六點零五分。」

她搖頭，說，「不是，不是，我是問你們那邊真正的時間。」

我說，「民國一百零八年五月十日上午六點零六分。」

「不是啦，」她露出無可奈何的表情，有點挫折，說，「我指的是，你們的時間走到了哪裡……」

我們並肩坐在萬安溪的堤防上。堤防大概有五公尺寬，長滿了青草，是那種柔軟油綠的草，長得高了，草葉俯彎下來，覆蓋地面，於是堤防這條路就像鋪了絨毛的地毯。地毯兩側，黃金雨樹正開著花，大片大片的金黃碎花，好像負荷不住過度的繁華，垂墜下來罩著濃綠的草地。

放眼向東看去，這一條黃金長堤往遠處綿延伸展，看不到盡頭，因為盡頭溶入一片朦朧，就是灰藍磅礴的大武山。

太平洋在大武山的另一頭，此刻，從太平洋海岸升起的太陽剛好升到了山頂，第一道陽光正從稜線射進山這邊的平原。天空本來就綴滿了虎頭茉莉花似的雲朵，一簇一簇的，陽光一射出，所有的雲朵頓時暈染成半透明玫瑰色。

和她說話的這時，每一滴露水都還掛在草葉尖上。陽光照到長堤，風微微吹動，黃金雨花輕輕顫抖，纖弱的花瓣簌簌飄落，草葉尖的露水滑進草叢。

她嘴裡嚼著一葉草，輕輕喟嘆，「像不像『綠野仙蹤』？」

聽你說話時，她清澈的眼睛注視著你，那種全神貫注的深深凝視，很像一個世故了然的大人。自己說話時，東扯西扯，思緒跳躍，想到什麼說什麼，話講到一半會突然笑個不停，又是個阿里不達很聒噪、臉頰粉嫩的小女孩。

我們盤腿，面向空茫的溪床。溪，橫在我們的正前方，山在我們的右邊，一八五公路和橋在我們的左邊。沿著大武山自北往南蜿蜒的縣道一八五，起點是高樹鄉的大津，經過三地門、內埔

鄉、瑪家鄉、萬巒鄉、新埤鄉，到海邊的枋寮結束，總長近七十公里。我們坐在三十六．五K的地方，

背後是河堤外一條狹小的山路。山路邊有野生的香蕉樹，紫紅色的香蕉花從葉叢間垂下，像一隻巨大的、吸滿墨水、蓄勢待發的毛筆。

到處都是鳳梨田。一四九三年哥倫布的船隊第二次到達加勒比海的島嶼，在探查一個廢棄的部落時，哥倫布發現一個大煮鍋，裡面有切成塊的人肉，鍋旁有各種配肉的蔬果。其中一種，外表長得像個巨型的松果，切開來，果肉顏色像蘋果，可是味道刺激，「令人反胃」。

農人種的多半是金鑽鳳梨，三月才剛採收。這時是五月，五月的田裡，鳳梨初種下，長葉如刀。採收鳳梨是件苦差事，農人即使裹上好幾層的厚衣厚褲，走出田裡，仍然滿身是割傷刺傷。

走過香蕉樹和鳳梨田的人，從背影看見我們，會以為是一老一小兩個修行者，在大武山新鮮的日出光輝裡坐禪。

溪床很寬，從此岸到彼岸幾乎有一公里。五月裡無水，抬眼望去，一片粗獷荒漠的礫石地。對岸林木掩映處，是萬安部落，有九百多個居民。不知為什麼叫「萬安」……

「萬安是漢人叫的。他們原來住在很深的山裡，因為大雨沖掉了部落，不得不遷下來——」她說。

她在回應我僅只在心中流轉、沒有說出來的念頭。這代表，即使不出聲，她都可以偵測我

大腦中來來去去的思緒。

「其實萬安溪，排灣族人叫阿瑪灣溪，」她說，「阿瑪灣溪上游有兩條支流，一條從大武山脈的日湯真山，一條從瑪家鄉的佳義部落，兩條支流在我們現在坐的『綠野仙蹤』會合，變成阿瑪灣溪。從這裡繼續往下流，就是你常去散步的東港溪了。」

已經知道她不是個尋常的小孩，我還是忍不住轉頭看她。這個小孩，真要談什麼的時候，語言結構縝密，說出來的白話，若是照實一字一句錄下來，不需要修改就是文章。可是這傢伙才十四歲；她穿著學校的黑裙子，鞋子已經脫掉，白短襪揉成一坨，像隻白老鼠。短襪上裙子上，粘滿了鬼針草。她盯著兩隻上下疊成一體的紅蜻蜓看的時候，眼睛瞪得圓圓的，「哇——厲害……」那個驚奇萬分的模樣，又像一個三歲小娃。

「你真的什麼都知道啊？」我還是忍不住問。

「萬安村也不叫萬安村，是卡札札嵐，Kazazaljan，」她說，「漢人總是很會說別人怎麼欺負他，就是不說自己怎麼欺負別人。」

路見不平的神情，像一隻小貓看見大狗，齜牙咧嘴弓起背。

我想問她卷子裡的疑團，譬如，「誰比你父母早死？」或者，「為什麼說，『所有的生命都是夢，只有死亡是醒的』，家裡發生什麼變故嗎？」

但是從我嘴裡說出來的，卻是，「你昨天在哪裡？」

「昨天啊——我沒有昨天。」

她說明，她的世界裡，沒有時間。時間是靜止的，所以沒有所謂昨天、今天、明天。我說，聽不懂。

她轉過來把身體對著我，認真地說，「你們的時間是一條河，會流動，有上游、中游、下游，對不對？少年、中年、晚年，譬如說。但是我的時間，無邊無際、無上無下、無前無後、無始無終。」

「所以，」她用手臂在空中畫圓圈，說明無前無後、無邊無際，「我沒有昨天。」

我忍不住再看她的眼睛，那麼清純明亮，屬於一個十四歲的人，但是她說的話，她說話時的神情，卻是我的同齡人。兩個牴觸的感覺硬是糅在一起，徹底衝突，我看著她幼稚嫩潔的臉，聽她說深奧隱晦的話，覺得自己頭腦短路了。

「無邊無際，」我說，「像大海的意思？」

她想了一下，說，「不像，因為海裡面有很多海流，其實海無時無刻不在動，而且動得很厲害。我覺得……比較像宇宙黑洞吧，看不到終止的地方。」

「不會是黑洞，」我說，「黑洞有巨大引力，所有的東西都被吸進去，包括光，所以黑洞也一定無時無刻不在動。」

她看著我，有那麼一點點的困惑，說，「那我就不知道怎麼跟你說了。凡是動就需要時間，對不對？動，就代表變，變就有前後，有順序，有順序就必須有時間，對不對？可是，我說不清楚，我的世界沒有時間，是死水……」

我注視她，注視她深褐色的瞳孔，可是她的瞳孔裡，我只看見我自己，還有我後面一株黃金雨樹。

從褲子口袋裡掏出手機。

「來，小鬼，」我說，「這是你寫的，我唸給你聽——」

> 時間，如果只是人的想像，也很奇怪，因為時間是不可逆轉的。
>
> 死了的人不會回頭活過來，老的人不會變年輕，我吃掉的一顆蘋果不會從我肚子裡又回到原來的蘋果，掉下去的玻璃瓶破掉，不會回頭變完整。時間不可逆，表示它應該是一個事實的存在，不是人為了自己的方便發明的東西。
>
> 我感覺我在時間裡，可是又看不到時間流動，好像沒有開始，也沒有結束，好像是靜止不動的水，我可以從水裡出來，走開，可是，我要怎麼脫離時間呢？
>
> 時間，有沒有岸可以上？

「想要脫離時間——是什麼意思？」

她轉回去對著溪床，百般無聊地看著遠方，喃喃自語，說，「我等太久、太久了。」

45　一六三六

「你在等什麼？」我說，「或者說，你在找什麼？」

她撿起一粒鵝卵石在手裡把玩，本來有點憂鬱的眼神，這時歪過頭來，調皮地看著我，說，「你應該知道啊，你不是作家嗎？作家不是會看見別人看不見的東西嗎？」

我止要回話，她迅速地接自己的話，「你不是會看見戰場上被坦克車壓死的人、監獄裡被槍斃的人、半夜裡偷偷在哭的媽媽、跟情人在浴缸裡做愛的女人、被河馬吞進肚子夾在大腸中間的小孩……」

我像一隻被踩到尾巴的狗幾乎要尖叫起來，但是按捺住，努力平靜，「跟阿青說話那天——你在？」

她用棒球投手的姿勢把鵝卵石用力丟向空曠的溪床，輕快地笑著說，「在啊。我早就在了。」

腦海快速倒帶，追想自己來到鄉下以後村前村後、山邊海邊遊盪的足跡。

想到阿蘭和米苔目老闆，「你在美容院？」

「在啊，」她說，「那個氣球猴子好醜。」

「阿蘭那裡……」我有點喘不過氣來，「是你第一次見到我嗎？」

「應該是。」

「你——為什麼會在那裡？」

「太陽有點高了，開始熱了。」她說。

「你為什麼會在阿蘭那裡？」

「我想跟你去走一條大武山古道，好不好？」

「你為什麼會在阿蘭那裡？」

她往後躺下，倒在草地上，手臂交疊腦後，看著天空。

「不能說嗎？」

一隻紫色的蝴蝶從我們頭上翩翩飛過。

「我媽，」她輕輕地說，「我媽以前都在那裡洗頭。你那天坐的位子，就是她的位子。我本來就常去那個美容院。是你闖進來了，不是我去找你。」

我感覺到自己的緊張和咄咄逼人，感覺到她的逐步退縮，於是也躺下，用手臂枕著頭，閉上眼睛，細細的風，撫過臉上的汗毛。這酥軟的晨風、清新的空氣，深呼吸，充滿我的肺。

她的安靜，令人不安。

換個話題：

「你最近去了哪裡？」

「東港外海那個小島。」她閉著眼睛回答。

「小琉球。看見什麼？」

「看見『令人反胃』的東西。」

這傢伙又恢復調皮了，表示知道我剛剛聯想到哥倫布講鳳梨。

「什麼反胃的東西？」我問。

「很多拿槍的兵，白人，還有上百個馬卡道族的人，幫這些白人士兵一個山洞一個山洞找。有一個很深很深的山洞，在海邊，珊瑚礁岩，裡面轉來轉去，是個大迷宮。很多烏龜在水裡游來游去，水裡有血，很多血。很多屍體。不少女人跟小孩的屍體。洞裡的石灰岩壁都燻黑了，應該有人放火燒。」

說不清是什麼奇怪的原因，我已經悄悄決定，拋開我一向習慣的邏輯理性，對這個十四歲的老人，全盤接受；她說她看見，我就相信她看見。

我拿起手機，想知道她看見的情景究竟是件什麼事情，但是她伸出手，說，「借我玩一下？」

到她手裡，手機屏幕已經黑了，她倒拿著，用手指亂戳鏡面。

「白人兵在屏東小琉球，」我心動了一下，這一定是荷蘭人，他們有去過小琉球嗎？

「白人兵穿什麼制服？」

她開始心不在焉，手機還給我，往左邊翻滾，又往右邊翻滾，坐起來用雙手去抓腳趾頭，做起柔軟體操來。過一會兒，又站起來，重新找了個樹下的位置坐下，躲開樹的間隙中直射的陽光。太陽隨著時間升高了，穿過黃金雨樹的葉隙，光影成圈，搖搖晃晃灑下來。她把手臂放在額頭上遮住眼睛。

「戴頭盔，手拿很長的步槍，腰間有佩劍，劍的長度跟槍差不多，懸掛在左腿邊。他們人很高，腿很長，綁腿綁到膝蓋上部，膝蓋下面用橘色的帶子綁著，打結的地方就那麼一坨……他們穿長袖衣服，看起來很熱，每個人都拚命在擦汗。」

以為講完了，她卻又突然想起來，說，「還有砲。砲的輪子卡在沙灘上，一堆人搞了很久才拖上山。」

「等一下。」我也挪到黃金雨樹的樹蔭裡，在手機鍵入幾個字：**小琉球荷蘭兵洞穴**。

「拉美島事件」就跳了出來。

一六二二年十月，荷蘭東印度公司的大帆船「金獅子號」船員在風雨交加中登上小琉球島，那時叫拉美島，去找水。船員全數被島上的原住民所殺。

一六三三年，已經統治台灣的荷蘭人，決定討伐，帶了三百名荷蘭士兵，加上新港社和蕭壠社的原住民，出征小琉球。

荷蘭兵在小琉球燒殺，居民逃亡躲入洞窟。

一六三六年四月，再度討伐。放索社人和新港社人幫忙荷蘭人找到上次沒有找到的大洞窟，就是今天的烏鬼洞附近的洞穴。荷兵用煙燻，逼出幾十人。其他的居民固守洞裡，但是熬到五月，洞窟內已經沒有聲音。士兵進入搜索，發現兩、三百具屍體……

二次出征，殺掉三百多個小琉球社的人。一六四五年，藏在島上的最後十五個人，也被搜捕，擄走……

46 含羞草

關掉手機，回到她身旁，說，「你剛說你看到的，是一六三六年的事情，小琉球的滅族殺戮。」

她淡淡看我一眼，對「滅族」一點不感興趣。

「山上滿滿的含羞草，粉紅色的，士兵的腳步很重，碰碰碰碰，含羞草的葉子一聽見就馬上闔起來，等他們走開，又張開，可是士兵一直來一直來，後來，含羞草葉子覺得這樣太累了，反正不是衝著他們來的，就乾脆整天開著，不再閉起來了。」

「你真有想像力啊，」我好笑地看著她，說，「這哪裡是你看見的？第一，含羞草怎麼會是粉紅色？第二，含羞草的葉子哪裡有聽覺，可以聽見腳步聲？第三，含羞草怎麼會有記憶，記得一個小時前有腳步踏過，又會做決定，有危險就閉起來，沒危險了就打開？」

「你知道你們的問題是什麼嗎？」她手臂伸向天空，伸了個大大的懶腰，還打個哈欠，嘴巴張得好大。把襪子拿起來，開始拔襪子上一根一根鬼針草的刺；公路上一輛水泥車轟隆轟隆通過大橋，堤面有點微微震動。

遼闊的溪床上，一隻埃及聖䴉正從一塊巨石上展翅起飛。她的嘴很長，幾乎是她整個身長的三分之一，像一只微彎的鉗子，帶著身軀往前飛。一身羽毛雪白，只有頭頸深黑，張開的白羽鑲了蕾絲黑邊。長長的腳，像穿了長統緊身黑軟靴。這外來的巫婆鳥，強勢剝奪了土生土長的小白鷺、牛背鷺、夜鷺的生存地盤，是要被撲殺控制的「壞鳥」，可是，她美得像個令人情不自禁的芭蕾舞孃。

舞孃往萬安溪的下游飛去，東港鎮和大海的方向，逐漸沒入煙嵐。

清完自己的襪子，她抓過我的襪子，開始一根針一根針拔出來，繼續批評，「你們的問題就是，有眼睛，不會看。有耳朵，不會聽。含羞草的花，每一朵都是粉紅色的。含羞草的葉子，每一片都有感覺。含羞草有『腦子』，有記憶，會記得剛剛聽見什麼，接觸到什麼，會判斷危不危險，會做決定。」

含羞草有記憶——這匪夷所思，但是植物界的研究每天翻新，我又怎麼知道她不是講真的。含羞草的花朵是粉紅色的，這倒很容易核實，下回走路仔細瞧瞧就是。

她把乾淨了的襪子遞過來給我，說，「跟我認真地說一下時間，好不好？」

我看著這個十四歲的老靈魂，說，「你的問題是——我們這邊什麼時間？『我們這邊』是什麼意思？」

她微笑，「你們那邊，就是有光的地方。」

47 水青岡

北方有一種隨處可見的樹，叫水青岡，也叫山毛櫸。殼斗目、水青岡屬、落葉喬木。春天雪融，滿樹新葉，每一片葉子透明嫩翠，陽光花灑下來的時候，整株大樹就是滾沸的青春顫抖。如果整個森林都是水青岡，那麼整座森林就是嫩綠的水晶宮了。

到秋天，森林一片金黃，水青岡的葉子掉在地上，撿起來看，是一個畫家用過未洗的調色盤，葉子邊緣是鐵鏽色，然後層層漸進是咖啡色、芒果色、銅綠色、漿果色……一陣風動，萬木搖落，滿天金彩。立在水青岡林中的人，仰著頭，「啊」一聲叫了出來：天哪，原來，先要有森林，然後有童話。

孩子小的時候，我們大手牽小手，提著籃子走進森林。走向森林的小路上，先採野生覆盆子，邊採邊吃，小孩的臉像小丑，嘴邊一圈誇張紫紅的汁液。我的裙子也染成緋紅，像蠟染。

森林的邊緣，幾株沒人理睬、只有野兔撞來撞去的蘋果樹。秋天催葉落，也催蘋果紅。枝椏撐不住蘋果的重，低低垂到地面。

北方的森林大多是筆直的針葉松柏，但是在闊葉林裡，高大的水青岡處處都是。水青岡樹，三、四十公尺高。人類的孩子聽見樹叢高處知更鳥在唱歌，仰頭尋覓，人小頭太大，幾乎往後翻倒。

野豬媽媽帶著一群胖嘟嘟的幼兒豬，圍在水青岡樹下，用他們長長的嘴咿咿喔喔翻著、掘著、推著。

水青岡的拉丁學名來自希臘文fagus，意思是「吃」。他的果實，含著那麼多的油脂和澱粉，動物們全都知道這個秘密。野豬、野鹿、狐狸、松鼠、刺蝟、大耳兔……所有的動物都知道：水青岡就是冬令進補，一落果，這裡就是動物的「吃到飽」狂歡節。吃了水青岡堅果，再寒酷的冬天都可以閒閒度過了。

這時獵人也聚集到水青岡樹林裡等候野鴿，因為，每年南飛的野鴿，只要發現水青岡結果，都會停下來出席「吃到飽」盛宴，不知道獵人守在草叢裡，端著槍等候。

農人也緊盯著樹，一看今年開花了，就數著結果的日子，日子一到，打開柵欄，讓飼養的家豬從豬圈裡奔騰而出。家豬像過年一樣歡天喜地地衝進水青岡林。

「這跟時間有什麼關係？」

不要急。我說的一切，都會跟時間有關係。

你說，水青岡難道不知道，「吃到飽狂歡節」是自己的大劫？果實就是樹的種子，樹的寶貝，寶貝都被吃掉了，將來還有樹嗎？將來還有林嗎？將來還有水青岡嗎？

樹，知道。

所以水青岡可不輕易開花，更不輕易結果。當野豬、狐狸、鹿和松鼠都等在樹下摩拳擦掌、流口水的時候，水青岡跟自己說，我，也可以等。水青岡每四、五年才開一次花，結一次果。開花結果的那一年，叫做「豐年」，野豬的數量也就跟著增加好幾倍。隔年不開花不結果了，很多野豬寶寶會餓死，森林的「豬口」，就銳減。

四、五年一次的豐年，果實滿地，雖然被動物「吃到飽」了，可還是有很多倖存的種子。那些沒被吃掉的種子，有多大機會抽芽成長，最後真的成為一株頂天立地的大樹呢？

從頭說起吧。你最好先問：水青岡四、五年才結一次果，可是，一株水青岡要長多少年才算成熟，會開花，結果？

一粒水青岡種子，若是陽光空氣水土的每一個環節都完美，他就有機會長成樹，但是，要長到八十到一百五十歲，幼樹才算成熟。

八十到一百五十歲？那人，終其一生也可能看不到一株幼樹的成熟？

是的，小鬼，對很多樹而言，人的生死像小蟲一樣。

從水青岡的眼睛俯瞰人，人就是那一下子就凋零了的、朝生暮死差不多的東西。

一株成熟了的水青岡樹，開始結果，一次可以結大約三萬粒的果實。

讓我們假設一株水青岡在他滿一百歲的那一年，開始結果了，而且他總共可以活到四百歲，假設他每五年開一次花，那麼這株水青岡，一輩子可以開花六十次，總共結一百八十萬粒果實，對不對？

果實就是種子，每一粒種子一落地就追尋天空，追尋陽光，追尋和暖的風，渴望乾淨的雨水，拚命找活命長大的機會。果實從母樹上墜落時，是剛好落在溝渠？落在沒有陽光的暗處？落在一堆石礫裡？還是落在肥沃柔軟的土裡，陽光似花灑、春雨如潤絲？

一百八十萬粒種子裡，最後、最後、最後，大概只有一粒，會長成大樹。

所有其他的種子，不是在「吃到飽狂歡節」裡被吃掉，養肥了豬鹿狐鼠，就是被風吹落到壞土，頹歸於泥，化為腐殖質。

一百八十萬分之一的機會，成為一株樹。

這很難吧？可是你見過白楊樹嗎？樹幹白白瘦瘦、風姿綽約的那一種，火燒過的山坡，第一個長出來的往往就是他。

一株白楊樹，終其一生大概結出十億粒的種子。

十億粒。

只有十億分之一的那一粒，有機會變成一株白楊樹。

你說我們這邊是「有光的地方」，但是度量時間，不能只用人的生命，人的生命的光，一瞬即滅。

不如看樹。一株樹的時間，可以用年輪去算，但是，那陽光、雨水和風的沉默等待，那十億朵花忍不住的衝動，那十億粒種子的掙扎、醞釀、殞落、回歸泥土一切重來的輪迴，你不會在年輪裡看見，可都是時間。

所以，談時間，要看樹。你要看得見那些種子沸騰卻又無聲無息的渴望，山谷中沒有回音的花的自開自落，泥土下面樹根與樹根派遣真菌的秘密傳輸，樹梢一片葉子被秋天遲遲的太陽烘黃的時間。

48 南渡

插天山、拉拉山、阿玉山、鳥嘴山、大白山、蘭崁山、銅山。

這些是我的島嶼的山。在這些山裡，都發現了水青岡。插天山的水青岡範圍有三百多公頃。

可是，遙遠北方那寒冷溫帶地區高緯度的水青岡，怎麼會出現在亞熱帶低緯度的這個島上呢？他怎麼來的？何時來的？用時間做翅膀嗎？

打電話問地質學家老威：「我們這個熱帶島，怎麼會有水青岡？冰川帶來的？」

老威說，「你去過花東縱谷？」

老威學問好，就愛迂迴答問，他心裡覺得他是現代蘇格拉底。

「去過。」我乖乖回答。

「好，你下次去，就在花東縱谷裡隨便找個地方站一下。」

我說，「跟你打電話的此刻，我就站在池上鄉大坡池北邊第三株幹花榕下面。」

「幹花榕？」

輪到我得意了，「哈，沒聽過啊？就是一種榕樹，桑科、榕屬，直接在樹幹上開花。花開完，一粒一粒的榕子就長在樹幹上，好像人臉上直接生出肉瘤。」

「要命，怎麼比喻得這麼難聽，」老威說，「好，你站在幹花榕下面，有沒有感覺腳底下一件驚天動地的事正在發生？」

「沒有。只是一粒榕子掉下來剛好打到我的鼻子。」

「感覺一下，現在，就是現在，面向北，你的右腳站在菲律賓海板塊上，你的左腳站在歐亞板塊上。」

老威試圖用我這個路人甲聽得懂的語言解釋：這個島，剛好在歐亞板塊跟菲律賓海板塊相推擠、互碰撞的地方，這個地方是整個地球板塊最活蹦亂跳的區塊，也就是「環太平洋地震帶」和「環太平洋火圈」的上面。

「明白了，」我說，「所以我們從小都在地震的搖籃裡長大，因為地底下板塊一直在碰撞，但是，親愛的老威，這跟水青岡有什麼關係？」

「稍安勿躁，」他對自己的知識淵博感覺頗為良好，說，「一步一步來。」

「你把菲律賓海板塊想像成一架巨型推土機，這個推土機力拔山河，推著呂宋島弧，往西北前進，每年推進七公分，這是不是驚世駭俗的速度？」

腦海裡登時浮現海水的湧動、星辰的旋轉、火山的爆發、地沉、月昇、海嘯……

「確實驚世駭俗。」

「推土機讓呂宋島弧在六百萬年前，撞到了歐亞板塊。」老威說。

「六百萬年前？你的意思是，這個推土機已經推了好幾個、好幾個百萬年，現在還在推？」

是的。海板塊擠壓陸板塊，造成了隆起。

「不然——你以為我們島嶼的中央山脈怎麼來的？」

「怎麼來的？」

「兩個大板塊推擠出來的啊。」

我的思維在快速運轉，問，「如果菲律賓海板塊現在還在推，那——中央山脈還在繼續長高咯？」

「好聰明的孩子，」電話那一頭的老威，聽起來很想伸出手摸摸我的頭，說，「中央山脈每年長高大概〇．五到一公分。這麼快的長高速度，我跟你說，全球罕見。」

「好，跟水青岡有什麼關係？」

老威說，過去八十萬年來，在冰川期的高峰期裡，地球冰冷，水都結冰了，所以海平面比現在低一百多公尺，海峽的底盤幾乎全部露了出來，我們的島嶼不但和大陸相連，甚至和海南島附近的「南海北坡陸棚」連通，所以在很長、很長的冰期裡，海峽根本不是海，是陸地、陸橋，是一條可以扛著行李或者用一支竹竿趕著鴨子走過來的大馬路。

在過去一百萬年中，每十萬年是一個週期，而十萬年週期中，大概有八萬年是冰期，兩萬年是暖化退冰的「間冰期」。也就是說，冰期8↓間冰期2↓冰期8↓間冰期2……

「間冰期有沒有聽過？」

「呃——」不願意那麼快承認自己無知，打算混過去，說，「有點模糊。」

他更高興了，繼續說明。八萬年的冰期裡，地球像個冰球，太冷了，水青岡、紅檜、冷杉等等，還有很多動物，都往南走尋找溫暖，有一些就通過陸橋，到了這塊我們現在稱為「島」的地方。

「北邊太冷，南邊有路，你去不去避寒？」老威說。

山椒魚、櫻花鉤吻鮭，都是在冰期南下避寒的。可是，緊接著，週期到了間冰期。

我笑了出聲，「老威，你的『緊接著』是八萬年耶……」

「間冰期，」老威不理會我的打岔，說，「就是冰期跟冰期之間暖化冰融的時間。」

間冰期裡，地球逐漸暖，冰川逐漸退，冰融化成水，海水當然就上升，陸橋就又變成海了，而那些南下避寒的溫帶生物，已經來了，總不能渡海回去吧，就留了下來。

「所以，」我沉吟著說，「滄海桑田其實是一個地質學的說法，不是詩詞文學的浪漫想像……」

「領悟力很高嘛，」老威又讚美我了。

但是間冰期裡，地球越來越暖，島嶼也越來越熱，溫帶生物畢竟還是習慣低溫的，只好往山上高海拔處去「避暑」，越走越高，時間長了，慢慢就發展出自己本土的生物特性。

「喔，」我說，「我知道了，水青岡，就是南渡以後，時代的氣候變了，永遠回不去了的遺民。」

電話那一頭的老威大概不斷地在點頭，說，「你完全可以這麼說。水青岡已經南渡四十萬年了。」

突然覺悟到一件事：同學中，老威一直是最鎮定、最有哲學家氣質的一個，原來他的氣質其實是地質。地質學者看事情用一百萬年作為基本單位，於是當我們聽到他說，「很快、很快」，他指的大概是十萬年；當他說「馬上、馬上」，大概就是一萬年；當他說，「不久前、最近」，留意咯，他指的是「六百萬年來……」

他的「鎮定」，其實是因為他的時間感和我們不一樣。有一次大夥在路上走著，遠遠看見一棟房子，火苗從二樓的窗子竄出，有一發不可收拾之勢，大家緊張萬分，有人衝上前去敲打一樓的門大聲呼叫，有人拿起手機打緊急號碼，有人看傻了手足無措，老威則慢條斯理地說，四億兩千萬年前才發現木炭化石，在「志留紀」晚期的岩石裡找到的。可是火的證據出現比較晚，大氣中的含氧量一直波動，所以有紀錄的第一次大規模火災，要到三億四千五百萬年前的「泥炭紀」才出現……

「你在聽嗎？」老威好脾氣地問。

「冰川孑遺的水青岡，」我問，「活得很辛苦吧？」

「非常辛苦，因為他的族群越來越少，越來越孤立，而且，基因無法多元，近親繁殖的結果，體質越來越弱。結出的果實，空果率特別高。」

「我們山上的野豬也喜歡吃水青岡的堅果嗎？」

「哈，在這個島上，愛吃水青岡堅果的就不只野豬了，」老威說，「還有黃鼠狼、黃喉貂、白鼻心、穿山甲、食蟹獴、水鹿、山羌、獼猴，喔，還有黑熊……」

49 小鎮多老

小鬼，我真不知道你來自哪裡。會不會你自己也不十分清楚？

我也很想知道你為什麼會在這裡，或者，你會在這裡多久？你總會離去吧？為什麼而來？將來會為什麼而去？去了的話，去哪裡？

時間為什麼重要？

昨天跟排灣族的巫婆在萬巒的金石咖啡農場喝咖啡，也在一八五公路上。巫婆週一到週五是公務員，週末回到部落，為族人做儀式、卜生死。巫婆的權柄是世襲的，她的祖母授權給她。她說，巫婆的權柄是個沉重的責任，她夢想過要留學，要出國，要選一個遠走高飛不同的人生，可是，最後還是對族人的世世代代的承諾，讓她決定留在了家鄉。

族人死了以後，都會去到同一個地方。那個地方，因為代代祖靈都在，即便死了，你還是得謹守道德規矩，各層級的祖先都看著呢，盯著你做鬼的行為。

他們其實沒有時間的問題，因為活著跟死著的時間和空間，是連貫的，是一體的，就好像在同一個屋子裡頭的兩個房間。死的意思，就是走去另外那個房間。

「那你死了以後，」我問巫婆，「也會去那裡嗎？」

她點點頭，「對，前一任巫婆，我的祖母，也會在那裡。」

如果，孩子，你的時空和巫婆的代代祖靈在同一個世界，我就真的不知道怎樣解釋我的「時間」給你聽了。這樣試試看。

在民國一〇八年、公元二〇一九年的五月二十九日，我是清晨五點醒來的。醒來，是因為睡意朦朧中流氓躡手躡腳上了我的床，把他毛茸茸、熱呼呼的身體圍在我脖子上，他的臉隨意地貼著我的臉，呼嚕呼嚕作聲，他的鬍鬚微微刺著我的耳朵，他的整個身體像通了電流，壓著我滿頭滿臉。

這時我就會想，哎，難道師父在禪房裡，每天起床，也是這個方式嗎？僧人與貓？會不會，半生飄零，他再也不離開大嶼山了，也跟一隻貓有關？跟一個動物的關係，他被徹底地需要，所以就身心定了下來？

我就這麼醒了過來。赤腳走到陽台。天色已經一片含蓄的玫瑰紅，大武山重重山巒，雲銜淡彩，粉光流動。

小鎮的聲音逐一醒過來。這時，水溝裡的蛙聲還沒有跟著夜離去，而鳥群已經在空中躁動。比較遠的地方，大概是香蕉園那邊，傳來斑鳩和五色鳥的叫聲；近一點的地方，響起的是斜對面人家養的大白鵝，在檳榔樹群裡聒噪。大白鵝驚醒了躺在騎樓下的土狗，於是狗兒們也如份地吠了起來。摩托車的聲音從街上響起，小鎮的人們開始為生計奔走了，這時天色，漸漸轉為藍光。

這一切，都發生在一個旋轉球上，旋轉球有一個軸，我們繞著這個軸，猶如兒童騎著旋轉木馬，不停止地旋轉。這裡的一切——我們的出生與臨終、愛情與戰爭、瘟疫與死亡、希望與毀滅、悲壯與猥瑣、詩歌與政治，日與夜、過去的冰和未來的火，全部都發生在旋轉中。

承載著我們一直旋轉的這個球，既青春又老邁，四十六億歲。我的小鎮，我們的小鎮，是這個旋轉球體上一個微小的點，在高山和大海相遇的地方。站在陽台上，我可以一邊看到北大武山和南大武山的山峰並肩依偎，一邊看到台灣海峽深邃厚重的大海。

大海，比旋轉的球稍微年輕一點，三十九億歲。

海，又是怎麼來的呢？

我所站立的這個球，曾經是個火球，軸心深處藏著巨大的引力，宇宙穹蒼中的大小彗星和星際塵埃被吸得朝它不斷撲撞上來，撞了幾億年，撞出很多凹洞。逐漸平靜下來之後，大概三十九億年前，球的一部分表面開始冷卻，水汽凝結，雨就來了。

這場雨，直直落，不停歇地下，一下就是幾百萬年。

幾百萬年的雨水，落在凹處，成就了海洋。

小鎮的時間，可以放在四十六億年和三十九億年的座標上去看。

單單是一場雨，就下了幾百萬年。如果你要問，我的小鎮有多老，你看我從哪裡說起？

50 一四〇公分以下

我們，這麼微小的生物，生命週期只有七、八十年，卻走在這麼巨大的時間和空間裡；我們活在冰期與冰期之間。

我沒告訴你，我才從格陵蘭回來。

二〇一九年，單單一個夏天，格陵蘭的冰蓋就融掉了四千億公噸。

四千億公噸的冰塊融化成水，是個什麼概念？

它可以把我們的整個島淹沒在一百四十公分深的水裡。一百四十公分，大概淹到我的脖子和下巴之間，淹掉你整個頭。

你說，原來你們那邊的時間走到了間冰期，地在變暖，冰在融化，海在上升，這一切都是這個球既定時程的大循環，那吵什麼全球暖化、氣候變遷？不都是本來就該來到的？

不是，不是，小鬼，不是這樣的。

我們這邊的時間到了間冰期沒錯，一萬一千年前開始的暖化期，是大自然自己的循環，但問題是，它暖化的速度突變，完全不正常。從有了地球以來的四十六億年裡，任何間冰期的二氧化碳濃度都沒有現在來得高，四十六億年喔。而現在的二氧化碳濃度又比工業革命之前高出百分之二十五；甲烷含量是工業革命前的兩倍半，一氧化氮高出百分之二十。

我們在燃燒化石燃料，譬如煤、石油、天然氣，挖空地球。我們在吃牛肉豬肉羊肉，使甲烷跟一氧化氮急遽增加。水災、旱災、暴風、森林大火幾乎變成了每天發生的事。那個賣我「一堆芭樂」的農人說，人太過分，山會報復。報復，已經來了。

我們這邊的時間，是飛在空中的昆蟲少了大半，海水太熱魚群改了航道，而且大量死亡。氣候熱得詭異，農作物在原來的地方沒法生長，我們這邊，《舊約聖經》裡描述的大糧荒，快要開始了。

所以，你問，我們這邊什麼時間？

四十六億年之後，我們走到了這裡：

我已經可以想像我們這個島嶼泡在一百四十公分水線下的景況；仍有月光，月光下海水微微盪漾。捷運、圖書館、電影院、歌劇院、國會和政府、消防局和警察局，都在海水下面裹了一層白花花的鹽，鐵鏽還黏著貝殼。厚厚的青苔覆蓋了醫院的手術台和太平間；墨綠的海草在高速公路和機場跑道上隨著水流飄盪。

幾個山頭凸出海面：插天山、拉拉山、阿玉山、鳥嘴山、大白山、蘭崁山、銅山，但是這些山，都變成島了——插天島、阿玉島、鳥嘴島……。山上那目睹過數十萬年春去秋來、冰起冰落的水青岡，葉子變黃變綠又變綠變黃，在鹹鹹的風裡寂然飄落……

我把鞋子抓過來，準備穿上。鞋子本來被露水浸透，現在已經被陽光烘乾了。

她站了起來，伸出一隻手給我，要拉我起身。

坐太久，腿都麻了，她拔河一樣身體往後傾，用全身力氣把我揪上來。

八、

龐加萊猜想

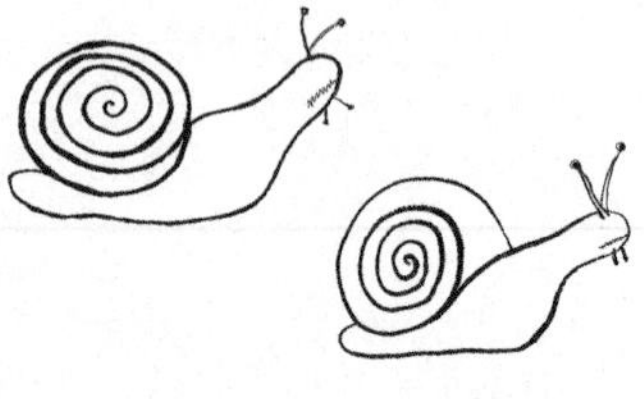

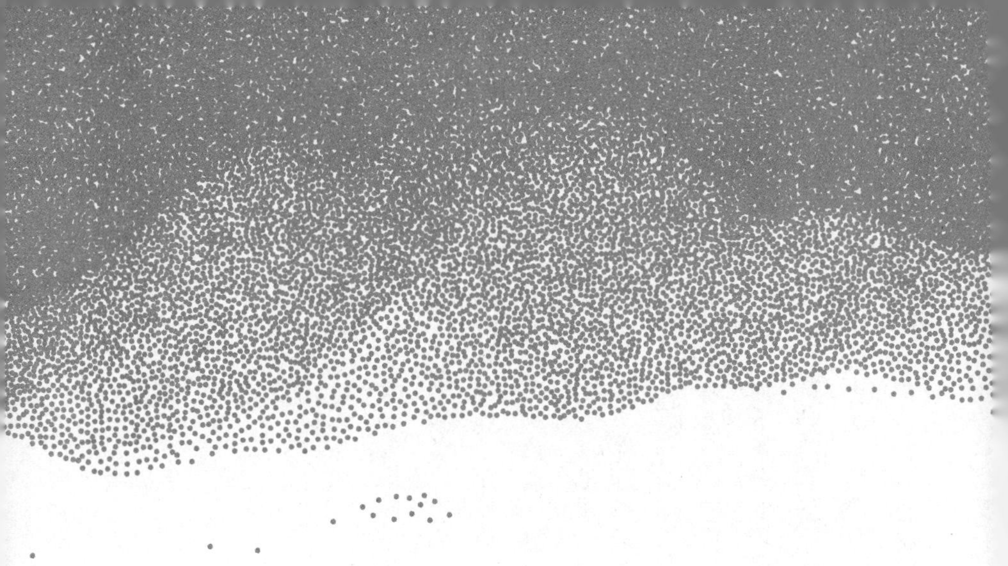

如果昨天就是今天就是明天，
那在就是不在，不在就是在。

沒有人可以去的山頂上，
我說，一株鐵杉倒下了，
你信不信呢？

51 南方眺望

陽台，向南。

站在陽台上，背對台北，面向島嶼的尾巴——鵝鑾鼻，說它是島嶼的頭也可以。設想看見一條黑白相間、體型優美的虎鯨，從鵝鑾鼻開始游泳，往南游九十九公里，就會到達菲律賓巴丹群島中的伊巴雅特島。昂首噴一口水柱，搖搖尾巴繼續游，沒多久，虎鯨就會碰到印尼的蘇拉威西島。從這裡再往南游，就到了澳洲的西部海岸，這時，虎鯨停下來輕鬆漂浮一下，喘口氣，他會發現，自己的左鰭邊，也就是東邊，是南太平洋；右鰭邊，也就是西邊，是印度洋。

至於赤道，虎鯨早在蘇拉威西島就穿過了。

當我的視線穿過陽台短牆上的軟枝黃蟬，往南方的天空眺望，我先看見的，你一定想不到，是一架胖胖的飛機，正在把人從飛機肚子裡吐出來。一次大概吐出十個。十朵小花在空中緩緩飄盪，隨著風往下降，逐漸看得出，是十個傘兵在練習跳傘。大肚子飛機低飛，貓兒察覺飛機嗡嗡的聲音，這時跳到牆頭，歪頭盯著。飛機迴旋，在天空畫出一個大圈，往遠處飛去，又調頭過來即將吐出第二批傘兵。

看著南方，我的右手邊西邊是台灣海峽，距離小鎮十五公里，是日落的地方；左手邊東邊是大武山，距離陽台上的我的腳，大概一公里，是日出之所在。
小鎮，座落在這裡：
東經 120° 32’
北緯 22° 33’
今天，八月的第十一天，太陽在清晨五點三十三分報到，將在傍晚六點三十三分回家。接班的月亮，下午三點二十五分上班，明晨一點三十九分下班。
太陽總是從大武山的東邊整裝，然後徐步上升，像天神閱兵一樣，檢視大武山每一株在露水中甦醒抬頭的草木、每一隻惺忪爬出洞口的穿山甲，穿山甲的甲冑反光照亮了三斗石櫟樹的堅果，樹叢中的獼猴正對著晨光梳毛。
五點五十九分，彷彿創世紀演出，太陽儀態萬千地把光灑向這邊的屏東平原。
左邊是東邊，大武山和太平洋；右邊是西邊，台灣海峽。
人們不習慣這個角度的東西認知，因為，我們從出生就被教了只往地圖的北邊看。北邊至上，東邊在右手，西邊在左手。
可是，誰說一定要往北看呢？
身子轉半圈來個南方眺望，我發現：天更大，海更闊，林更深，元氣更粗獷磅礴。

52

左撇子

陽台上的花圃不小，她在幫我撿蝸牛。

蝸牛把火鶴花的莖都吃空了，花當然也長不出來。黃金葛的葉片被咬出一個洞一個洞。蝸牛這麼厲害，是因為，這傢伙的牙齒太可怕了。蝸牛的牙齒全長在舌頭上——是的，蝸牛有舌頭。舌頭上一排一排的齒，總共一百二十排，一排一百個，就是說，老天，一隻蝸牛的舌頭上長了一萬兩千顆牙齒，有的甚至有兩萬顆。吃起植物來，一隻蝸牛根本是就是一架上了刺刀的坦克車。

她跪在土上，膝蓋上糊糊兩團黑泥，手指也都是黏答答的泥巴，很開心地邊找蝸牛邊哼歌，每找到一顆就大驚小怪喊叫，「找到了！」用手指掐下來，丟進塑膠袋裡。找到一顆稍微大一點的，她就往空中拋出去。

「幹什麼啊？」在茉莉花叢裡的我，從這頭大喊，「這是五樓，下面是大馬路，有人走路耶。」

她咯咯咯咯笑，臉頰曬得紅紅的，「走路的時候突然被什麼東西打到頭，一看是一隻蝸牛，他一定覺得一天都很好運……」

有一段時間沒見到，今天突然出現，她一點沒變，只是好像更熟悉了一點，也就更放鬆，動作更隨興，笑聲更放肆，更沒大沒小。

一整個下午，熱帶氣流的大雨嘩嘩下個不停。近傍晚時，雨停了，烏雲往西邊的海峽聚攏，天空一片烏青。東邊的大武山，清水洗過的晴空裡，卻出現一彎彩虹。

雨後，陽台花園所有的葉子都吃飽了水，鮮嫩欲滴。梔子花的複重花瓣裡還包著水珠。平常躲在土裡不太看得見的蝸牛，都從泥土裡冒出來了，一顆一顆黏在香蕉樹和桂花枝上。

「喂，」她從香蕉樹那邊扯著喉嚨說，「蝸牛為什麼下雨後就出來？」

我哪知道為什麼蝸牛雨後出來？但是我知道蚯蚓為什麼雨後紛紛出土。達爾文在一八三六年結束他第二次「小獵犬號」的環遊考察之後，回到家就開始研究蚯蚓。他問的問題就是這十四歲沒大沒小的女生問的：為什麼蚯蚓下雨就出來？是他們聽見雨聲咚咚敲打地面嗎？那麼蚯蚓有聽覺嗎？蚯蚓有耳朵嗎？

達爾文抓了一把蚯蚓放在一個盤子裡，把盤子擱在鋼琴旁邊的一張桌子上，然後要孩子用力地彈鋼琴。

鋼琴劈哩啪啦彈起，盤子裡的蚯蚓沒有動靜。

下一步，達爾文把蚯蚓盤子拿過來，直接放在鋼琴上面，孩子再用力彈琴，琴鍵震動，這時，蚯蚓立刻紛紛逃竄。

達爾文就知道，蚯蚓反應的，不是雨的聲音，是雨打在地面上的震動。

她提著塑膠袋走了過來，得意地打開塑膠袋湊近我的臉，炫耀地說，「好多。炒來吃？」

「太瘦了，沒有肉，」我推開她，「告訴你一個故事。」

她把塑膠袋丟在牆角，看見陽台上的鞦韆椅，一屁股就坐了進去，兩條腿懸空，開始前後盪起來。

「英國，」我坐在地上一面修剪玫瑰的枝，一面說故事，「有人在花園裡發現了一隻蝸牛。蝸牛外殼的螺紋是逆時針方向的，而全世界的蝸牛螺紋都是順時針的，逆時針螺紋的蝸牛大概是幾百萬分之一的機率——」

她從鞦韆裡一下子蹦下來，衝去拿塑膠袋，砰砰砰回到鞦韆。

她從塑膠袋裡一抓就是一把蝸牛，放在手心，一隻一隻檢查，驚異地喃喃自語，「真的，螺紋都是順時針……」

「所以這人就把這『左撇子』蝸牛送到了科學家手裡。科學家很激動咯。左撇子蝸牛太稀罕了，他們給他取了一個名字：傑若米。」

「傑若米是男生的名字。」

「事實上，」我說，「傑若米是英國工黨黨魁的名字，這個人喜歡園藝出名，又是個大左派，所以科學家就跟開他了一個玩笑。」

「他們怎麼知道這個左撇子是男生呢？」

「這個不是問題，大多數的蝸牛是雌雄同體，他們自己的身上就同時有精子跟卵子；蝸牛既是男生又是女生。」
「哈，」她笑起來，「那蝸牛把自己的精子放在自己的卵子上就可以自己生小孩？」
「對啊。然後自己找一個陰涼潮濕的地方去產卵。」
「哈……」她盪著鞦韆，把手裡的一粒蝸牛又用力彈出牆外，說，「那才是真的解放吧？如果女生都可以雌雄同體，不要男生，高興懷孕就自己懷孕，然後去一個安靜陰涼潮濕的角落生產，生出來自己養，不是很好嗎？你覺得呢？」
怪異的感覺又來了。怎麼我好像在跟一個同齡的閨蜜在說話……
「好是好，」我說，「可是那就沒有愛情啦。」
「不會啊，」她說，「生產是生產，愛情是愛情，女生如果可以自己一個人生小孩的話，那男生專門用來談戀愛就好了，不必用來繁殖後代，那愛情不是更好？」
「你懂什麼是愛情啊，小鬼？」
她不答，安靜了一會兒，說，「愛情也沒什麼好，再怎麼樣，最後也只有傷心而已……」
聲音黯淡下來，竟然滿是悲傷。
我停下手邊的活，轉頭看她。
這樣的話，不應該來自一個十四歲的小孩。
我不曾看過她悲傷。

我用輕快的聲音，說，「嘿，小鬼，你要知道後來嗎？」

她在一種我不太明白的情緒裡，沒作聲。

我用剪刀把玫瑰長得太密的枝椏剪掉，從中心往外疏開，讓花朵有空間成長。園藝老師一再強調的是，要懂得捨，越是敢捨，越是美麗。

流氓走進了玫瑰叢。是怎樣柔軟的外在身體、怎樣平衡的內在靈魂，使一隻貓，全身進入刺若刀尖的玫瑰花叢而身上不帶一絲傷？

我看看鞦韆椅上安靜的她，繼續說故事：

「科學家想為傑若米找個伴，讓他有後代，可以做研究。有的蝸牛不是雌雄同體，傑若米本身就不是，他需要愛人，可是，他是左撇子，麻煩大了，這世界到哪裡再去找一個左螺旋的蝸牛呢？」

我停頓下來，等著她回應。

靜下來，只聽見一隻蜜蜂嗡嗡的電磁聲。是蜜蜂，特別看了一下，他擠進一朵倒鐘形的黃蟬花朵裡，露出一點點翅膀和半截屁股。銅黃色的翅膀、深黑色屁股，肥胖，顯然是一隻銅翼皆木蜂。

這個世界已經快要沒有蜜蜂了，陽台上竟然來了一隻，不免多看了幾眼。萬丹的農人告訴我，農藥用多了，傷害了蜜蜂的神經系統，蜜蜂採完蜜，茫茫然認不出回家的路，都死在路上。

她幽幽說，「我覺得傑若米好寂寞，好可憐……」

高興她回神了，我趕快接話，「蝸牛做愛是兩人，不，兩牛，兩蝸牛，面對面邁向對方進行的，性器官在身體的右側，好像兩個騎馬的武士比劍，面對面衝過來，劍都在右手，那麼一交鋒就『喀擦』一聲，金屬相撞。蝸牛做愛，面對面相逢，你的右側就會跟我的右側碰到，黏答答的身體廝磨一下，做愛就完成了。可是左撇子傑若米怎麼辦呢？他的性器官永遠碰不到人家的性器官，除非找到另外一隻左撇子。於是科學家透過媒體召喚全世界有花園的人，到院子裡找左撇子蝸牛。」

「後來呢？後來呢？」

那個活潑的小孩又回來了，她又開始踢牆，把鞦韆越盪越高，我繼續說，「後來真的找到了兩隻左撇子蝸牛，送進了實驗室。問題是，結果那新來的兩隻，對傑若米根本沒興趣，他們兩個自己做愛去了，生了一百七十個蝸牛寶寶——」

她哈哈大笑，「傑若米好慘——」

突然煞住鞦韆，她說，「那一百七十個蝸牛都是左撇子？」

輪到我笑了，「一百七十個寶寶，都是正常的右螺旋。」

她笑著倒回鞦韆裡，「可憐的傑若米……」

「後來，那兩隻其中的一隻，終於跟傑若米做愛了，生了五十六隻寶寶，又全部都是順時針。」

「那……傑若米還活著嗎？」

「去年死了。」

「喔……」她眼睛亮起來，說，「死了……」

我說，「科學家把傑若米的身體冷凍起來了。」

53 蝸牛與王子

剪了五盆玫瑰花。雖然戴了手套，還是有刺扎進手指。太細小的刺，不挑出來可能讓手指灌膿，想挑卻又太細，折騰半天，刺反倒被我越擠越深。她從鞦韆跳下來，說，「我來。」我們兩人面對面坐在地上，她像個極盡溫柔的小媽媽一樣，把我的手抓在她左手的手心裡；可是她的手，真小。

她用右手的食指和大拇指，對著細小透明的刺，輕輕掐了一下。

「出來了。」她俏皮地說，「我知道左撇子蝸牛在哪裡了。」

我再度戴上手套，準備收拾剪下來的一堆玫瑰枝。

「哪裡？我這裡可沒有，花叢裡都找過了……」

她是赤腳，而且是髒兮兮的赤腳，跳起來，一陣風似地從陽台直接奔入屋裡，先經過敞開的廚房，然後到了書房，快步走到一整排牆面書架前，上下瀏覽，從第三層架子的最右邊——我的外文書群，抽下一本小小的書，一陣風似地蹦回花園，遞過來，說，「翻開。」

她兩手在身後交握，一臉期待，又是一個天真爛漫的小孩。

那本書，是《小王子》的英文版。我脫下粗棉手套，拿過書，不知道要翻哪裡。一張紙從書裡掉了下來。

「就是這張。」

掉下來的，是一張摺頁，都忘了我保存了這張摺頁。二〇一四年一月，紐約的摩根博物館辦了一個《小王子》的展覽，朋友知道我喜歡《小王子》，特別從紐約把展覽的摺頁寄了過來。

翻開摺頁，圖片裡有幾張作者聖修伯里的素描。聖修伯里在一九四〇年離開已經被納粹佔領的法國，獨自到了紐約。整個《小王子》的草稿，都是在紐約的離群索居歲月裡完成的。在紐約時，只有一個叫漢彌頓的人一直支持他的寫作。有一天，他按漢彌頓家的門鈴，開了門，他也不走進去，只是拿出一個紙袋，交給了漢彌頓，就離開了，再也沒有回頭——他離開紐約，回到法國，加入保衛祖國的戰爭，成為一個偵察機的飛行員。

一九四三年，《小王子》出版，一九四四年，他的飛機失蹤。飛機的殘骸，五十多年後在馬賽港附近的海底找到。一個海水浸蝕、鏽跡斑斑的銅質手環，刻著他的名字和編號，纏在一個撈起的漁網裡，那是一九九八年。

紐約的展覽，展出了聖修伯里的手稿。手稿上很多咖啡殘跡、菸蒂斑痕，彷彿手墨猶溫。尤其是他的插畫，一張一張修改又修改的素描，細說了《小王子》的創作過程。

「你看畫。」她說。

摺頁上印了幾張素描，一張是圍著飄逸圍巾的小王子，迎面而來一隻蝸牛。奇怪，《小王子》書裡並沒有蝸牛啊。

蝸牛插畫的下方，另一張畫，是小王子和狐狸。

原來，構思過程裡本來是蝸牛，最後成書時，蝸牛換成了狐狸。這一張小王子和蝸牛相遇於途中的素描，只在手稿中，沒有進到書裡。

我坐到地板上，把書放在膝上，翻到書本的第二十一章，小王子和狐狸相遇的那一章。她擠過來，緊挨著我坐下。

小王子遇見狐狸，想跟他玩，但是老成的狐狸說，我不能跟你玩，因為你還沒有「馴養」我。

小王子問，「什麼叫『馴養』？」

狐狸說，「對我來說，你只不過是個小孩，跟其他成千上萬的小孩沒有分別，我不需要你，你也一樣不需要我。我對於你也只不過是一隻狐狸，跟成千上萬其他的狐狸一模一樣。但是，假如你馴養我，我們就彼此互相需要。你對於我將是世界上唯一的，我對於你也將是世界上唯一的……」

「馴養」——怎麼做呢？

狐狸說：「你該很有耐心。你先坐得離我遠一點，像這樣，坐在草地上。我就拿眼角看你，你不要說話。語言是誤會的泉源。但是，每天你可以坐近我一點……」

她和我並肩看著攤開在拱起的膝蓋上的書，我抬頭看她，用肩膀推她說，「小鬼你坐遠點……」

她笑著，真的站了起來，走到欄杆邊，靠著欄杆，背對我，看向大武山。夕陽的光，來自海峽那頭，照著陽台下面一片小鎮的屋頂；大部分的屋頂都是違章加蓋的鐵皮，很醜，但是夕陽的光，有一種金色的繁華、粉色的溫柔，遍灑在參差的屋頂上，遠處是蒼蒼莽莽的山，小鎮竟然美得像印象派的油畫。

十四歲的背影，就這樣溶在夕陽繁華又接近逝去的光裡。

不得不分手時，狐狸哭了，跟小王子說出他心裡深藏的：

我的秘密，很簡單，就是：只有用「心」，才能看得見。真正的東西，都不是用眼睛可以看得到的。

「真正的東西，都不是用眼睛可以看得到的。」小王子重複一遍狐狸的話，記在了心裡。

第二十一章，當然不能是蝸牛，能想像蝸牛跟小王子做這樣的對話嗎？

「小鬼，」我坐在地上不動，對著她的背影，說，「我不問你怎麼會知道我書架上有什麼書——你今天第一次來我家；我也不問你怎麼會知道那本書裡有一張五年前的、已經發黃的摺頁。我想問的是，為什麼把這張摺頁找出來？」

她轉過身來，「你仔細看看蝸牛那張畫呀。」

我把摺頁再度打開，端詳那張小王子遇見蝸牛的畫。聖修伯里素描的蝸牛，是一隻螺旋逆時針的左撇子。

54 看見

花園裡不知何時長出了一片葉子。

沒錯，不是一株，而是一片葉子，西邊的籬笆旁。籬笆爬滿了炮仗紅，或許是因為炮仗紅的葉子很密，這一片葉子一直長到我膝蓋這麼高，才發現他。

一片葉子，沒有任何樹幹或莖或別的葉子，孤零零的，直接從泥土裡長出來。葉子的形狀很像香龍血樹的葉子，香龍血樹也叫巴西鐵樹，雖然他其實既不來自巴西，也和蘇鐵無關。是龍舌蘭科、虎斑木屬。

或者說，葉子像一片巨大狹長的竹葉，也可以說，像美人蕉的葉子。

一片葉子從土裡伸出來。感覺怪異好像看見一個小孩的頭猛然從一個大人的身體上長出來。

但是，我會注意到他，是因為，這一天，完全無風。香蕉葉對風是最敏感的。花園東邊的一株很大的香蕉樹，葉子剛剛抽長時，都是沒有缺口完整無瑕的嬌嫩葉面，但是風一吹，葉面馬上被撕開，平滑的葉面被風扯成細細的葉穗，一點點風都讓他顫抖。

這一天，連蕉葉都靜悄悄地，一動也不動。

可是，這一片像香龍血樹葉子的「橫空出世一片葉」，正在搖擺。

蹲下去想看個仔細，發現流氓躡手躡腳地走過來，在我腳邊趴下。葉子左右晃動，規律的一左一右、一左一右、一左一右，如同節拍器，半秒左、半秒右、半秒左、半秒右

沒有風。即使有風，也沒道理像節拍器一樣地規律搖擺。

真是蹊蹺。

我伸出手，止住葉片。

然後放手。

葉片靜止。

我也靜止。

五秒鐘後，葉子又開始搖擺。起先微微左右擺動，半分鐘以後，又回到原來，以節拍器的精準頻率一左一右、一左一右、一左一右……

我伸出右手的食指，沾一點唾液，舉高。

沒有風。

只聽見雨篷上一隻斑鳩咕咕的喉聲。紅寶石，我養在花園裡自由走動的母雞之一，突然咳嗽了一聲。另外一隻叫做巧克力，正在沙坑裡曬太陽。

一陣風刮起，把牆角一株金露花藍紫色的花瓣吹得紛紛，撲到我臉上，這時，後面一個小小的聲音說，「紅寶石不行了。」

回頭一看，她坐在那個鞦韆椅上，赤著腳，晃著晃著。

什麼時候進來的？怎麼進來的？

我站起來，再低頭看一看香龍血樹葉，咿，不動了。

「是你弄的嗎？」我走向她。

「什麼？我弄什麼？」她一臉茫然。

「那個葉子。」

「什麼葉子？」

我看看她，不像在搗蛋。

「花園土裡突然長出一片怪葉子，沒有風，一直動，以為是你在搞鬼。」

「沒有啦。」

我睜大眼睛認真地打量。她的周圍，一切正常。鞦韆椅是白色的藤織，鞦韆後面是蝶豆和軟枝黃蟬。蝶豆開著藍紫色蝴蝶形的小朵花，往花園西邊蔓延。軟枝黃蟬開著鵝黃色的喇叭花，一朵一朵向著東邊太陽的方向。太茂盛了，細柔的鬚伸得很長，懸在空中尋找可以攀附的東西。我故意不把枝牽到短牆上的矮籬，因為無所附著的軟枝被微風吹著在空中搖晃，有野生叢林的感覺。

一切正常。只有風微微吹起她的髮梢。

「你有氣場嗎？」我問。

「氣場，」她的腳用力一蹬，鞦韆盪得很高，幾乎要碰到後面支撐的鐵桿，「沒看到什麼氣，我也有重量，不是飄的。我只是不會真的睡覺，不會累，也沒有夢。而且，什麼都看得見。不過，你剛剛說沒有風？」

我跟她保證剛剛是如何確切地無風，一點點輕風就會顫抖個不停的蕉葉都是靜止的。

「可是，」她歪著頭，邊想邊說，「你那麼相信你的感官？」

她用光腳推著矮凳，一蹬就讓鞦韆不停地前後晃盪。

「好動兒！小心點。」

我走進屋裡，從冰箱裡拿出一壺冰水、兩只玻璃杯，帶到陽台小桌上。然後到鞦韆後面摘下一把薄荷葉、幾片佛手柑葉，揉一揉，丟進冰水裡，攪一攪，倒了一杯給她。

「你的感官有問題呀，」她慢慢停止晃盪，接過杯子，仰頭，咕嚕咕嚕灌下冰水，抿抿嘴，說，「你覺得沒有風，不見得真的沒有風，只是你的感官太粗，接收不到細微的風而已。」

流氓走到了她的腳下，先圍著她繞一圈，應該在探嗅她的氣味——她有氣味嗎？

流氓躺下來，放鬆地四肢朝天，露出白花花的肚皮；她用腳丫子去撫弄，流氓歪著頭摩挲她的腳板。

「譬如貓，」她說，「看不見你看得見的東西，可是，你也看不見他看得見的東西。」

「貓不是色盲嗎？」

「才不是哩。貓只是看不到紅色，可是藍色灰色黃色綠色，都看得見，只是比較淡，比較糊。而且，你知道嗎？他可以看到人的眼睛看不到的紫外線下的顏色。還有，貓的視角比你寬個二十度。」

「人的視角是一百八十度，」我說，「你的意思是，貓的視角是兩百度？」

「對。」

難怪了。我分明看見一隻蟑螂從流氓的後腦勺躡手躡腳想快速通過，本來躺著的流氓一躍而起，一個大轉彎，飛撲上去，一掌把蟑螂劈死，好像流氓的後面有眼睛。

「我媽常說，狗晚上哭，是因為他看見東西……」

我的耳朵豎起來──小心翼翼地說，「你媽──你家有養狗？」

「那時候我跟爸都說她迷信，學生物的怎麼可以迷信，可是有一次，我補習回家，大概八、九點，天很黑咯，我在廚房裡，我媽在幫我熱一碗雞湯，然後張大頭突然嗚嗚叫。張大頭是我家狗的名字，混種狼狗，頭很大，他一直嗚嗚叫，在廚房裡繞圈圈。廚房裡有一個鐘，那個鐘突然『叮』敲一下，張大頭夾起尾巴『咻』竄到桌子底下，然後眼睛緊盯著窗外，好像看見什麼，一直盯著看，像哭一樣嗚嗚叫。我媽就推開窗，把頭伸出去看，我拿著雞湯碗也靠近去看，外面是一棵桃花心木的樹頂──我們住二樓，冬天嘛，桃花心木會落葉，所以樹枝空空的，黃葉都掉在一樓院子裡了，走過去會有沙沙的乾葉壓碎的聲音。我什麼也沒看見，只有風在吹樹枝嘩啦嘩啦互撞，蠻吵的。我媽就把窗子關上，我也就回來坐下喝熱湯，我媽坐在我對面看我喝湯。我把一塊雞肉丟在地上給張大頭吃，他才慢慢不哭了。」

她停下來，好像在回想當晚情景，然後慢慢說，「現在我知道了，那天晚上張大頭是看見了。」

我不馬上接話。這是第二次聽見她提起她媽，或家裡的任何人。到現在為止，她像是石頭裡蹦出來的，天上掉下來的，河水裡一個放水流的籃子裡撿到的，彷彿沒有親人，沒有家，沒有履歷，沒有過去。好像一個手指上沒有指紋的人。

我在猶豫要不要繼續問。我怕，像一隻貓，靠得太近，她會縮腳逃跑。

「張大頭哭的時候，」她忽然又接著說，「我苗栗外婆剛死一個禮拜。我媽哭了三天，每天晚上對外婆的照片燒香。」

「你是說……張大頭看見你外婆？」

「知道嗎？」她用腳丫來來回回摩挲流氓的肚子，流氓瞇著眼享受著，「你知道嗎？看見不是只有一種……」

我心裡「噔」了一下；這句話，師父說過……

「你媽，」我說，「你爸媽是做什麼的？」

門鈴突然響起。

不知怎麼，我瞬間的衝動是要小鬼躲起來，想想，又覺得怪怪的，於是慢吞吞走去開門，只開一個窄窄的門縫。員外手裡抱著兩顆碩大的釋迦。

「台東的，」他笑咪咪地說，「很甜。」

我接過來，謝謝他，作勢要關門，他禮貌地轉身，卻又回頭說，「有朋友喔？」

我說，「我在教我的貓說英語。謝謝你。」

回到陽台，小鬼已經離開了鞦韆，坐在地板上，流氓抱在懷裡，她輕輕撫摸，說，「我爸媽都是初中老師，我媽教博物，苗栗嫁過來的。我爸教數學，他出過車禍，有一條腿比較短，走路會跛。別班的小孩背後叫他搿咖仙。」

把釋迦裝在一個盤子裡，假裝漫不經心，說，「你媽會去阿蘭的美容院洗頭，表示你家離那裡不遠？」

她雙臂環抱流氓，臉貼著流氓的臉，好像一個小女孩幸福地抱著心愛的洋娃娃，閉著眼睛說，「那是我家。我們住樓上，樓下租給人家洗頭。」

「那是你家——」我吃了一驚。

「你看見媽媽漆成土耳其藍色的窗子，就來了，所以，」她說，「是你來找我，不是我去找你。」

55 成年禮

不知道什麼時候，她手上有了一把指甲刀，是我拿來給流氓剪指甲的那一把特大的。

平常要給流氓剪指甲，需要兩個人力。寂寞咖啡館的工讀生被我叫上來，先用點心把流氓騙過來，等他吃完，一把抱住，她拿著一條大毛巾，把流氓像個嬰兒一樣包起來，我用九牛二虎之力，設法讓流氓的一隻手從毛巾裡伸出來，然後撐開他的腳爪，讓一隻凸出，剪那一隻腳指甲。有時候會剪到他的肉，流氓發怒，掙扎，格鬥，好幾次，把我的手抓得流血。

現在，流氓像個滿足的吃奶嬰兒一樣，躺在小鬼懷裡，閉著眼，任由小鬼拉出他的手，打開他的指爪，小鬼從容不迫地剪流氓的指甲。

「你知道嗎？」小鬼說，「你在作文課出的題目，我做過。」

我驚訝萬分地看著她。

爸爸教數學，是個極端嚴肅的人，在家裡很少說話。從學校回到家，吃了晚飯之後就坐到自己的書桌，埋頭解數學題。媽媽和小鬼窩在餐桌，可能看圖畫百科全書，或是地圖，或是一起畫一株週末新發現的植物。媽媽和小鬼共同製作了一本植物標本圖錄，是一個大開本的筆記本，打開來，左邊是採來的植物，用透明膠紙粘貼，右邊是小鬼用鉛筆畫的植物素描，媽媽標上學名和俗名。餐桌這一頭母女二人嘻嘻哈哈邊聊天邊畫圖的時候，爸爸那個角落只有一盞檯燈，一片沉寂，像一個山洞，數學家沉浸在他一個人的世界裡。

爸爸在解「龐加萊猜想」。媽媽說。

「什麼猜想？」小鬼問爸爸。

爸爸頭也不抬，媽媽解圍，說，「龐加萊，法國數學家。」

「他猜想什麼？」

媽媽說，「我也不懂，不會說。」

爸爸終於轉過身來，手裡抓著一個橘子，說，「一九〇四年，法國一個數學家叫做龐加萊的，說，任何封閉的、單一連接的、三度空間的形體，一定和三度空間的球，是『同胚』。也就是說，在三度空間裡，任何一個封閉的、沒有洞的形體，一定可以被捏成一個球。」

小鬼和媽媽瞪著爸爸，一句都沒聽懂。

爸爸指著橘子說，「如果我們把一個橡皮筋圍繞在一個橘子的皮面，我們不扯斷它，也不讓橡皮筋離開橘子表面，讓它順著橘子的皮面往下滑，慢慢收縮，最後會成一個點。但是如果把橡皮筋繞在一個甜甜圈的表面上，甜甜圈有個洞，那就沒辦法把橡皮筋不離開表面但是收縮成一個點，除非我們扯斷那根橡皮筋。」

媽媽已經離開這個話題，低頭去做標本。她找到一種野草叫黃荊，興奮得不得了。黃荊早期遍地都是，農家拿他來做成炭，叫「楓港炭」，後來越來越少，變稀罕植物了。

小鬼專注看著爸爸，說，「那茶杯呢？把橡皮筋綁在一個茶杯上，最後會不會變成一個點？」

爸爸的高興讓她嚇了一跳。他通常是個沒什麼表情的人。

「茶杯不像甜甜圈，茶杯沒有洞，」爸爸拿起書桌上一個杯子，說，「茶杯裡外是一體的，所以橡皮筋最後會縮成一個點。這就是橘子跟茶杯是『同胚』的意思。」

小鬼還想讓爸爸繼續說下去，爸爸已經轉身，背對著她，檯燈聚光在他的紙張上，周邊是黑的，他的頭勾下去，只看見一個隆起的背。

「他滿腦子都是數學，不太跟媽媽說話，更少跟我說話，」小鬼說，「他是那種會把手錶放進鍋裡當雞蛋煮的人，我覺得他是天才，說不定是一個沒有人發現的愛因斯坦，可是，他很遙遠，我好想、好想他跟我說話……」

有一天晚餐桌上，她對爸爸說，「我有問題問你。」

爸爸說，「好啊。」

「我的問題比較多，」小鬼說，「我用寫的，已經寫好了。晚上給你。」

爸爸有點驚訝，但是也不多問。吃完飯，把自己的碗筷拿到水槽邊，放下，就去了書桌。

第二天起床，數學老師在自己的公事包旁邊看見一個信封，打開來，一張作業簿撕下來的紙上，寫的是十四歲的女兒的幼稚提問。

1.生命的意義是什麼？

2.時間是什麼？請仔細說明。

3.愛，是什麼？怎麼證明「愛」？

4.人死了，去哪裡？

5.你相不相信靈魂？為什麼相信，為什麼不相信？

6.你快樂嗎？

7.什麼叫快樂？

8.做夢的時候，你還活著嗎？

9.如果你的記憶被拿走了，你還能愛嗎？如果你不認得媽媽和我了，你還能說你愛我們嗎？

剪完了指甲，流氓彷彿大夢初醒，從小鬼懷裡站起來，抖了抖身體之後，「咻」一下溜走了。滿身貓毛的小鬼抓起毛巾，走到欄杆，把毛巾張開在欄杆外，用力抖動，頓時貓指甲和貓毛四散飄舞。

員外的聲音從四樓陽台傳上來，「嘿，全部掉到我的牛肉麵裡了啦……」

我走到欄杆邊，對下面大聲說，「反正都是蛋白質，給你加營養。」

「你怎麼會對爸爸提出這種問題？」

她回到鞦韆，用光腳踢牆，盪得老高，笑著說，「我只是隨便編出一些問題，讓他跟我說話。」

「你不是真的對這些問題有興趣，」我說，「只是想讓他跟你說話？」

「對啊，我對問題沒興趣，只是想讓他跟我聊天。我心想說，問題難一點，抽象一點，他跟我聊天的時間就會多一點，講長一點。」

「結果呢？」

「結果——」她不笑了，鞦韆也停了下來，說，「他還是不跟我說話。也不是不跟我說話啦，就只是每天兩三句話，吃飽咯？功課做咯？洗澡咯？就這樣。給了他那些問題以後，晚餐過了他還是回到他的書桌，整個晚上低頭工作，而且工作得還更晚了。」

「那不是有點奇怪？」

「大概三、四個月以後，就是我快要升初二的時候，我才知道，」小鬼神情黯然，幽幽地說，「他在寫答案。我的每一題，他大概寫五、六張信紙，用派克鋼筆寫，密密麻麻的。譬如講時間，他還去圖書館查資料，看物理學怎麼解釋時間，看哲學家怎麼說，然後用他覺得我聽得懂的話，從頭說起。媽媽說，他大概寫了一百多張信紙給我，像寫一本書一樣。他想要全部寫完了，再一次給我。」

我看著這低著頭的女孩，幾乎說不出話來。

從頭到尾，這個數學老師都不知道，女兒其實是為了想跟他聊天，才提出這些問題。

「他也不讓媽媽告訴我他在寫答案，所以他晚上更晚上床，跟我們更少說話了。他跟媽媽說，完整的答案，他想在我升上初二以後，當一個『成年禮』，正式送給我。」

「那——」我小心地問，「你升上初二，拿到爸爸的『成年禮』了？」

她別過臉去。

56 鐵杉2619m

把腳擱在圓桌上，面對大武山。今天的天空很清澈，山體就是一種內斂的靛藍色，一道白雲，像從老棉被裡抽出來的棉絮，粗粗一條，圍著山巒。

我換個話題。

「你覺得我可以抱著紅寶石到街上散步嗎？」我說。

「很好啊，讓母雞大便在你身上。」

「市面上有人賣狗衣服、貓衣服，說不定有人賣雞尿褲？」

「你知道你可以怎麼做嗎？」她跳下鞦韆，走到我身旁，拖過來一張椅子，椅背在前，雙腿岔開坐著，雙臂靠在上面，說，「你可以拿一個洗衣袋，洗衣袋不是有點透明透氣的嗎？把紅寶石裝進去，拉鍊拉上，但是露出她的頭，然後把她放在你的機車前面的籃子裡，就可以一起出去兜風了。這樣紅寶石跳不出去，但是可以看風景。怎麼樣？」

「好主意，」我說，「哪天真的試試看。」

流氓正在踢足球，一腳踢過去，一腳踢回來，玩得不亦樂乎。他的球，是一隻幾乎癱瘓了的壁虎，那隻壁虎，沒有尾巴，顯然在流氓開始攻擊時，已經先自行斷尾。

她又回到鞦韆，懶懶倒著，兩腳伸直，手臂交握腦後，臉揚起，向著天空，閉著眼睛，好像在享受陽光。

「我問你，」我怕流氓會開始咬壁虎——他玩膩了之後，就有可能拿壁虎的頭撕開玩玩。我適時走過去把他抱起來，放在腿上，他昂頭露出脖子，指示我應該撫摸的地方。

我說，「我問你，小鬼，你都在哪裡睡覺？」

我又假裝毫不在乎隨口問。

「哈，」她坐直了，說，「昨天晚上才好玩。我睡在北大武山二千六百一十九公尺標高一株鐵杉樹上。鐵杉下面長滿了紅毛杜鵑跟大葉溲疏。杜鵑很紅，溲疏很白——」

「搜書——」我打斷她，「小鬼，大葉什麼搜書？」

她仍舊瞇著眼，懶散地說，「搜查的搜，提手邊換成三點水，溲。疏，就是疏遠的疏。溲疏，虎耳草科，溲疏屬，台灣原生種。」

「喔……」

「我媽教我認的。」

「花長什麼樣？」

「白色的，鐘形小花，長成一串，花芯是黃色的，很好看。因為看到溲疏，所以我就決定在鐵杉樹上過夜。結果，天沒亮，還沒醒過來，就覺得鼻子溼溼的，睜開眼睛一看，嚇一跳，是一隻狗的臉貼著我的鼻子，可是那麼高的山怎麼會有狗，而且是掛在鐵杉樹上。結果是什麼你知道嗎？」

「獼猴？」

「不是。我跟你說，」她眼睛發亮，比手畫腳，興奮地說，「眼睛很大，很圓，亮晶晶的，鼻子凸出，尖尖的，真的像狗，其實更像狐狸，可是有翅膀——」

「有翅膀——」我大叫，「狐狸的頭，會爬樹，又有翅膀，魔神仔啦——」

「不是，很可愛、很可愛，」她很認真地說，「就倒掛在鐵杉的樹枝上，眼睛一眨都不眨，幾乎貼著我的臉，看著我，看到我睜開眼睛，一副想跟我相親相愛的樣子。」

「停停停，」我喊，「暫停。你說這魔神仔是倒掛在樹上的，那麼他的眼睛跟你的眼睛是上下顛倒在互看？」

「沒有啊，」她說，「我也是倒掛的呀……」

「喔——」不知道要怎麼問下去。

「他正想用鼻子摩挲我的鼻子，所以我才醒過來，不過，我也沒睡就是。」

「到底是什麼？」

「狐蝠啦，全身黑黑的，其實有點褐色，可是肩膀有兩塊像披肩一樣的金毛，很漂亮。他超大，我要他張開翅膀給我看，哇，翅膀打開足足一公尺長，好大，」她雙手大大地打開來比一公尺寬的展翅。

「可是他的臉真的長得像狐狸，也像狗，應該說，像狐狸狗，」她說，「狐蝠應該在綠島的，不知怎麼會飛過大海，怎麼會飛到北大武山來，而且跑到兩三千公尺的地方。我覺得他還是個貝比，猜想是飛出來玩，找不到回家的路了。迷路的小孩。」

「這小鬼——也是個迷路的小孩吧？」我心裡想。

講故事的激情已經發洩完了，小鬼瞥我一眼，好像知道我心裡說了什麼，不想搭理，倒回鞦韆椅，雙手鬆弛垂下，做死人狀。

換個方法問，「小鬼，你到底——在不在？我的意思是，你……在不在？」

她不作聲，然後慢慢把垮下去的手臂收回來，抬起頭，交叉在腦後，閉著眼睛，臉孔朝著天空。

好像我根本不存在，她很輕很輕地，跟自己說話：

如果昨天就是今天就是明天，

那在就是不在，不在就是在。

沒有人可以去的山頂上，

我說，一株鐵杉倒下了，

你信不信呢？

媽媽說，夜裡狗在哭——

狗看見了什麼，你又怎麼知道呢？
你的知道，其實那麼的不知道……
我累了。

第二天早上，發現紅寶石死了。她戴著紅冠的頭往下栽在沙坑裡，像睡著了一樣。

九、
路上

你跟我的差別，
就是馬諦斯跟清明上河圖的差別啦。

我是用看的，你是用讀的。

你用的是你的邏輯，
所以一定有時間先後，有事情順序。

我用的是我的眼睛，
我是一個會走路的照相機，一看就攝入全部。

我看得見，你看不見，
因為你只會讀，不會看。

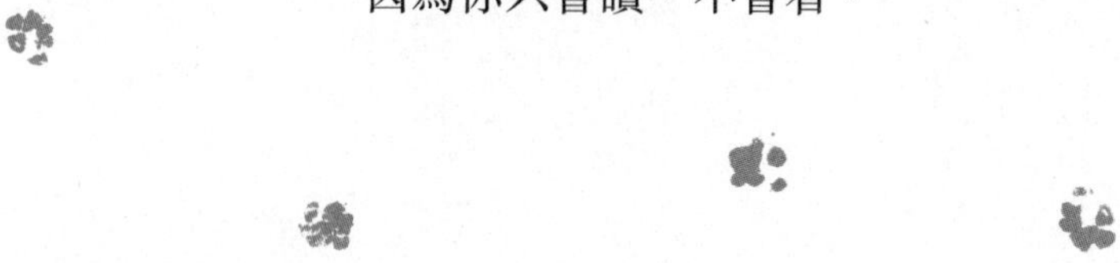

57

出發

「其實，你們的時間也不是那麼簡單的，」她說，「你看，什麼都在動：每一片葉子裡的葉脈都在長，每一株樹的樹皮裡的水都在流，每一座山都有泉水在跑，每一條河裡的石頭都在滾，每一顆石頭翻開來下面都有蟲在爬。在你看不見有水的地方，其實水在地下趕路；每一朵雲都在準備變成雨，喜馬拉雅山以前是海……你的時間，又怎麼可能只是民國一〇八年呢？」

她走我前面，這會兒一直在跳房子——一二三跳、四五六跳、轉轉轉、七八九跳跳跳。我忍不住跨出幾個大步越過她，超前幾步，回過身來看——她兩腿打開，跨在想像的格子上，正要往前蹦，見我注視，當下把鼻子皺起朝天，做出豬鼻子的模樣，發出喔喔豬叫聲。

我們走在深山古道上。清晨四點從家裡摸黑出發，五點才到達登山口——大漢林道二十三．五K，高度一千四百五十公尺。我們打算從島嶼西部穿過大武山一重一重的山嶺，走到台東大武鄉出山，一路往東十六公里。因為登山口是這條古道的最高點，此後的十六公里都是往下走的緩坡，邊走邊玩邊看，很慢很慢地走，不用十小時可以出山。

開始的一路上我們都不說話。森林，尤其是這種洪荒初始的古林，在晨曦和黑夜欲言又止的交替時刻裡，有一種大地肅然、青苔無言的莊嚴，讓人從靈魂深處想沉靜下來。

六點多，天色微微亮起。草葉的重露濕了我們的襪子。彎身將綁腿繫好，就看清了小徑兩旁開滿了毛茸茸紫花的藿香薊，與開著粉紅花朵的巒大秋海棠擁擠成錦繡花叢，一片繽紛如粉，散發著葉綠素的清香。抬起頭來，一束一束陽光穿過杜英和青楓搖晃的樹冠射進沉鬱的林間，好像光束可以伸出手握住。

原來的計畫是帶流氓和巧克力一起來登山的。流氓是胖胖的、溫柔的蘇格蘭摺耳貓，巧克力是肚子大大、腿短短、矮嘟嘟的台灣古早雞，會是很登對的旅行伴侶。我認真地聽小鬼理論：流氓體重六公斤，背著他走山路有點累，可是他一定會自己走路，森林裡的蝴蝶、蝙蝠、黃鼠狼，會吸引他目不暇接地追逐，一路往前。巧克力更不是問題，她可以一路啄食蚯蚓和蜈蚣，十六公里的蚯蚓和蜈蚣會讓她吃到掛。

「要不要在他們脖子上繫繩子、掛鈴鐺呢？」我憂慮地問，「萬一他們跑進草叢裡不見了怎麼辦？」

「嗯——」她想了一下，「浸水營古道每一棵樹下面都有洞，很深的洞，流氓恐怕每一個洞都想鑽進去看看——」

我嚇一跳，「什麼洞？蛇？」

「不是，」她搖搖頭，「穿山甲。」

「穿山甲！」我叫出來，「那不行，穿山甲會把貓吃掉。」

「不會。穿山甲是吃螞蟻的，不會吃貓。沒關係的。」

我斷然拒絕考慮。

討論巧克力的時候，就更複雜。

巧克力有一隻腳是跛的；她被美國育種出來的海藍雞紅寶石霸凌，傷了腳。丟麵包屑的時候，她一跛一跛趕上來，永遠落在別人後頭。即使故意把東西丟在她的眼前，幾乎就要到嘴，都會被高大矯健的美國雞在緊急的一刻搶走，她永遠吃不到。晚上，紅寶石跳上高高架起的竹枝上睡覺，巧克力的跛腳抓不住竹枝，會摔下來，所以總是獨自蜷在含笑樹下孤單過夜。確實很想帶她出來走走，補償她的弱勢委屈。古道上鋪滿幾百年的腐殖質，裡面不知道藏了多少千足蟲百足蟲，她可以一路獨享，到達大武出口，恐怕已經有感恩節大火雞的架勢了。

「哎呀——」

「什麼？」

她遲疑了一下，然後朝著我做出誇張的露齒假笑說，「沒什麼。」

「說。」

「就是……大武山有黃鼠狼。」

「黃鼠狼？什麼意思？黃鼠狼不是成語故事嗎？『黃鼠狼給雞拜年』——黃鼠狼不是真的動物吧？」

「黃鼠狼，是一種鼬，金黃色的毛，屁股會放臭屁，所以比他大的野獸都怕他。黃鼠狼不是狼，但是他的毛做成毛筆，就是狼毫。」

我有點目瞪口呆。從小學就用的狼毫毛筆，是來自不是「狼」的「黃鼠狼」。

「大武山真的有黃鼠狼？」

「有啊，」她用手比，「我常常看見哩。大隻的黃鼠狼很多，還有一種小黃鼠狼，身體只有大黃鼠狼的一半大，兩千五百公尺以上的高山才有，我只在台灣杉那一帶看過一次，還是個小貝比。我們這條古道，只有一千五百米，碰不到小黃鼠狼，只有大黃鼠狼。」

「那……」我擔心了，「巧克力會碰到大黃鼠狼。」

她揮揮手，「免驚啦。你聽過說，如果碰到熊，就爬到樹上去，因為熊不會爬樹，對不對？」

「對。」

「台灣黑熊就最會爬樹。你爬上樹，穩死，他像猴子一樣，兩手兩腳巴啦巴啦一下子就上到樹頂了。」

「跟黃鼠狼什麼關係？」

「我是說，跟『熊不會爬樹』一樣，『黃鼠狼給雞拜年』也是亂掰的。黃鼠狼根本就不愛吃雞。黃鼠狼愛吃的是田鼠。有一次我就看見一隻好大好肥的黃鼠狼，就在大武山穗花杉林那邊，站起來簡直像條大狗，抓到一隻田鼠，吃得嘰嘰喳喳的，一嘴血肉模糊，後腳都站起來了，身體好長好長。」

她的意思是，帶母雞巧克力上山是安全的，因為黃鼠狼根本不愛吃雞。

我完全沒被說服。

山徑突然變窄，只容一個人行走。小鬼走在我前面，突然停下來，站在一叢茂盛的野牡丹旁。她個子小小的，頭就剛好跟野牡丹齊平。野牡丹開著紫色的花。

她轉身對著我，把一隻手放在身後，笑著說，「你把眼睛閉起來。」

我說，「不要。」

「是可愛的東西啦，不騙你。真的，閉上眼睛吧。」

「不要。」

「閉上嘛……」她用撒嬌的聲音說。

我閉上眼睛。

「伸出右手，手心向上。」

我伸出右手，手心向上。

感覺一截潤潤軟軟的東西放進我的手心。

「打開眼睛。」

打開眼睛，手心裡有一條像軟膏的東西，黑色的。

覺得想哭。

「什麼東西？」

「沒什麼啦，」她說，「螞蝗。」

我歇斯底里尖叫，用全身的力氣把手裡的東西死命甩出去，然後看自己的手心，覺得想哭。

「不會怎樣啦，」她哈哈大笑，笑得彎下了腰。笑夠了，她說，「那隻算瘦的，小小一點，有一陣子沒吸血了。吸飽的話，他會脹大好幾倍。我看過一隻肥得像東港的雙糕潤。」

我惱怒又不可置信地看著她，氣得說不出話來。

這小孩邪惡。邪門。

但也無法真的生氣。自己十四歲的時候，不是曾經把活的蟑螂放進國文老師的便當盒裡嗎？至今記得女老師頭髮豎立的崩潰狀態。

58 遠志

繼續往前走，她繼續碎碎唸，浸水營古道她常來。年雨量五千兩百公釐，是這個島嶼的瘋狂降雨區，日日夜夜下個不停，也是螞蝗的大部落。

「你要知道，」她說，「我們來這裡，是我們闖進螞蝗的家，不是螞蝗闖進我們的家。你要尊敬他們啦。」

我根本不想說話，變得很神經質，脖子有點癢，懷疑是螞蝗貼身，全身發麻，驚恐用手一抹，卻又什麼也沒有。走路時常常突然被蜘蛛網蒙得整個臉，驚得我一再地歇斯底里。

「如果我們有帶巧克力來的話，除了蚯蚓跟蜈蚣，她可以一路吃螞蝗吃到飽，吃十個小時。」她輕快地說。

「或者——」我火大地說，「巧克力被螞蝗咬死，全身失血暴斃。」

我再度彎腰把綁腿密密紮緊在登山鞋的外層，登山鞋裡面已經是兩層厚襪；然後扭過身去把背包外層小袋裡的一盒鹽巴掏了出來。

她停下來，兩臂環抱胸前，老氣橫秋地看我。這時我才注意到，她仍然穿著學校制服，短袖白衣黑褶裙，黑皮鞋，短白襪；黑裙白襪之間是兩截白白的小腿。螞蝗怎麼不鑽她光溜溜的腿？

看我笨拙地掏出鹽巴，她像個指導員一樣，說，「如果螞蝗在你手臂上扭來扭去，表示他正在找地方準備吸血，口吸盤還沒有刺進你的肉，那你用手指輕輕把他彈走就好。如果他的身體已經開始變胖，表示他正在吸血，不要去拔，因為你越拔，他鑽得越深。」

「撒鹽——」我把鹽巴盒拿在手上，給心裡一點安全感。

「鹽喔，」她說，「鹽撒在螞蝗身上，螞蝗會鬆口掉下來，身體蜷縮起來，死掉，可是我跟你說喔，撒鹽不是最好的辦法，因為他一感覺到鹽，受到刺激，會把他身體裡面的東西全部噴進你的血管裡，搞不好有什麼奇怪的細菌。」

她說得越仔細，我越覺得噁心，頭皮發麻。

「如果你主張不殺生呢，那乾脆高高興興讓他在你身上吸個飽。想想看，他很可憐，餓了那麼久，捐出一點點血，你不會怎麼樣，他卻得到幸福，不是很好嗎？這跟你平常去捐血，意思一樣嘛。」

深山的霧起，是殺氣騰騰、鬼影幢幢的。陽光不知什麼時候突然收掉，樹林茂密，葉冠層層，走在古道上彷彿走在中古世紀的潮濕水牢地窖裡，沒有一點鳥鳴，更看不到蝴蝶，越來越暗，然後濃霧，像潛伏四周、聽不見腳步聲的蒙面殺手血滴子，無聲無息地從鬼魅般的樹叢裡驀然浮現。

在這樣的濃霧籠罩裡，竟然會看見前面小徑轉彎的地方，有兩隻什麼——狐狸還是山貓？

一前一後，坐在路中間，身體向著草叢，準備隨時逃跑，但是兩個頭轉向我們，因為好奇。

「不是狐狸，」她說，「食蟹獴。」

躡手躡腳走近一點，就看清楚了，真的是食蟹獴，臉上兩大撇白色的鬍子，像京劇裡畫上白鼻子的小丑，很滑稽。看我們接近了，小丑們一溜煙竄進了灌木叢。

幾乎每一株大樹下都有洞，洞口明顯是爪子新扒過的泥土。「你好像什麼都敢，」我說，「那你把手伸進洞裡看看？」

她哈哈笑了，說，「不會怎樣，反正穿山甲看不見我。不過，如果我把登山杖伸進去，他們就看見了⋯⋯」

雲霧重重深鎖，寂靜中只聽見自己的腳踩在落葉上的沙沙聲。她一直走在我的前面，步履輕盈，登山杖的扣環在她手指上繞著好玩。經過一大片巨葉遠志，停下來，我卸下背包，她放下登山杖，然後我們膝蓋著地，趴在地上仔細看。這是島嶼的原生稀有植物，這條古道上特別多。葉片的深綠淺綠浮雕出肺片的形狀，紫紅色的微小碎花一簇一簇。

我們並肩趴在泥土上，細看葉子的紋路。好像遠志花的肺葉使她想到了什麼，她說，「我媽跟我就這樣看遠志花⋯⋯」

「你媽，」我驚訝了，「跟你走過浸水營古道？」

她摘下一朵小小的遠志花，放在手心裡，輕輕說，「是，跟媽媽走過。」

59 蛇吞鹿

這條古道，兩百年前是交通要道。

小鬼說，「我知道。」

「你知道什麼？」

「我知道這條路上人很多。」

「人很多？」我一邊問，一邊注意到，兩個登山客背著背包正朝我們坐著的地方走過來。一男一女，中年人。

我們到了州廳界，林間有一小塊空曠地，讓人休息。一株倒下的大樹，橫在山徑中間，樹幹腐朽，一碰就碎成粉末，形成一個大窟窿，窟窿裡爬滿了大翅膀的白蟻。她不知道何時拿到一張姑婆芋的巨大葉子，鋪在樹幹上，然後像騎馬一樣跨坐，看著窟窿裡忙碌的白蟻。

「很多人，」她說，「我常碰見的，都在趕路。有牛車載滿了鹿皮的，有載滿了人的，老人小孩，還有紋面的女人，很多。有一次，牛車輪斷掉，整個車、牛，跟人，還有亂七八糟的東西，鍋啊盆啊，全部都滾到山谷裡了；有手裡拿著長矛跟毒箭的，有拿長槍火砲的白人，有被人追趕的士兵，有追人的士兵，有脖子上套著枷鎖的，有面上刺青一路哭的婆婆，有很多被砍倒在路上的，有身體倒在路中間，頭滾在樹林裡的……」

她都看見了，雖然她不明白。文獻上對這條古道的描述，都是凶險的字眼。樹黑如山，鹿啼猿吼，煙繚霧繞。那趕著牛車的，可能是西部各族的人在漢人的壓迫下流亡到東海岸去尋找生路的；那拿著長槍火砲的白人，可能是到東部去找黃金的荷蘭人；那被士兵追趕的，可能是反抗朝廷的落難革命家；頭顱滾到草叢裡去的，可能是番人砍下來的漢人的頭，也可能是漢人火砲轟下來的番人的頭。我不十分清楚小鬼為什麼要跟我走這古道，但是我知道，這條古道，地上除了落葉腐殖質之外，全是人的血和淚。若是夜半來走，或許聽得見森林深處被鎖住封存的嗚咽之聲……

那一男一女在離我們兩公尺的地方，靠著一塊大石頭，卸下了背包。大石頭後面有幾株大樹，樹上纏著粗大的蛇藤，蛇藤葉片比人的手掌還大，基本上完全蓋住了他攀附的大樹。女人手裡拿著一捲衛生紙，往樹林裡走去。

雲，從太平洋那邊翻過來，盤旋在黑色的山巔，像雪白的大瀑布蓄勢待瀉，也像百萬隻臃腫的綿羊正要從山頂竄下。巨大侏羅紀公園的蕨類植物從巨樹一叢一叢垂下來，彷彿恐龍就在樹叢裡。

雲霧壓迫籠罩著樹，雖然只是下午兩點，卻是山雨欲來。

鹿啼猿吼，林深處應該有鹿。

「對。」她說。

「對什麼？」我知道，她又在跟我沒有說出口的思緒對話。

她望著我們的來時小徑，說，「帶弓箭的番人藏在樹上。很多、很多的鹿，在樹林裡走來走去，一整群一整群的，不同樣子的鹿，有大有小，叫的聲音也不一樣，有一種小一點的鹿，叫起來特別大聲……」

「你有看到鹿？」我有點激動，「小鬼，告訴你，一六九七年，有個人來採硫磺，他看到我們的島嶼森林裡有上千隻的野牛，還有成群成群的麋、鹿、麞、麂。」

「迷鹿君佳？」

「各種不同的鹿。麋是頭上的角長得特別誇張的那種大型鹿，鹿就是鹿，麞就是獐，體型比較小，頭上沒有角。麂也是……」

「有啊，」她說，「山羌叫起來跟狗很像，好大聲，把人吵死。你說的『迷鹿君佳』，大型的鹿大概都被打光了。可是我有一次看見蛇吞鹿。」

我們拿出各自的水壺仰頭喝水。我很想把登山鞋脫下，讓腳透透氣，可是既怕螞蝗上身，又怕蛇會鑽入鞋子，只好忍著。腳跟也隱隱作痛，可是才走到一半，而且，下坡要比上坡難得多，有些坍方處要用手腳抓繩索防止滑落，還是忍耐一點。小鬼盯著樹窟窿裡的白蟻，繼續說她在山中海上深林裡看見的事情。

有一種吞鹿蛇，在大武山兩千公尺高度很深的山裡，藏在比房子還高的草叢裡。有一次，她無聊地隨著一隊士兵行軍——很大的隊伍，好幾百人，刷刷刷刷行進中，前排的士兵突然亂成一團，發出嚇人的尖叫。她跑上前去看，山徑中央盤著一條好大、好大的蛇，身體粗得像馬路，嘴巴簡直就是一個大水管，咬著一頭鹿，那鹿的整個身體都已經在蛇的喉嚨裡了，但是鹿角大得像一把張開的樹，卡在蛇的嘴巴外面，蛇把嘴巴張得好大，可是怎麼都吞不下去，所以巨蛇高高舉著頭，正在那裡甩頭，甩來甩去，想把鹿角硬吞進去。士兵不敢靠近，遠遠看著，那蛇最後把整個鹿，整株七叉八叉的鹿角，給吞進肚裡。

她也看見鹿耳門附近的漁民捕魚。有一年，夏天吧，鹿耳門淺海浮出兩隻大魚，長得像馬，魚脊上還有鬃，尾巴像獅子尾巴，魚肚子下面有四個翅膀，翅膀大大張開像四隻腳。這兩隻魚簡直就是兩頭獅子馬，從海裡游到海邊來。漁民怕嗎？才不，他們叫聲震天，紛紛衝到港口，幾十個漁民快手快腳撐出幾十艘舢舨船，把兩隻大魚團團圍住，往港內方向推進，結果一隻逃走了，一隻被捕，全村的人把巨魚割了，每家分肉，吃了好幾天。

還有一次，有條從溫州開過來的漁船抓到一隻大鯊魚，在船上他們就拿刀子直接剖開肚子，一剖開，漁人嚇一跳，原來肚子裡有六條小鯊魚，撲通撲通就直接從媽媽鯊魚肚子裡直接跳進海裡了。漁人變成母鯊魚的接生婆。他們回到村裡，拜媽祖拜了好幾天。

山，很容易看出是漢人還是番人的地。青翠青翠的，就是番人地，光禿光禿的，就是漢人地。為什麼呢？譬如要十個人雙手圍抱才圍得起來的巨大老樟樹，漢人會大批大批砍掉，把樹幹切成一塊一塊的木板，削碎，做成樟腦去賣錢。番人不會拿樹來掙錢。他們說，樹都是有靈魂的。

漢人要搶番人的地，第一個要做的事，就是砍樹。把樹砍了，番人沒地方藏了，漢人就很容易把番人趕走。

在古道上，不管是漢人還是番人，都帶武器出門，而且，大家都得成群結隊，要不然，很可能死在路上。

漢人常常被番人殺掉，頭顱被砍下來。但是漢人自己也不是好東西。有一次，在北部哪個山裡吧？她看見一個木籠子裡關著三個年輕的泰雅族人，其中一個可能是槍傷，腿上一直流血。籠子小，三個人關在裡面，看起來很淒慘，很恐懼，就像要被送去屠宰場的牛一樣。然後一個紋面的老媽媽突然衝進來，在籠子前面哭著跪下，三個年輕人一看見老媽媽，也在籠子裡掙扎著跪下，一起大哭起來。老媽媽哀求看管的漢人放了兒子。漢人很不耐煩地吼說，你要兒子，拿山來換。

部落裡有人死了，那家人就把一塊黑布高掛在竹竿上，敲鑼。聽見鑼聲，部落裡的人就知道，有族人走了。家人把那死去的人所有的衣服、瓢盆酒器，分給活著的人，只有一份是跟著死人入葬的。親人先把他埋在家裡面大門的右邊，三天以後，再跟族人一起翻開土，把死者挖出來，灑酒祭祀，然後再重新埋葬。肉體直接放入土裡，不用棺材……

「這樣其實很好。」她說。

「怎樣很好？」

「死人埋在自己家裡的地板下面，」她說，「這樣死了也是一家團聚的，靈魂就不必到處流浪，找不到家……」

60 貓與金魚

我一點也不懷疑她真的都看見這些事，但是，我指指在蛇藤下面休息的那一對男女，說，「你看見他們嗎？」

她正從塑膠袋裡掏出一個優格杯，那是我準備的草莓優格。她摘下附在杯面的小匙，拉開蓋子，開始大口大口吃。每吃完一口，就把小匙翻過來，用舌頭舔背面沾著的優格，真的是吃得吧嗒吧嗒的，還舔舔嘴唇，像隻小狗。

「你看見他們嗎？」我說。

「看見啊。」她仰著頭在舔杯底了，「是他們看不見我。」

我說，「你說你看見幾百個士兵行軍，看見大蛇吞鹿，看見老媽媽哭。那是幾百年前的事。那，你怎麼分辨過去跟現在？什麼是實的，什麼是虛的？我的意思是說，你知道你現在，此刻，跟我走路、說話、看見那邊一棵大樹，大樹被蛇藤纏繞，一塊大石頭，還有那一對夫妻，他們剛剛放下來的紅色背包。這些都是現在，是實的；蛇吞鹿還有那長得像馬的大魚，是過去，是十七世紀，是虛的。換句話說，你自己知不知道，相對於那條大蛇吞鹿，現在跟你面對面、正在擦汗喝水、腳很痛的我，才是真實的『存在』？」

「沒差別啊，」她說，「對我來說喔，你跟大蛇吞鹿同時存在，如果你是實的，他就是實的；如果他是虛的，那你也是虛的，就好像——」

優格杯還在她手裡，小匙還在半空中，她突然停下來，認真思考。好像語言不夠用，她努力在尋找一種可以讓我明白的詞彙和句子。我看著她的臉龐，這時陽光從雲霧的破洞裡射出一點點淡淡的光，在她的眼睛下面投射出一道淺淺的陰影，那是她睫毛的影子。她的皮膚那麼潔淨年輕，仍舊是小女孩的光亮的皮膚。她的眼睛是深褐色的，眼神乾乾淨淨，像動物那種天真無邪的眼睛。

她轉過身來，把優格杯放在爬滿白蟻的大窟窿邊邊，正對著我，說，「你在看一幅畫的時候——譬如說，美術老師給我們看過一張馬諦斯的畫——貓把爪子伸到玻璃缸裡去抓金魚。你看畫的時候，並不是先看那三隻紅色金魚，然後看透明的魚缸，然後看魚缸裡的水，然後看貓伸到魚缸裡那個爪子，然後再看貓在魚缸外面的一隻腿，再看貓咪的頭跟耳朵。不是這樣的嘛，對不對？你一定是一眼、一瞬間，就看進了全部，對不對？金魚、魚缸、貓爪、貓頭，還有金魚的紅色、水的綠色、貓的黃色，是同時存在的嘛，對不對？」

我說，「對的，小鬼，可是，如果你是看清明上河圖的話，就不是一次攝入全景了，你是從左到右或者從右到左一個一個人、一匹一匹馬、一輛一輛車、一個一個小孩、一間一間房子、一個一個玩具和房子看過去的，有先後時間的差別。」

小鬼高興得又拿起優格杯，也不看杯上是不是有螞蟻，舔了一口，說，「對啦對啦。你跟我的差別，就是馬諦斯跟清明上河圖的差別啦。我是用看的，你是用讀的。你用的是你的邏輯，所以一定有時間先後，有事情順序。我用的是我的眼睛，我是一個會吃優格的照相機，一看就攝入全部。我看得見，你看不見，因為你只會讀，不會看。」

我覺得理解她有點困難。

這種困難的感覺，又彷彿似曾相識。

有一次，師父跟我說《列子・黃帝篇》的「孔子觀於呂梁」。

到了一個澎湃洶湧的大瀑布，孔子和幾個弟子看見一個男人激流涉水，以為他要自殺，趕去救人，卻看見這個人披頭散髮，正唱著歌在大水中行走。孔子讓弟子把男人找來探究；連大魚大鱉都無法游過的激流，你卻在水中如此悠遊，你這傢伙是個鬼嗎？可是五官七竅都有，看起來又確實是個人，這有道術嗎？

這人回說，不知什麼叫道術。我只是讓我的天性自始至終順從水性自然而已。

孔子不理解，問說，「何謂始乎故，長乎性，成乎命？」

那人說，「吾生於陵而安於陵，故也；長於水而安於水，性也；不知吾所以然而然，命也。」

師父那天著實花了點時間跟我講生和死的問題。他引用《列子》，說，人的「精神」離開了「骨骸」，「各歸其真」的時候，就是「鬼」，而「鬼」，就是「歸真」的意思，「歸真」，就是放下心智的執著，與大自然的韻律合而為一，合而為一就是身在其中，不知所以然，於是能夠進出水火，渾然不覺。

「聽不懂，」我說，「人怎麼可能放下心智執著？我們一出生，就在磨練心智，那包括邏輯、歸納、分析、思辨的種種，心智根本就是人生最大的追求，怎可能不知其所以然？怎可能歸真？」

師父怎麼答覆的，已經忘了。反正我也不求甚解，他遞給我一個竹籃，說，「去樹林裡撿栗子吧。」

61 儲蜜

優格杯馬上爬滿了螞蟻。

「你坐過來一點，」我說，要她離開那一堆螞蟻，挪到我坐著的一塊隆起的樹根上，「讀一段文字給你聽。」

一隻細小飛蛾好一陣子一直在我頭上繞來繞去，煩死了，正要伸手去打，她大叫起來，「不要打不要打……」

「螞蝗不要拔掉，飛蛾也不要打，你佛教徒嗎？」我問。

她目不轉睛看著我頭頂上那隻越飛越高的蛾，說，「不是啦，那不是普通的蛾，是小翅蛾，侏羅紀時期他就在了，一億五千萬年前耶，活到現在，是不是很神秘……」

「一億五千萬年前的小翅蛾，跟現在這差點要叮我的這一隻——在同一個時間裡面嗎？」我說。

她用力地點頭，「在。在同一個時間裡。一顆星星的光，可能走了一億五千萬年，才被你現在看見。當然是同一時間。」

我沒時間細想，因為兩公尺外那一對中年男女，正對著我們微笑，表示友善，我揮手回禮。

「那兩個人，中年夫妻一起登山，真不錯。」我對著空的優格杯用力吹氣，把螞蟻吹走，拿過杯子，封進垃圾袋，塞回背包。

「三個。」她說。

「什麼？」

「他們是三個人。」幾隻白蟻爬在她裙子上，她抓起一隻，用手指撥開白蟻的翅膀，高高舉起，看翅膀的脈絡。

「兩個人。」我說。

「不是，」她說，「三個人。不相信你去問那個男的。」

我遲疑了一下，然後從背包的小口袋裡取出一瓶驅蚊噴劑，走向那兩個人。

「要不要也噴一下？純天然的香茅草。」

女人高興地接了過去，對著自己手臂噴了一下，說，「謝謝，很好聞。」然後交給男人。

男人頭頂是禿的，毛髮全長到臉上去了，一臉大鬍子，胸膛開闊，肩膀厚實，很有虬髯客的大草莽氣息。他的背包上掛著一個綠色的陶製小瓶子，用黃色絲帶綁在背包的提環，瓶子上貼著一張黑白人頭照。

「那是什麼？」我指著小瓶子。

男人爽朗地笑起來，「喔，我爸。」

他拿起驅蚊劑，噴了一下後頸，蓋上瓶蓋，交還給我。

「我爸一輩子愛登山，後來病了，很嚴重的關節炎，而且有心臟病，登百岳的心願沒法完成，我就替他完成。浸水營古道雖然不是百岳，但也是他清單上的，所以就帶他來了。」

「帶他來了？」

男人轉身，小心翼翼地把瓶子的黃色絲帶解開，取下瓶子，放在手心，給我看，說，「我爸的骨灰，已經跟我登了七十九座山了，剩下二十一座。百岳裡，中央山脈的六十九座已經爬過了，北大武山是上個月才去的；雪山山脈的二十座爬了十座，玉山山脈還有十一座要爬。我爸的心願我打算明年全部完成。」

我回頭看小鬼，她背對著我們，手裡拿著登山杖，正彎腰將我的背包綁緊。

跟登山夫婦說了再見，我走回她身邊，從手機裡找到我要的文字，拉著她的手，重新在樹根坐下，背對著那對夫妻，讀給她聽：

查拉圖斯特拉三十歲那年，離開了故鄉和故鄉清澈的湖水。

他走入深山。

在山巒環抱裡度過整整十年，沒有一分鐘對自己的孤寂感覺厭倦。

十年後的某一天，突然有了一個新的念頭。

天一破曉，他走出洞口，對著太陽說：

偉大的太陽，如果你有光，卻沒有人被你的光照到，你又有什麼愉悅呢？

十年來，你每天照亮我的山洞，可是如果沒有我、我的老鷹、我的大蛇，你對你自己的光，不厭倦嗎？

而我們，每天早晨，都在期待中，期待沐浴在你滿溢的光輝裡。

看吧！我是一隻儲蜜過多的蜂，我的智慧讓我倦了；我需要有人伸出手來接我滿得要流出來的蜜。

這滿溢使我想佈施出去，讓有智慧的人重新享受自己天馬行空的瘋狂，讓貧窮的人重新歡喜自己的豐盛。

我一定要下到深處去，就好像晚上你去到大海的背面，把你的光送往下面深處的世界。

跟你一樣，我要「下山」去了……

查拉圖斯特拉，如是啟程。

她安靜地聽完。

我說，「聽懂嗎？」

她像貓一樣把頭輕輕靠在我肩膀上，不說話。

「查拉圖斯特拉是想把自己存得太滿的蜜送出去，所以下山。」我說，「親愛的，你，有『蜜』要給出嗎？你為什麼在這裡？」

62 製冰廠

「我家附近有一個製冰廠。」

小鬼看起來很疲倦，突如其來的疲倦。她的臉那麼蒼白，我摸摸她的額頭，看她是不是發燒。她無力地搖搖頭。

那一對帶著爸爸上山的夫妻從我們前面走過，邊走邊揮手說再見，都走過去好幾步了，那虬髯客又回頭大聲說，「一個人走，不要太晚喔，天黑了危險……」

他們消失在山徑轉彎的地方。

小鬼開始慢慢地說。整個山林像中了魔法一樣，好像風也暫停，樹葉也不動了，安靜得聽得見自己呼吸的聲音。

那時大多數的家庭都沒有冰箱，所以需要冷凍的東西，就會帶到製冰廠去冷凍，有點像在郵局租一個郵箱一樣。冬天，鄰村的小漁港魚貨量大的時候，家家戶戶都有海鮮需要冷凍，製冰廠的生意就旺盛極了。早市裡有小鬼愛吃的鮪魚和小卷時，媽媽通常會多買一些，抱到冰廠去冷凍。冰廠老闆娘外號叫黑貓，鄉下地方只有對漂亮的女人會叫黑貓，這黑貓雖然也有五十歲了，可是身材纖細像個姑娘，人又親切，在街坊是個人緣特別好的人。黑貓對媽媽也另眼相看，覺得老師是讀書人，特別敬重，每次媽媽去，黑貓就給她一塊四個磚頭大小的冰塊，說，「這是煮過的開水做的，拿回去可以做刨冰給孩子吃。」

黑貓拿來包冰塊的，是灰色的塑膠布，用一條細細的麻繩，像綁粽子一樣綁著冰塊，上頭打一個結，附帶一個繩圈，讓媽媽可以拎起來帶走。媽媽包魚包肉的，是香蕉的葉子。院子裡桃花心木旁邊就是一叢香蕉樹，那葉子真好用。回饋黑貓的塑膠布包冰塊，是媽媽的香蕉葉包小卷。麻繩就來來去去地重複使用。

黑貓說的孩子，就是小鬼。媽媽開心地拎著冰塊回家；怕冰塊融化，她一定是小跑步回家的，經過一個小公園，滿頭大汗衝進二樓家門，在竹桌上攤開。晶亮透明的冰塊，像個美麗的水晶雕刻，小鬼守在桌旁流連不已，看著媽媽拿出刨冰刀，用力削冰，雪片般的冰屑落進大木碗，碗中已經有煮得黏稠的紅豆，最後淋上煉乳。小鬼能夠想像古往今來這世界上最美好、最甜蜜的日子，就在一碗刨冰裡了。

從家裡到冰廠，要經過的小公園，就是一個小街廓，除了清晨出來打太極拳的老人，一般沒什麼人會去。南方的太陽太毒，公園裡只有稀稀疏疏幾株營養不良的樹，沒什麼樹蔭。營養不良是因為種樹的人用水泥把樹根給蓋住了，每一株樹都在苟延殘喘，最後只有流浪狗會到公園裡去飢餓睡覺。小鬼不太願意去冰廠，因為走過公園驚動這些流浪狗，會換來一陣嚇人的咆哮。如果一定要經過，她總是帶著一把尖尖的雨傘。

九月一日學校註冊那一天，她早早就註完冊，又去了一趟青山遊樂場，本來應該先回家，把袋子放下，吃完午餐再去文具店買色筆，但是她想拖延回家的時間，今天早上對媽媽生的氣，還沒有消，讓媽媽偶爾擔心一下沒什麼不好。

她騎著車，想要快速通過公園，但是五、六隻狗已經衝過來，逼近她的腳踏車，對著她瘋狂咆哮，她驚慌地跳下車，正在進退不得的時候，一個本來站在公園門口的年輕男子拿起一塊石頭朝狗用力丟過去，同時大聲喝斥，把狗群趕走，然後對她招手。

她有點不確定該不該過去，但還是推著車子走過去了。

她有一點認得他。

那是黑貓的兒子，志偉，當兵剛回來。小時候看過他，光頭，穿卡其色的學校制服，老是流鼻涕。也許因為是製冰廠的兒子，被凍壞了，就如同家裡賣魚丸的秀花，身上永遠有魚丸的味道。家裡是養豬場的炳煌，鞋子脫下來常掉下豬飼料的碎屑。

有一次，冰廠老闆，也就是黑貓的丈夫鐵頭，在運送完冰塊回家的路上，卡車經過鎮上唯一的一家彈子房，鐵皮棚下面擺著兩張檯子，一群小孩圍著看，志偉站在人堆裡。鐵頭停下卡車，開了門下來，走進鐵皮棚，從孩子腦後一個耳光打得志偉摔在地上。鐵頭抓著兒子的褲帶，像拎一袋冰塊一樣丟進卡車，真的是用丟的，在眾人驚嚇的注目中開走；拎回家之後再毒打一頓。

媽媽有點憤慨地說，這樣的家長也太過分，不給孩子面子。志偉也不過是站在旁邊看人家打彈子，就被這樣羞辱，孩子出去怎麼做人，長大以後又怎麼會有自尊，人格不扭曲才怪。回家後還打，聽黑貓說，用藤條打到滿頭滿臉都是血，黑貓怎麼哭求都沒用。志偉第二天根本沒法下床，被鐵頭押著去學校，照樣上學，說是品格訓練，卻有點像遊街示眾。黑貓說，當天放學回來，志偉脫下褲子讓她洗，褲子裡都是血。

好幾年沒見到志偉了，現在的他，不再流鼻涕，看起來很陌生，瘦瘦的，下巴很尖，臉很蒼白。三年當兵回來，看不出有什麼軍人雄赳赳氣昂昂的樣子，有點駝背，眼神游移不定，當大頭兵剃光的頭，頭髮還沒長出來，用媽媽的話說，那些當兵回來的小孩，都是芒果青，還沒適應社會，舉手投足都怪裡怪氣。

小鬼在距離志偉兩公尺的地方，站住。

流浪狗收了氣焰，已經退回到破涼亭下面。

志偉說，「你長高了。」

他在抽菸。

小鬼說，「嗯。」

志偉說，「差點沒認出你。」

小鬼說，「嗯。」

志偉把菸丟在地上，用腳去揉，說，「我記得你小學時候的樣子，梳兩條辮子，你媽給你紮紅絲帶。」

他穿的是日本厚底木屐。小鎮沒有夜生活，青少年除了上青山遊樂場後山去喝啤酒之外，唯一的樂趣就是揪一堆人逛大街。每個人都穿著日本夾腳木屐，睡在二樓窗口的小鬼，晚上就聽見一陣陣木屐的聲音，像放鞭炮，嘎啦啦過來，嘎啦啦過去。

小鬼說，「嗯。」

志偉說，「你現在幾年級？」

小鬼說，「今天註冊，升初二。」

她打算離開，車把轉向文具店的方向。

志偉叫住她，說，「要不要去青山遊樂場玩？」

小鬼說，「謝謝，不要。」

她推著車往前移動。

「我媽有東西要給你媽，你現在跟我去冰廠拿。」

冰廠在文具店的前面，她可以先買了色筆，剛好回程順便去冰廠。

她說，「好，我先去文具店，然後去冰廠。」

志偉兩手插在褲袋裡，做出無所謂的樣子，說，「文具店在我們後面，你從後門進來，東西就在後門，我在那裡等你。」

小鬼說，「好。」

往前走了幾步，又回頭說，「不會太重吧？太重我載不動喔。」

志偉只是笑。他的笑，因為兩撇眉毛下垂，像個毛筆塗的「八」字，怎麼笑都像哭。小鬼不多想，她已經在煩惱怎麼不記得老師說色筆是要買十二色的還是二十四色的。

63 大武溪口

突然感覺有一兩點小雨滴在臉上，我趕忙從背包取出雨衣，堅持要小鬼穿上，然後拉著她的手，覺得她的手有點冷，我說，「待會兒再慢慢說。不要自己亂跑，跟我靠近一點走，天快要黑了。」

她乖順地把手放在我的手心裡。

樹林暗下來，看起來要下雨。雲變成一種壓迫的重量，壓著樹林，壓著走路人的心。想到還有大段的山路要走，我扛起背包，認真地開始趕路。

平坦的路段結束，從此一路直下。有些路段雨沖坍方，變成鬆散的亂石坡，雙腳踩在不斷滑落的沙石上，完全沒有著力點。不能牽手了，兩手胡亂抓著石壁上的樹枝樹幹，連走帶摔整個身體不受控制地往下墜。用膝蓋勉強當煞車，一剎就是好幾公里沒得歇息，開始止不住地發抖，心想：這古道行，大概把膝蓋給報廢了。還沒想完，腳一軟，已經跌在地上，而且因為背包重，人往後仰，背包壓在身體下面，四肢朝天，像一隻翻過來的烏龜。

小鬼回過頭來，看見狼狽的我，伸出手來拉我。

掙扎著爬起來，拿手杖的手臂也發抖了。可是仍然必須撐著手杖，來支撐一直在顫抖的膝蓋。連走八公里，腳步不敢停，一停，怕再也站不起來。

黑霧漸漸聚攏，我們已經走在昏黑的林中；膝蓋已經是行屍走肉，不屬於自己的身體，小鬼腳步輕盈地走在前面，時不時停下來等我。

忽然隱隱聽見水聲，我知道，溪就在下面了。

一個轉彎，看見吊橋，終於走出了大山，看見了山谷。

這是大武山底，大武溪口。從這裡，溪水堂堂出山，匯入浩瀚太平洋。因為是冬季，溪水乾涸，只有稀疏幾條細流，其間是遼闊的鵝卵石灘。

搖搖晃晃走過吊橋，左轉，往下走到溪邊，卸下包袱，擲下手杖，也不顧滿地石頭，就在那荒灘上頹躺下來。

躺下來才知道，我的頭就在水邊，溪流幾乎流過我的頭髮，水聲潺潺震動耳鼓，這時才感覺夜色蒼茫，冬風蕭瑟。她在我身旁躺下，肩膀靠著我的肩膀。沒轉頭，我已經沉沉昏迷。

不知過了多久，一睜眼，竟是星斗滿天。林木幽黑，溪石雪白，滿坑滿谷都是星光，溪水裡粒粒星光被晃盪的流水揉碎。

凝視夜空，一片星倒雲移，彷彿在俯視一口沒有底的深井，深到你靈魂不敢直視的地方。

她坐在一塊大石頭上，背對著我，說，「你可以幫我去看一個人嗎？」

十、

尋找

有一天你進入最後的、絕對的黑暗，
從黑暗往回看那有光的地方，
你就會知道，其實，我們所有的、所有的人都是——

緣那麼淺，愛那麼深。

64 看一個人

「謝謝你。」

她按下車窗，跟我優雅地揮手道別，「不要謝。應該的。」

我看著她的車子倒車，然後一個大迴轉，駛向大門，大門的自動鐵柵門在她的車子離開後，緩緩關上。

沒有她國會議員的法定特權，我是沒法來看他的。牢犯接受探訪的待遇分四級，憑獄中表現一級一級往上升。第四級的牢犯，除了親屬以外，不能接受任何人的探訪。與社會斷絕似乎是懲罰的一部分。

轉身走進監獄接待廳，交出身份證，填了表格。受刑人是○七八。楊城惠。

「我帶來一籃東西，你們要檢查吧？」我問獄警。

「到那邊那個窗口去。」

「那邊」坐著很多人，都是等候的人。

籃子裡有十二個紅蘋果和一瓶酵素。負責檢查的是個面孔嚴肅但是穿著Hello Kitty粉紅色上衣的中年女人，她說，「飲料都不可以。」

旁邊一個有經驗的探監家屬，一個皮膚曬得很黑、手皮粗糙，一看就是農民的老人家，好心地說明，「他們沒辦法看出飲料裡面有什麼東西，所以不收的。」

「蘋果，」Hello Kitty 檢查者說，「每一個都要切開。」

「切開？」我傻眼了，「十二個蘋果都切開檢查？那怎麼吃？」

老先生代她解釋，「也不是沒有道理啦。萬一有人在蘋果裡面藏了刀片，怎麼辦，你說對不對……」

「好吧，」我說，「那就切吧。」

離開窗口前，我問那個和善的老農民，「您來看誰啊？」

他很瘦，臉頰癟陷，全是皺紋，使得一張臉即使微笑著看起來也淒涼，說，「我仔。吸毒。第三次進來了。我厝裡的要我來給他送點好吃的，補補營養。你呢？」

我不驚奇。剛剛典獄長在跟國會議員寒暄的時候，就談到，在這種鄉間的普通監獄，一半以上的受刑人跟毒品有關，另外百分之二、三十，則是酒駕。沒有什麼重大的犯罪。

「酒駕？」議員有點驚訝，「鄉下地方怎麼會有這麼多酒駕？」

典獄長解釋，是摩托車酒駕。尤其是原住民，在山中部落跟朋友吃飯飲酒，總是要回家嘛，下了山，一上街，就被臨檢。

「摩托車酒駕跟汽車酒駕，刑責完全一樣嗎？」議員問。

「一樣。」

議員心直口快，為弱者打抱不平的姿態馬上出現，「那不是不太公平嗎？大山裡過日子，從一個部落到另一個部落大概就幾十公里山路，跟親朋好友吃個飯、喝杯酒，難道要他們叫代客駕車還是Uber？警察恐怕是設陷阱、搶業績吧？用都市的生活方式做標準、定刑責，來判山裡的人坐牢，好像不太對吧？」

議員聲色凌厲，典獄長倒也不甘示弱，禮貌但是鋒利地答覆：「委員，摩托車跟汽車一樣可以撞死人啊。」

我對老農說，「我來看一個酒駕的人。」

「喔，判多久？」

「一年。」

「酒駕怎麼判這麼重？」他顯然相當熟悉。

「說是因為多次被抓到。」

「朋友喔？」

我無法告訴他，不但不是朋友，今天煞費周章還動用了國會議員來促成探視的這個人，我根本不認識，見都沒見過。他也不認識我。

「對，」我說，「朋友。」

我們道了再見，他蹣跚地走回原來的座位。

把提籃和隨身的包包都鎖進一個置物格，就有人來帶我了。先經過一扇自動打開的玻璃門，然後總共走過三道鐵門，中間還有一個庭院，種著及膝的花花草草。花草都矮，應該是避免發生狀況時，犯人藏在樹的後面吧。也因為植物都矮，看起來並不肅殺，倒像個天真無邪的小學校園。

穿過庭院，上幾個台階，接見室在走廊左手邊第一間；踏進走廊，兩個警察站著，又一道鐵門在我身後關上。

房間裡，年輕的獄警穿著整齊的警察制服，坐在長桌的一端，紀錄本子端正放在桌上。長桌旁邊靠牆是一組樸素的灰色沙發椅。我坐下。

受刑人被帶進來，感覺有點步態龍鍾，我一抬頭，當場愣住。

65

一籃蘋果

沙發成直角擺設，我和受刑人各坐一邊。獄警坐在離我們一公尺之處，開始記錄。

受刑人理平頭，穿著獄中制服，淺灰色的短袖上衣，淺灰色的及膝短褲，胸口貼著一個號碼。

坐下來第一句話，他說，「請問你……我們……認識嗎？」

他比我還急著想知道這是怎麼一回事。

我說，「楊先生，我們不認識。」

他遲疑地說，「那……我們有中間的朋友？」

「沒有，」我說，「你給過我一枝決明花。」

他不記得，更困惑了。可能因為驚詫，又感激有人來探視，他帶著在那淒冷鐵皮屋裡無法想像的禮貌笑容來應對我，但是明顯地不安，搓著手，不知該說什麼。

「楊先生，」我說，「你應該沒有汽車，怎麼會因為多次酒駕而坐牢呢？」

他搖搖頭，「我當然沒有汽車，是騎摩托車，到來義部落裡跟人家吃飯，喝了一點酒，一下山，在古樓村口，就被臨檢。是我活該。」

「你在裡面有什麼需要的東西嗎？」

他搖頭，「這裡很好，不缺什麼東西。」

「給你帶來一籃蘋果，十二個，可是因為要切開檢查，所以你大概要跟室友們分了。」

他很高興，「真的？很久沒有吃蘋果了。室友會很高興。」

「幾個室友？室友是些什麼人？」

「剛好十二個，一人一個蘋果，」他說，「在裡面，一般我們都相互不問案情，但是，我們那間的，很簡單，都是酒駕。」

「摩托車酒駕？」

他點點頭。

「所以很多原住民？」

「我們那間有八個原住民。」

「你們有床吧？」

「有。六張上下鋪。他們說我年紀大，讓我睡下鋪。」他說，「都很好，沒有問題。不缺什麼。」

「村長說你有一個女朋友？」我說，「但是沒有正式的關係，所以不能來看你？」

「她也六十多了，」他有點黯然，說，「都是社會邊緣人吧？她也坐過牢——我們相互取暖啦……」

「需要維他命嗎？」

「不需要，不需要，一切都很好……」

「你們的房間有窗嗎？」

「有一個小窗，還好。」

「很熱吧？晚上睡得著嗎？」

「可以可以……」

「沒有蚊子？」

「沒有，沒有。」

我覺得自己無聊透了，連「有沒有蚊子」都問得出口；實在是因為想不出還有什麼可以扯的了，繞著圈子，言不及義，因為，不知道怎麼開口。

太長的安靜，很尷尬，連準備做記錄的獄警都放下了筆，好奇地抬頭看著兩個不說話的探監者和受刑人。

「楊先生，」我終於吞吞吐吐地，說，「你願不願意談談你從前那個案子？」

楊城惠驚奇地抬起頭。

獄警拿起了筆。

66 大武山雲豹

小鬼說，「你可以幫我去看一個人嗎？」

我說，「好啊。誰？」

就在那星斗滿天、水聲潺潺的溪邊，小鬼把九月一日的事，說了。一九六六年的九月註冊日。但是，真正要從頭說起，是一九六五年的九月一日註冊日。

男朋友，是澄明高工的學生，一年級，十五歲，朋友都叫他阿忠。阿忠爸爸是小鎮的木匠，在光明路有個不大也不小的木工場，幫人家做桌子、椅凳、床架、碗櫥、衣櫃什麼的。鄰家種紅豆、南瓜的農人，鋤頭鬆了，也會來找他修理。媽媽在他七歲的時候就死了。爸爸說，媽媽早上騎摩托車到市場買菜，被一輛經過的水泥車捲到車底，拖了半條街，車籃裡的六個紅番茄都好好的，媽媽的頭顱裂開了。

阿忠跟他家土狗一般高的時候，就跟著爸爸在工場裡頭轉來轉去，所以手很巧。爸爸認為他長大會是一個出色的木匠，他不吭聲，心裡想的卻是到大學讀航太系——他想做發射太空的火箭。

澄明高工在小鬼就讀的慈愛中學隔壁。剛上初一註冊的那一天，她剛滿十二又四分之三歲。註完冊，騎車經過澄明高工的門口，被一輛急急衝出校門的腳踏車給撞倒了。小鬼的書包掉在地上，裡面的鉛筆盒、作業本、新發的課本、自己的漫畫塗鴉，散落一地。撞她的男生，緊急煞車，學生帽掉在地上，還有一個東西直接飛到她的車籃裡。

男生滿臉通紅地幫她撿東西，收拾好，扣上書包，要交給她，才發現小鬼的膝蓋破了皮，在流血。男生看她強忍著痛，一聲不吭，接過書包，一瘸一瘸地想把倒地的腳踏車扶起來。男生搶先一步扶正了車，把腳踏車固定好。

「天后宮前面有藥房，」男生說，「我幫你去買藥？」

小鬼搖頭，說，「不必啦，我一下子就到家。」

男生把掉在小鬼車籃裡的東西拿出來，很尷尬地雙手奉上，「給你。」

小鬼接過來，匆匆瞄了一眼，好像是隻貓。

「雲豹，」男生靦腆得不得了，說，「大武山的雲豹。」

那是一個立體的木雕，大概一個拳頭那麼大。耳朵圓圓小小的，眼睛特別大，尾巴很長，幾乎跟頭與身體等長。全身棕紅色，有黑色的一朵一朵、大大小小的斑點。雲豹頭往前伸，後腳攏到前腳一起，屁股翹起，尾巴下垂，是一個剎那間要飛躍而起的姿態。

男生高高瘦瘦的，站在個子矮矮的小鬼面前，低頭說，「我自己做的。」

小鬼不好意思細看，若是馬上放進書包，又顯得太急，正在猶豫，男生說話了，「身體用的是桃花心木，所以色彩黃色偏紅。身上的花，是用鐵刀木，鐵刀木的心材碰到空氣變黑，剛好做雲豹的斑點，而且木紋的形狀也剛好像雲。都是自然嵌入，沒有用黏膠，也沒有釘子。」一口氣說完，男生臉漲得通紅，兩隻長長的手臂尷尬地不知道往哪裡放。

小鬼低著頭說「謝謝」，把禮物塞進書包，想重新上車，發現膝蓋疼痛，無法抬腿。男生說，「我陪你走回家。」

他這才把自己的車扶起來，兩個人就一路推著腳踏車從校門口走回小鬼的家。一路上都沒好意思說話。

我看著小鬼，說，「一九六五年你十三歲，所以……你其實和我同年？」

67

早就

「我沒有做那件事。」

他突然來了力氣，直直地注視我，神情堅定地說。

獄警挪了挪椅子。

「五十三年過去了，」他說，「我也坐了十一年的牢，可是我一天都沒有忘記。你知道我為什麼常到部落跟原住民喝酒？他們了解痛苦啊。我每天晚上帶著冤屈上床，睜著眼睛到天亮，可以說，我五十三年沒睡了……」

「警方紀錄說，」我小心翼翼地，「警方紀錄說，屍體發現以後沒多久，你的蚵仔煎攤子就突然收掉，回到鹽埔去了。為什麼突然收掉呢？」

也許這樣的對話在他已經說了幾千次，他清晰而且快速地說，「我的攤子，在夜市邊緣，天后宮的尾巴，因為比較偏，平常半夜來吃的都是跑路的兄弟。命案發生以後，警方鋪天蓋地每天抓人去問，一個月說是搜索了八千多人，這一百公里範圍內的兄弟怎麼混？一夜之間都跑光了，你想想看，我的攤子還有客人嗎？等了兩個禮拜，都等沒人，只好收攤，回家去想跟爸爸商量一下要怎麼辦。」

「然後呢?」

「回去不到兩天,警察就到家裡來了。我爸叫我的時候,我在後面廚房裡殺雞。我爸叫我馬上出來,說警察找我,我拿著刀子就出來了,剛剛給雞割了氣管,正要放血,所以我自己滿手雞血跑出來看怎麼回事。四個警察在家裡,說,跟我們走一趟,只是問一問。我就被帶走了,連手都沒有洗。這個問一問,就是我的一世人。」

「當時的報導說,是你把劉心海騙走的,說有人看見你在學校附近那個觀音橋上跟她說話,說有人看見你在學校對面的冰果室——」

他有點激動,「請問,我那時已經二十九快三十歲,一個十四歲的小女生幹什麼會跟你走?可能嗎?」

「看警方的紀錄,」我說,「你還去過青山遊樂場,有人說見過你——」

「那當然啊,遊樂場是我們從小就會去的地方,廢棄了以後,我們還是常常去那裡聊天啊。小朋友也會去那裡看螢火蟲。」

「警方紀錄還說,」我有點緊張,支支吾吾起來,「還說,你喜歡接近小女生,曾經用蚵仔煎,嗯,『誘引』她們……」

楊城惠嘆了口氣,沉重地搖頭,「天后宮旁邊有補習班,學生補習前會逛夜市,是,我有請學生吃蚵仔煎,想接近她們也是真的,我有犯過錯,我承認,但是就因為我有前科,用我過去的錯硬把這件事栽我頭上,我不服氣。」

「報導寫，」我繼續說，「包裹屍體的第一層是灰色塑膠布，但是也有幾張報紙，《民眾時報》，而且他們調查，剛好是你那個月有回到鹽埔的那幾天的報紙……」

「《民眾時報》，我家有訂。我爸是村幹事，村辦公室的報紙都是他訂的。退休以後，他就自己訂，還是《民眾時報》。《民眾時報》不是只有我家在訂啊。」

他一臉的無可奈何，「法醫說劉心海也沒有被強姦，那天是註冊日，她去繳學費，帶一個有小熊圖案的塑膠袋，袋裡面還有繳學費的收據，一毛錢也沒有少。」

「當時的報紙說，」我吞了吞口水，覺得坐立不安，「檳榔樹上刻著你跟劉心海的名字……」

他往後靠著沙發，閉起眼睛，有氣無力地說，「我叫楊城惠，樹上刻的名字，削掉一半，根本就不是我的名字。」

「警方……」他不說了，重重嘆了口氣，「我被刑求得很厲害。」

他把左手伸出來，撩起袖子讓我看他的手腕。手腕處有好幾道隆起的肉。

「自殺過很多次，因為他們弄得我生不如死。社會關注，他們破案的壓力太大，一定要我承認，用濕毛巾蓋住我的鼻子跟嘴，又把我兩手綁在後面吊起來，一天一夜以後，整個手臂都是黑的。從我的鼻子灌辣椒水，灌到我覺得我的胃在吐血……」

我把茶几上的一杯水遞給他，說，「五十多年過去了，你也八十多歲了，還是想平反？」

他喝了一口水，用力點頭，說，「除非死了，一定要，不然，我怎麼去面對十八代祖宗？

這一輩子完了也就完了，但是做鬼也要做一個乾乾淨淨的鬼……」

我思索著此行的任務，斟字酌句，慢慢說，「劉家的人，嗯，要我轉告你，他們認為不是你做的……」

獄警停下筆，睜大眼睛看著我們。

「這我本來就知道，」他說，「可是劉家人——她爸死了，她媽痴呆，那你是……」

這個鐵皮屋的孤寡老人，突然變得如此犀利，我只有設法閃避，倒過來追問他，「你怎麼會本來就知道，劉家的人不認為是你幹的？」

「每一次開庭，她爸爸都有來聽，所以他知道檢察官說的，也知道我的律師說的，我們等於是認識了。」

「你跟她爸爸有交談過嗎？」

「出獄的當天，我就去她家了。」

我非常驚訝，「一出獄就去她家？不是回家去看你父親？」

「我已經沒有父親可以看。坐牢十一年，我爸也死了——你知道，我先被判死刑，後來改無期徒刑，後來又改判二十年，我坐了整整十一年。我爸是在修屋頂破瓦的時候，摔死的。以前颱風過後，都是我去修，我不在了，只好自己修，老歲仔上得去下不來，滑一跤就死翹翹了。」

「去劉心海家——為什麼呢?」

「我感覺我要跟這件事做個了斷。我帶一個小布包，走到監獄大門口，找到巴士站。坐了一個半小時巴士，然後走路找到她家。」

「你怎麼會知道她家在哪裡?」

「哎呀——」他把「呀」拉得很長，說，「偵訊的時候，問我有沒有去過她家，那個地址都說過一萬遍了。」

「她家在鎮的中心偏北邊，一棟二樓的水泥房子，樓下是美容院。我到了美容院，說找劉先生，她們就說，樓梯在外面側邊，你去樓梯口喊一聲，他就會下來。他腳不好，所以我等了一陣子他才下樓。他老了好多，頭髮全白，本來就是跛腳，現在看起來還駝背，比我坐了十一年牢的人看起來沒有好多少。他看見我，第一句話就說，『啊你出來了，辛苦咯……』」

「跟你說辛苦了?」

「對啊，」他說，「連主任檢察官後來都跟我說『對不起』，當時結案壓力太大，沒辦法……」

「如果連檢察官都這麼說，那為什麼不能翻案?」

他嘆口氣，搖頭，「也有什麼法律救助協會什麼的來找過我，說要幫忙，可是後來都放棄了，說，那時候也沒有DNA紀錄什麼的，過了四、五十年，不太可能了……」

「那天，你沒有看見劉心海的媽媽?」

「沒有，她沒有下來。」

「一樓是美容院，那你和她爸爸是在哪裡說話的呢？」

「他們有院子，院子裡有樹，我們站在樹下面說話。」

「什麼樹你記得嗎？」

「不記得，蠻高的樹，有二樓那麼高。」

「那個樓，你還記得什麼？」

楊城惠低著頭在想。

「窗子的框好像是藍色的，不對，好像是綠色的——不記得了……」

「她爸現在還在嗎？」

「聽說她爸不到六十歲就死了，好像是自己走進崁頂那個灌溉的大圳，不知道是不是真的。她媽自己過了好幾年，後來被送到新埤鄉一個養護中心，也沒有親人管她了，不知道死了沒有，也真的很可憐。」

獄警用眼神告訴我，時間到了。

「楊先生，」我輕輕說，「都八十歲了，這件事，放下會不會日子好過一點？」

他抬起頭來，眼睛看著我。他的眼睛本來就很憂鬱，現在更有一種說不出的悽苦，他一個字一個字說，「人家放下，是為了活得好一點。不過我，早就死了。」

68 轉角一株茄苳樹

從慈愛中學到家，只需要出了校門左轉，騎十分鐘後一個九十度再左轉，十分鐘就到。學校大門前面的這條街，是熱鬧的。出校門往右，走路大約十分鐘，就是天后宮，那邊有個小夜市。晚上有補習的時候，很多學生就會去夜市先吃點東西再去補習。

天后宮側邊小巷裡也有一排攤子，家長不准小孩去，說那邊「跑路的」多，你們這些死嬰仔給我閃遠一點。小鬼曾經和同學經過，手拉著手，心裡有點害怕。走過了，結論是，大人小題大作。也不過七、八個攤子，賣蚵仔煎、大腸麵線、黑輪香腸、烤玉米的，和天后宮前面的大街上差不多。幾個剃了光頭的男人把腳翹在凳子上灌啤酒，有幾張桌子上一堆人邊喝酒邊划拳，臉紅脖子粗，喧譁一點，如此而已。有時候，小販看見女生們推推擠擠害羞地走過，會扯著喉嚨唱歌逗弄，「小妹小妹來坐啊，摸我的大腿不要錢——」

從天后宮那邊一路往回走，過了慈愛中學，澄明高工對面，佔據很大街面的是一家水果行，永遠五顏六色在做季節的粉彩大展。一籮筐一籮筐的熱帶水果，蘋果深紅帶粉，鳳梨黃金透綠，葡萄紫得發光。木瓜好像鄉下女人餵奶的乳房快要漲得流汁。小鬼後來閉眼回想那段日子的時候，這家水果店像童話書裡的五彩天堂鳥，華麗得讓她胸腔漲滿了幸福感恩的情緒。

水果行老闆是個肚子很大的男人，夏天熱到不行的時候，他就把白色汗衫拉起來一半，露出鼓鼓的肚子，肚臍右邊有個藍黑的胎記，正中間長出一根長長的毛。聒噪的男女學生排著隊結帳，他一邊熱得揮汗收錢一邊告誡學生，年輕就是要多吃水果啊，我就是年輕時家太窮，吃太少水果，才會變這麼胖。

調皮的男生問他，為什麼只把肚子打開，他就假裝生氣說，少給我囉嗦，狗用舌頭排汗，我的汗腺長在肚子上，靠肚子流汗。

水果行旁邊就是冰果室，老闆的太太在經營。學生叫她「暴牙嬸」她也欣然接受，手腳俐落地端出紅豆冰、綠豆冰、水果盤、剉冰。小鬼最喜歡的是番茄沾醬、芭樂加甘草粉。每天下課之後，這個冰果室是慈愛中學和澄明高工學生最愛混的地點。

也是阿忠和小鬼交換紙條和眼神的地點。

往九十度轉角方向走，還有一家，是阿忠喜歡逗留探索的店，一個五金雜貨店。店門口吐出來一大堆琳瑯滿目，鋤頭、耙子、鐮刀、老鼠夾、金屬捕獸陷阱、夾蛇棍、錘子、鉤子、吊繩、漁網、農藥噴桶、肥料……。店裡面一排一排的架子，每一層都堆滿了奇奇怪怪的東西，小鬼跟著阿忠在架子之間來回走，拿起一件又一件不曾看過的東西，研究那東西可能的用處，譬如把兩根水管給無縫銜接的栓子，譬如給芒果花人工授粉的細毛刷子。

有一天，阿忠帶著小鬼又走進店裡，越逛越深，最後一排的日光燈突然壞掉了，一片黑，阿忠拉著她的手，在她臉頰上親了一下，很快又放手。那天回家以後，媽媽看見小鬼站在浴室裡，右手撫著臉頰，一直看鏡子。媽媽問，怎麼了，不舒服嗎？

小鬼說，沒有啦，青春痘。

五堵行再往北五百公尺，就是轉角處，九十度左轉回家，右轉，就是一條美麗的鄉間小路，騎車時一路迎向大武山，到山腳下右轉，跟大武山平行走十五分鐘，就會到達青山遊樂場。一路都是鳥聲。

九十度轉角處站著一株巨大的茄苳樹。茄苳樹一定很老了，因為阿忠說他爺爺的爺爺還活著的時候，就有這棵樹。小鬼喜歡這棵樹，樹幹是鐵紅色的，秋冬的時候，葉子變紅變黃，風吹著徐徐飄落下來，像格林童話裡的森林。春天油菜花開滿田裡的時候，茄苳樹也開花。花不漂亮，因為顏色淡綠，和葉子差不多，不細看人們還不知道茄苳會開花。那花是細細碎碎的一大簇，風吹起落得滿頭滿臉。腳踏車停下來，在樹下站一下，靜一下，會聽見頭上滿滿嗡嗡聲，原來細小的花叢裡藏滿了正在吃蜜的蜂。

從茄苳樹下往東看，遠處是灰藍色的大武山，灰藍前面就是油菜花田，一片黃色的濃濃油彩。小鬼站在樹下，看著油畫般的大地，捨不得走。

有時候，她特意停下，讓腳踏車斜斜靠著樹幹，假裝在看油菜花，如果是三月；或者假裝在看鳳梨田，如果是五月；或者假裝在看茄苳樹冬天轉紅了紛紛落下的葉子，其實，她在等阿忠放學。

69

天荒地老

從轉角茄苳樹往東綿延的鄉間小路，是去青山遊樂場的必經之路，要經過油菜田、香蕉園、檳榔林、鳳梨田、桃花心木森林。空氣是濕潤而清香瀰漫的，五色鳥的啼聲像機關槍噴出連珠炮的鋼琴音，一路不絕於耳。早晨新鮮的太陽從大武山頭緩緩升起，傍晚蛋黃一樣的落日就在西邊苦楝樹的樹梢靜靜下沉。觀音橋下的水，清澈見底，可以看見透明的鰻魚在水裡游動的身影。和同學三三兩兩騎著車，風吹著頭髮，裙子飄起來，沐浴在晨光裡，是小鬼想起來都會微笑的甜美記憶。

青山遊樂場在靠山的一邊，面對大片的瓜田。

遊樂場已經廢棄多年，廣場上的摩天輪已經破損不堪，座椅都鬆脫了，有些已經摔下來掉在草叢裡。血桐樹從輪軸的底部長出來，爬藤覆蓋了卡在地上的轉輪。摩天輪旁邊有一個很長的滑梯，像一條彎彎曲曲的橋，從中間斷裂，橋斷處長了滿滿的紫色牽牛花。人造的遊樂設施被淹沒在雜樹荒草中，反而特別有頹廢的美感。

澄明高工高年級的男生喜歡到遊樂場的後山去聚會。沿著摩天輪的左右兩側小徑，一路往上，就是林木鬱鬱蔥蔥的後山，很少人來。一條石頭鋪的小路總是被落葉覆蓋，落葉下面長滿青苔，不小心就會滑倒，而小徑向山谷傾斜的一邊也沒有欄杆。

小徑的盡頭有一個破舊的涼亭，屋頂掉下來的瓦片，破碎散落地上，也長了苔蘚。水泥柱看得出多少年前曾經塗過紅色，現在顏彩剝落，斑駁不堪了。上面曾經有古詩對聯，字跡殘破，只剩下兩個字稍可辨認：明月。

涼亭的山谷邊，本來有一堵矮矮的石牆，做為懸崖邊的柵欄。那石牆因為山土坍方，全部頹倒，大半已經滑落坍坡，少數埋在鬆軟的土裡，露出半截。

頹敗的風景，給少年們一種遺世獨立的滿足感，好像來到這裡就脫離了所有的規定和束縛。少年們帶來校規不允許的啤酒，坐在涼亭裡斷掉的石椅上，大聲談笑，大武山吹下來的風，帶來一種解放的痛快。

阿忠和小鬼大概上午九點半左右來到這裡。今天註冊完，阿忠升上高二，小鬼就是初二的學生了。他們約好一大早就搶在別人前面去註完冊，然後騎車到青山遊樂場，把車停在摩天輪下面一小塊空地，牽著手上山。這時候，大部分的人都還在忙著註冊，加上新生訓練，不會有同學來這裡，後山一片早秋的清爽安靜。他們在涼亭裡放下包包，阿忠如常掏出一條四方格的手帕，打開，細心地鋪在半邊石椅上，還把手帕的四個角拉平，變成一個整齊的方塊，讓小鬼坐。

穿著白上衣、黑褶裙的小鬼沒帶書包，提著一個印著小熊圖案的塑膠袋。她從塑膠袋裡拿出木雕雲豹，放在掌心撫摸，說，「我都放在枕頭邊，一年了，尾巴有點變黑，身體有些刮痕，你看……」

阿忠接過去，放在手掌上檢查，說，「沒關係，鐵刀木變黑，其實雲豹的斑點越黑越好看。桃花心木的雲豹身體，有一點紅色透出來，也很美。刮傷的部分，我拿回去整個砂磨一次，刮痕就會消失。」

約好今天是來刻字的，紀念他們的相撞相遇一週年。涼亭靠山谷的一邊，有一株瘦瘦的檳榔樹，剛好長在一塊凸出的大岩石旁邊，後面就是空空的山谷，因此檳榔樹就像懸空一樣，顯得一枝獨秀，凌風瀟灑。

小鬼走到大岩石邊，摸著檳榔樹的樹幹，說，「就選這一棵吧。」

阿忠走過來，站在岩石的邊緣，一手緊抓著樹，穩住身體，然後全身往峽谷傾斜，伸頭往下看，小鬼大叫，「小心」，阿忠說，「很深耶……下面也是石頭，可是，好像有水。」

平常到學校不允許帶刀，而且教官會檢查，今天阿忠從家裡特別帶來了刻字的工具，藏在學校大門外面一株黑板樹下。黑板樹有巨大的板根，這一株剛好有兩塊板根環抱在一起，中間就形成一個天然的密室，路過的人是看不到的。

阿忠帶來了三件工具：兩把木工專用雕刻刀，一只木槌。

阿忠手拿著雕刻刀，小鬼一旁敬畏地看著。專業木工用的雕刻刀沒有一般刀子的刀柄，只是一根細細長長一體成型的鐵桿，大概二十五公分長。鐵桿的尾端順勢變成刀，刀鋒很窄，半公分不到。手握的地方是扁的，末端刀鋒的地方，一支是直平的，一支是弧形的。

「我們寫字，有一橫一豎、一撇一捺，對不對？」阿忠看得出小鬼的好奇和欣賞，非常喜悅。

小鬼伸出一根手指去摸雕刻刀，然後沿著刀身、刀柄，撫摸到阿忠的手。小鬼輕輕撫摸阿忠拿著刀的手。

沒有母親的阿忠在木工場長大，那是一個男人的社會，而且是那種手指被電鋸切下都能忍著不叫一聲，從地上撿起斷指，晚上帶著繃帶包紮的手，照樣和大夥到熱炒店仰頭喝啤酒的男人。自己的爸爸是個沉默的工匠，每天在粉塵飛揚、木屑滿地的鐵皮屋下彎著腰工作，午飯就是對面攤子買來一碗二十塊的紅色塑膠碗盛的麵，放在刨木的桌子上，埋著頭吃。他的耳朵、後頸、頭髮裡，都是木屑粉塵。外出做裝潰時，中午有一個小時休息時間，在油漆、工具、水泥、皮管之間，找塊空地鋪幾張報紙，倒地就睡。爸爸對阿忠最熱情的表現，就是在他肩膀上重重揍幾下。阿忠不記得自己曾經被任何人抱過、撫摸過。溫柔是一個陌生的概念。

小鬼身上柔潤又天真的氣質，使阿忠常常沒來由地從心底冒出一種既是歡喜又是酸楚的感覺。此刻小鬼稚氣溫柔的撫摸，使得他內心翻滾，有一種他自己不理解的渴求強烈到幾乎肋骨間疼痛的程度，他感覺眼睛要濕了，於是深深吸一口氣，跟小鬼解釋，「所以在樹幹刻字，其實就是雕刻。筆畫還有深有淺，所以我也帶了木槌。」

木槌是木頭做的，形狀像個蝴蝶結，兩邊寬，中間細。

「兩頭都可以敲，」阿忠說，「叫雙頭槌。你拿拿看。」

阿忠先示範，刻「林坤忠」三個字。果然，凡是拐彎抹角的地方，尤其是「忠」字有「心」，要彎得流暢，彎得柔美，不容易。

十點過後，陽光熾熱起來，檳榔樹又無法遮蔭，小鬼一頭汗，阿忠就叫她到涼亭那邊坐下，他繼續刻。

小鬼沒有回到涼亭裡面，而是退到涼亭外圍的簷角下，那堆坍方的短牆旁，在一塊較大的落石上坐下來。那裡有涼亭屋簷遮住了太陽，又是看阿忠刻字最好的角度，可以看見他正在刻的字，又可以看見他側臉的輪廓——阿忠的祖母是排灣族，他的眼睛很深，睫毛長長的。

小鬼正著迷似地看著阿忠的面龐，他突然轉過頭來，招手，「過來吧，輪到你了。」

面對樹幹，阿忠要她雙腿稍稍打開、站直、站穩，然後把刀放進她的手裡。

阿忠站在她後面，小鬼的頭，剛好到他的下巴。小鬼左手緊抓樹幹，右手握著雕刻刀，阿忠從後面用環抱的姿勢，左手按著她的左手，右手握著她拿刀的右手，開始刻「劉」，一橫一豎，一撇一捺，慢慢地刻。「劉心海」三個字，刻了很長、很長的一段時間，阿忠熱熱的呼吸就在她臉頰邊，小鬼覺得手軟，覺得頭暈，心裡模模糊糊地想，國文課本裡說的「天荒地老」，大概就是這個意思吧。

她嫌「劉」這個字，筆畫太少。

「我不想聽你掉下去的細節……」我決然地說。

其實夜，從來就不是黑的。天上那麼多星星，當你的眼睛習慣了夜色，一切都變得那麼清晰。浸水營古道樹林的線條是柔和的，山並不高，從溪底看，連半山上岩石錯雜處長出來的蘇鐵，都看得清清楚楚。

小鬼說，「我並沒有掉下去。」

我們並肩坐在溪水邊大石頭上。看不見她的表情。只有聲音，輕輕的聲音，糅在風聲和水聲裡，好像還有溪邊白楊葉子微微的顫動，星光又在水中搖碎，很不真實的世界。

「可是，」我很困惑，「你剛說你是在谷底的水池裡被發現的？」

小鬼說自己的事，一會兒往前，一會兒往後，一會兒是她清澈看見的，一會兒又是黑洞深淵般的透視；時間像一個摔在地上的瓶子，剎那間千百個崩壞的碎片，慢動作懸空凝固又互不相屬，我慢慢地、慢慢地，拼湊出瓶子在破碎之前的輪廓。

小鬼，是九月十日被發現的。

九月一日註冊日，小鬼到中午都沒有回家，學校說，她在上午九點就已經註冊完畢。小鬼的爸爸在晚上九點到派出所報案。

九月十日，青山遊樂場到處是人。一個在地社團發起清山運動，要把廢墟遊樂場整理成一個小公園。八十多個志工背著除草的刀子和掃把畚箕，奔上奔下，早上六點就開始工作，從前面的摩天輪到後山的涼亭，還有涼亭兩邊的小路，徹底清掃。

一個中年志工到了斷崖邊的涼亭，想整理散落的瓦片。當他把破掉的瓦片丟到懸崖下時，一用力把自己後褲袋裡的皮夾給甩了出去，皮夾直直墜落谷底。他和另外兩位志工從斷崖對面一條很少人知道的小徑，爬到谷底去找。

次日的報紙是這麼寫的：

> 失蹤十天的慈愛中學初二女生劉心海的屍體昨天下午二時半在青山遊樂場後山池塘中發現。死者的屍體蜷曲成一團，以灰色的塑膠布和舊報紙包紮成粽子狀，用麻繩綑綁（粗細約原子筆筆芯相若）。死者的腳踏車也在池塘附近被發現，車頭折斷，車輪散落，顯然係從高處擲下。
>
> 環境志工在整理環境時，偶然下到谷底，發現此池塘。池塘面積約四平方公尺，池深約一台尺半，屍包即沉於水中。
>
> 水池中除屍包外，死者的書包亦浮於水中，書包係一手提塑膠袋，繪有小熊圖案，內有新發課本及一筆記本，筆記本中有漫畫，可能係死者所畫。一盒全新的色筆，尚未啟用，但沒有

收據，無法得知自何處購買。死者身穿學校制服。

雖然沒有解包，但是可以看到在死者頭部綁有一紅色布，顯然是民間信仰，認為紅布可以阻止厲鬼報復。

檢察官為保留物證，指示屍體待法醫抵達後再行解開，但現場所發現印有小熊圖案之塑膠袋中，有課本及學生證，可以證實該死者為劉心海無誤。

小鬼到了文具店，把車停好，進去一看，人真多。開學日，小學生中學生都擠在裡面鬧哄哄的，時不時有背著書包的小孩撞到架子，東西嘩啦啦整片掉下來。店員是個新面孔，在收銀台後面手忙腳亂，一堆人圍著，她連著幾次把零錢找給了錯的人。

小鬼有點急了，在混亂中，拿了色筆，把不需找零的準確數目放在收銀台旁邊，跟新店員點個頭就往外走。她急著要回家。

她把車停在冰廠的後門口。拎起小熊塑膠袋，順便看了一下手錶，十二點三十五分，這個時候還沒到家，媽媽真的要擔心了，這樣懲罰媽媽，是有點過頭，小鬼不安起來，決定快快拿了東西就衝回家。

冰廠後門是一面大灰牆中一個黑色的厚重鐵門，微微開著。她把腳踏車靠牆立著，然後用力拉開門，裡面是暗暗的走廊，一團冷氣撲面。她正在遲疑，志偉的聲音從走廊裡傳來，「我在這裡。」

志偉蒼白的臉從幽暗中像魅影一樣浮出來，他推開鐵門讓小鬼跨進來，然後在小鬼後面把門砰一聲關上，拉上鐵栓，「不要讓冷氣跑出去。」

走廊其實是個長長的通道，左右兩邊是一個接一個的小鐵門，大概是小鬼的高度，每一個鐵門後面都是冰庫，馬達在跑，發出很響的嗡嗡的聲音。頭頂上冷冷的日光燈顏色慘白，照著灰白的冰庫牆壁，小鬼冷得縮起肩膀，把小熊塑膠袋抱在胸前。

志偉的聲音在通道裡聽起來像是遠處很深的地方傳來的回音，夾在馬達聲裡。他走在前面，小鬼緊跟著，她覺得很冷，聽見自己顫抖的聲音在問，「我們是去哪裡？」

志偉的聲音傳來，說，「東西在前面冰櫃。」

可是志偉突然停步，轉過身來，小鬼差一點撞上他。

他伸出雙手緊緊地、緊緊地抱住她。

冰庫通道裡，沒有任何聲音傳得出去。

71 冰庫

數學跟博物老師的女兒九月一日失蹤的消息，當晚就傳遍了小鎮。小鬼爸爸報案的派出所，就是那個院子裡有警察廟的派出所。第二天的地方報紙，已經用頭條新聞的版面寫著「慈愛中學女生失蹤」。

阿忠無法入睡。他騎著車去所有他們一起去過的地方——轉角的茄苳樹、五金店、冰果室、天后宮、夜市、校園後門他們曾經約會的那個防空洞。

第三天，他去了青山遊樂場後山。

他帶了雕刻刀。檳榔樹上，「林坤忠 劉心海」六個字，因為刻痕稍微乾了，顯得更清晰。他背靠著樹幹，滑坐在泥地上，像幼兒一樣抱著膝蓋放聲大哭。

那天刻完字，小鬼問他要不要陪她騎車回家，他說不行，有人要來木工場取貨，爸爸要他中午以前一定要到家幫忙。

其實刻完字，離中午還早，他完全可以送她回家再騎車回木工場，但是他想早點回去把木雲豹重新磨一遍，也許第二天就可以給小鬼一個驚喜。

一念之差。如果，如果那天他陪她回家了，這個世界就完全不一樣了。自責像一條毒蛇，在他內心深處嚙噬。小鬼清脆的聲音、天真的眼睛，那好像有一點點牛奶香的手指，緊緊纏繞在腦海，他無法入睡。早上到學校上課，坐在教室裡，腦子停滯，覺得自己像個殭屍，痛苦使他動彈不得。

一陣強風吹來，檳榔樹的樹幹搖晃，他漸漸清醒過來，站起來，從書包裡拿出那把直刀，對準樹幹上的字，把刀鋒用力刺進第一個刻字「林」的上面，停住，一時之間又淚眼婆娑，拿著刀的手，無法使力。

他用這個姿勢又哭了一陣子，過了好久，聽見遠處似乎有人說話的聲音。阿忠收住眼淚，深深吸一口氣，穩住手臂，手腕施力，對準第一個字，從上往下，一刀劃下。「林坤忠 劉心海」六個字，從上往下削掉了三分之二的邊。

他把工具收進包裡，用手指撫摸著被削掉大半邊的刻字，像撫摸一個裂開的活生生的傷口；額頭頂著樹幹上，眼淚又止不住地潸潸流下。

「阿忠後來呢？」

「回學校去上課了。繼續上學。」

「沒有人懷疑到他？總有人知道你和阿忠在交往吧？」

「是有來盤問高工的男生，可是，後來，因為兇手很快就抓到了，宣佈破案，就沒事了。」

「檳榔樹上的字，」我無法想像，檳榔樹幹上那麼新的雕刻痕跡，怎麼可能不被深究，

「總有人追吧？不是每個人都會有那麼專業的雕刻刀。如果是我，我就會去追查方圓一百公里以內所有的木工師傅。」

「有追啊，」小鬼說，「還好阿忠去得早，名字被削掉大半，不容易猜出到底是什麼字。阿忠一刀切下，刀片剛好削掉右半邊的字，林變成木，坤只剩下土，還有心的一點點。他們說，那就是兇手的名字。」

「兇手什麼名字？」

「楊城惠。」

「天差地別，那怎麼是他的名字？」

「你把林坤忠從上往下劈掉右邊一大半，剩下的可以隨便加呀。『木』加『易』，就是『楊』；『土』加『成』就是『城』；『惠』跟『忠』，下面都有『心』，鎮上有個叫楊城惠的攤販，住在附近，說是本來就有猥褻少女前科，好像是對女學生露出什麼的。而且案發後就關了他的攤子，就是兇手啦……」

怎麼可能？太牽強、太牽強了。

沒有人看見小鬼在公園門口和志偉說話。沒有人看見她進入冰廠後門。文具店因為是新店員，完全不認識小鬼，也不知道她來過店裡。志偉剛剛當兵回來沒多久，平常足不出戶，他不在任何人的印象裡。

小鬼在冰廠絕緣的通道裡嘶吼踢打的時候，志偉害怕了，伸手緊緊掐住她的喉嚨，一直到她沒了聲音才放手，然後慌張地把她拖進一個平常不太用到的冰庫裡，從外面拴上。他的第一個念頭是奔回房間蒙頭睡一覺，想想又回到後門，把外面小鬼的腳踏車扛進來，放在冰庫通道裡。

整個下午他心神不寧，想到廟裡去問事，離開三年，又不太知道要找什麼師父，一直煎熬到了晚上，天都黑了，只好跟鐵頭求救。正在打算盤的鐵頭，沉著臉聽兒子哆哆嗦嗦把話說完，當機立斷，推開算盤和帳本，嗶一下站起來，立刻往冰庫走去，志偉在後頭小跑步緊跟。兩個人進入冰庫，用塑膠布快手快腳把已經跟冰塊一樣硬的屍體包紮好，拖到後門。鐵頭去把運冰的貨車開到後門外，和兒子把屍體連同小鬼的腳踏車一起推上車，再放上幾包包好的冰塊，火速開到青山遊樂場，從右側山路上後山，一直開到最靠近涼亭的山坡。

冰廠附近的人，看見卡車上的忙碌，沒有人多看一眼。冰廠的生意一向很好，何況當天魚貨進來不少。

志偉不知道的是，當他從冰庫外面上鎖的時候，像一隻受傷的小狗蜷曲在地上的小鬼，還聽得見那鐵栓卡上「喀嚓」的聲音。

72

阿忠

「你對志偉——恨嗎？」

她搖搖頭，「恨需要能量。生命沒有了以後，能量消散，一切都沒了，譬如煙，沒有火。」

「志偉後來？」

「他不見了，黑貓很傷心，不知道兒子為什麼不告而別，鐵頭跟別人說兒子跑船去南非採鑽石……」

「可是，」我無法理解，「可是你還是有牽掛。你的牽掛並沒有飄散，應該是你的牽掛卡住你，使你留在這裡？」

她低頭不語。

「是阿忠吧？」

離開河床，走回岸上，安排好的吉普車就在兩百公尺外的一塊空地等著我。在吊橋上回數第三條纜繩上，找到鎖在纜繩上的鐵盒，用事先得知的密碼打開，取出車鑰匙。

路面凹凸不平，吉普車顛簸得厲害，好幾次，激烈的彈跳使我自己的頭碰撞到車頂。打開遠光燈，仍是一片黑黝黝的森林。

「他那天如果送你回家，後來的所有的事情，都不會發生了……」

「跟他無關的，」小鬼說，「即使不是那一天，別天我還是會碰到志偉，遲早而已。」

這是什麼奇怪的宿命論。我轉頭看她，她的臉在黑暗中，看不清表情。

「有一天，從冰果室走出來，在觀音橋上，有個人攔住我的腳踏車和我說話的人，就是他。」

「嗄？」

「他假裝不認識我，我也沒認出他來。他問我萬巒豬腳在哪裡買，然後就說要帶我去青山遊樂場後山玩。那天在小公園遇見，去文具店的路上，我就想起來了。」

吉普車離開了山區，開上了沿著大海的九號公路，海面上一片漆黑，遠處有寂寞的漁火，海浪撲上沙灘，蕩出白色的滾邊。我錯過了轉進溫泉旅館的小路，在一個懸崖上大迴轉，駛往來時路。

「你的消息出來以後，」我問，「阿忠怎麼樣了？」

「沒有人知道我們。我失蹤的那十天，他害怕極了。他是個沒有媽的小孩，發生了這樣的事，世界這麼大，他沒有一個人可以說。他整夜哭，抱著棉被全身發抖，他在爸爸的木工場裡走來走去、走來走去，他爸爸滿臉都是灰塵，抬頭問他說，『兒子，你是在找木頭嗎？』」

「他每天偷偷哭，因為傷心，更因為害怕，他才剛剛滿十六歲。他把那隻雲豹放在他枕頭底下……」

「為什麼，」已經轉進了小路，又是森林，我緊盯著路面，很怕突然碰到什麼大塊石頭或者野豬突然竄出來，「為什麼你反而沒拜託我去看看阿忠，五十三年後，今年——等一下，我算算——今年七十歲的阿忠？你怎麼不是要我幫你去看看他呢？你不想跟他說什麼？」

小鬼坐在我的右手邊，沒有綁安全帶。她說她不需要。

她轉過臉來看著我，安靜了好一會兒，吉普車引擎的聲音在黑暗的森林裡顯得特別響，她慢慢地說，「阿忠繼續上學，九月十日，大人在池塘裡找到我，九月十一日，報紙登出池塘的照片，剛好是所有的學校開始動員的一天，所有的學生都要到操場練習十月十日國慶日遊行跟萬人體操。九月十二日那一天早上，八點鐘吧，全校的學生都上街去演練遊行了，學校裡空空的，阿忠在教室樓旁邊的廁所，用雕刻刀割了左手手腕，用那把直的雕刻刀。他的血一直流，流到廁所外面的水溝裡，校工的狗一直叫，校工去看，才發現溝裡有血。發現的時候，都十二點了……」

「他們說，他坐在地上，右手抓著一隻木頭刻的貓。」

「那不是貓，」她幽幽地說，「是大武山雲豹。」

我沒法繼續開車。把車慢下來，停在路邊，兩臂環抱駕駛盤，頭趴在盤上；我需要，平靜一下。

小鬼的左手，伸過來，撫摸我的頭髮，輕聲說，「你知道，我一直、一直、一直在尋找他。我飄在空中，我沉在水底，我往回三百年，我穿梭不同的時間，我睡在野獸的尿溲裡，我進入大火燒山、煙霧瀰漫的坡地，我盤點每一個滴著鐘乳石的深山洞窟，我盯著看每一隻倒掛的蝙蝠，我墜入地震後每一道剛剛裂開的山谷，我飛到大武山巔峰眺望整個冒著水氣的山腳平原，我問每一片墳地裡被風吹起來的銀紙灰燼和蝴蝶，我在尋找他……」

「可是，我又不能走得太遠，不能真正地去尋找他，因為……」她停下來。

很久沒有聲音。我們還在去旅館的半途上，道路兩旁都是森林，黑黝黝一片，只有我的車燈亮著，幾隻飛蛾在車燈亮光裡絕望地撲動翅膀。

我抬起頭來，說，「因為？」

「因為她還在。」

73 博物老師

我們已經到了大武火車站。安排行程的人，收回吉普車，給了我兩張火車票，從台東大武站上車，走南迴鐵路，到枋寮站。之後再搭接駁車到大漢林道二十三．五K的登山口去取我自己的車。

「為什麼要買兩張票？我不需要票啊。」

我瞪她一眼，「怕人家坐我旁邊啊。我才不要跟你說話的時候，旁邊坐一個人，看我在跟空氣講話，以為我是神經病。」

她笑了，說，「我看現在的人，走在路上都在自說自話，耳機塞在耳朵裡面。」

在溫泉旅館過了一夜，泡了溫泉，體力已經恢復一半。收起登山杖，插進背包；綁腿和護膝都不需要了，輕鬆不少。從房間的窗望出去，可以看見壯闊的溪。茶茶牙頓溪和姑仔崙溪匯流成大武溪之後，在這裡加入加羅板溪，流入太平洋。溪的對岸林木茂密的地方，就是加羅板部落，意思是七里香部落，這回沒有時間，也沒有腳力去了，但是看著紅彤彤新鮮的太陽從太平洋的海面升起，又覺得元氣淋漓。

還有十五分鐘，月台上只有我們兩人。

「我很快要去見我師父了，」我說，「會離開小鎮一段時間，也可能不回來了。小鬼還有什麼要求嗎？」

卸下背包，坐在月台的長凳上，舒服地伸直了腿，背靠著椅背。日出的陽光灑在臉上的感覺，真好。

「你知道，」她說，「跟我媽走古道走到最後，是我媽背著我走到大武車站的。」

「你媽體力很好？」

「她是學生物的，尤其是植物，上山下海她都願意。」

「你……」我小心地說，「記得她些什麼？」

一般上課的日子，博物老師梁素芹清晨五點就起床，躡手躡腳摸到廚房裡去煮飯。她堅持不用隔夜的米飯，所以女兒的便當米飯一定要早上新煮。綠色的大同電鍋，只有一個開關，素芹覺得是世界上最好用的精密儀器。她切碎的鹹菜和兩個蛋打在一起，放在一個小碗中，置入裝了白米和水的內鍋，按下開關。小鬼當天的便當，就有香噴噴的米飯和鹹菜蒸蛋。

素芹有一頭燙過的蓬鬆鬈髮長到肩膀，用一個紅色的髮箍圈住。煮飯時，胸前套上一件紅格子圍裙，配著永遠的圓領長袖白襯衫，「像日本漫畫裡的小學老師在做飯」，小鬼笑著說。

女兒背著書包衝下樓梯，從後院桃花心木樹下推出腳踏車，她就守在二樓向著大街的窗口，等候女兒從院子裡推著腳踏車來到小樓門口，她從窗口探出半個身子，要等到女兒跨上車、回頭跟她揮手再見之後，才又回到廚房，裝丈夫的和自己的便當盒。

這時，丈夫可能已經正在穿衣服。她快手快腳把兩個便當盒分別裝進丈夫和自己的包裡。十分鐘後，她先下樓，把丈夫的腳踏車從後院推到街上，腳架放好，再回頭去推出自己的車。三年前一輛鐵牛車撞到騎車去學校的丈夫，輾碎了他的左腳骨，動過手術之後，他的左腿變短，從此變成一個行動不便的人。很多粗活，她就扛起來做。七點三十分，他們各自騎上腳踏車，往小鎮的中心駛去。

梁素芹對她教的博物課，小鬼說，「魔鬼式狂熱。」她的兒時記憶，幾乎都跟野外有關。幾乎所有不在學校的日子，一家三口都在走路、野餐、露營。在森林裡，素芹搜集地上的葉子，十張不同形狀的落葉，在地上排成一排，要六歲的小鬼說出每一片葉子的樹的名稱。小鬼很快就能辨別十之七八：毛柿、構樹、海桐、赤楊、杏葉石櫟、肉桂、水冬瓜、野牡丹、山胡椒……。杜英樹幹上發現動物的爪痕，素芹說，「如果說得出是什麼動物的爪子，週末就去鎮上看電影。」

夜裡守在池塘邊聽蛙聲，卻聽見水底傳來狗叫。「媽媽，」小鬼說，「狗狗掉進池塘裡。」「噓，」素芹抓起小鬼的手，「不是狗狗掉到池塘裡。那是貢德氏赤蛙，叫聲很像小狗……」

爸爸鑽進樹林裡尋找乾柴準備篝火的時候，媽媽已經找到一株被砍掉不久的櫟樹。殘留在土裡的樹幹大概剛好一個醬油瓶那麼高。母女兩個人圍著樹幹跪在草叢裡，媽媽抓著女兒的右手，讓女兒伸出一根手指，跟著樹幹的橫切面慢慢地畫圈，她慢慢地說：

「最外層叫樹皮，包括最、最外面那層很粗的外皮，還有緊貼著外皮的這一層，叫做『韌皮部』。再往中心走，下一圈，叫做『形成層』，它是個分隔層，像個窗簾，隔開外面的『韌皮部』，跟裡面這層『木質部』。『木質部』，就是我們說的木材，會越長越厚越大。『木質部』同時也是一棵樹運水的管道。你知道，水都在樹根，因為下雨，土裡積了水，水往上送，從樹根送到樹幹，再送到最上面的樹葉，都要經過這個『木質部』。它是樹的輸水管。」

「水，」六歲的女兒問，「都是往下流的，怎麼往上走哩？」

媽媽忍不住吻了一下孩子奶聲奶氣的面龐，高興地說，「你這個小東西，我就知道你最會問問題。」

「因為蒸發，上面水氣蒸發，就變成一種拉的力量，就好像早晨我用力把你從床上拉起來一樣，蒸發就會把下面的水『拉』上去。木質部把水往上送，水到了葉子就會碰見陽光啊、氧氣啊、二氧化碳啊，咕咚咕咚變成營養，然後營養就要往下送去給根報恩。」

「那，用什麼管子把營養送下去給樹幹和樹根呢？不能再用『木質部』啊，會跟正在往上走的水相撞，會堵車，對不對？所以把營養送下去的，就換另一個管子，就是貼著樹皮這一層的『韌皮部』了。『韌皮部』裡面，你看，就是這一圈，糖啊澱粉啊，好吃的，都在這層裡面……」

「所以喔，」小鬼好像在聽童話故事，仰起臉來看著母親，露出「這世界多麼神奇」的嚮往表情，一臉都是光，說，「樹的身體裡面很忙很忙的，只是我們看不見？」

「對啊，」梁素芹開心地摟住孩子，說，「所以樹皮絕對不可以割，那是樹的營養包，割了就死。」

「那──樹也會痛嗎？」

「絕對會。」博物老師肯定地說，「可是，記住喔，如果你在森林裡迷路了，什麼吃的都沒有了，然後肚子很餓，要餓死了，樹皮是可以吃的，不是外面那一層很粗的表皮，是表皮裡面的『韌皮部』，樹的營養包。懂了嗎？」

做一個博物老師的女兒，就是每天都在認識東西。蟋蟀唱歌是磨他自己的腳發出的聲音；南美的步行仙人掌會用根鬚走很遠的路；一片紅色罌粟花從一隻蜜蜂的眼睛看出去是一片藍紫，鴿子看得見教堂屋頂那座鐘一條最細的裂痕，而變色龍的眼睛左右各自轉動，可以同時看見兩個完全不同的風景。

有一次，博物媽媽在山徑裡發現了一株開著黃色小花的植物，四肢著地，像狗一樣趴在地上觀察了半天，然後坐在山徑邊笑邊捶打自己的腿，說，「找到了，找到了。」

小鬼大叫，「梁素芹，你瘋子啊。」

梁素芹把小鬼一把抓過來，要她也趴下來看，說，「不敢相信吧？這是閉花八粉蘭，你說一遍，**閉**。**花**。**八**。**粉**。**蘭**。稀有植物，你一輩子說不定就看這一次了。」

媽媽摟著女兒，說，「劉心海，請你記住，這一輩子你唯一一次看到閉花八粉蘭，就是跟你媽一起看的。」

那有光的地方

註冊那天，小鬼卻是怒氣沖沖出門的。

當天只是註冊，不是上課，可以不穿校服，更何況當天要和阿忠去青山遊樂場後山，所以前一天小鬼就跟媽媽說，她想穿那件草綠色的褶裙。那件褶裙是純尼龍的，材料輕，走起路來有點迎風飄飄的瀟灑。

早上起床，卻發現草綠色褶裙還在洗衣籃裡。

媽媽說，昨晚爸爸要她幫忙最後謄稿，弄得太晚，忘記了。

小鬼臭著臉穿上白衣黑裙，臭著臉穿鞋，臭著臉吃媽媽遞過來的熱餛飩。媽媽說，「幹嘛啊，劉心海，跟你說對不起了還那麼生氣。」說著朝她的餛飩碗裡撒下一點剛切的香菜碎末，小鬼把碗快速挪開，香菜末全灑在桌子上。

梁素芹錯愕，說，「為裙子這麼生氣？」

小鬼快快吃完，用力推開碗筷，故意發出碰撞的聲響，然後抓起印了小熊的塑膠袋，一聲不吭往樓梯咚咚奔下去。

她把腳踏車推出來，在家門口準備跨上車時，媽媽從二樓窗口伸出半個身體，對她喊著說，「註冊完就回來喔，等你吃中飯。今天做你愛吃的粉條，你爸也有東西要給你。」

小鬼假裝沒聽見，騎上車，不坐在坐墊上，兩腳站在腳踏上，身體往前傾，死命地踏，希望儘快離開她窗口的視線。頭也不回。

月台邊火車進站的警告燈已經亮起，小鬼望著延伸到天邊的綿綿長長的鐵軌，輕輕說，「媽媽幫爸爸謄稿，就是爸爸那本為我寫的書，準備第二天給我。我怎麼會知道呢？但是那個早晨，那樣的不回頭，就是我跟媽媽永生永世的告別了。」

我難過地看著她小小的臉，說，「你們——愛那麼深，緣那麼淺……」

「不是的，」她轉過身來，伸出一隻手撫摸我的手，帶著無限的溫柔，好像媽媽在安慰女兒，說，「當你進入最後的、絕對的、永遠的黑暗，從黑暗往回看那有光的地方，你就會知道，其實，我們所有的、所有的人都是——緣那麼淺，愛那麼深。」

火車轟轟進站。

十、

柚子樹開花

她說，你一定不敢相信，
她那邊，柚子樹開花，花有一個碗那麼大朵；
那裡的狼狗，身上有斑馬的條紋……

75

三管

左手是好大一片魚塭，魚塭中央，水車正嘩啦嘩啦打水。右手是好大一片蓮霧園，每一串蓮霧都被白紙套包著。導航要我在這個十字路口左轉，可是左邊在挖路，怪手正在轟隆隆來回做工。一個頭臉全部用花布蒙起來、帶著大斗笠的女人走過來，揮手要我改道。

「在裝自來水管，不能走啦。」女人說。

「可是安德老人養護中心，」我說，「就在左邊的這條路啊，我怎麼過去呢？」

「你倒退到村裡，會看到大廟，左轉，經過大廟，經過大榕樹，在土地公廟那條小路右轉再右轉，就可以到。」

路越走越小，駛進一條路樹夾道的窄路，終於看到了。被稻田和香蕉園包圍，養護中心是一棟簡單平房，在一個有圍牆的大院子裡。院子的大鐵門敞開著。

把車停在圍牆外，鎖了車，正要走進去，瞥見小鬼坐在鐵門右邊矮矮的磚牆頭，兩條腿晃呀晃的。我走到她身旁，說，「真的不進去？」

她的臉白白的，正好在一株龍眼樹的濃蔭裡，看起來有點慘白。頭低低的，不說話。

「那……也好，反正，你要我跟她說的，我都記住了。」

逕自往院子裡走去。

「等等，」小鬼說。

我又折回去。

她抬頭看著我，又是那純淨天真的眼神，我以為她要說「謝謝你」，她咬了一下嘴唇，輕聲說，「大武山下。」

我愣了一下。我們不就在大武山下嗎？

不管她了。

「待會兒見，」我說。

院子裡種了一株楊桃樹，樹下兩個老人，一男一女，各自坐在輪椅裡，表情呆滯，木然看著我走向平房。

玻璃門自動打開，映眼是莊嚴佛陀的像，頭的後面一圈白色的光，剎那間想起教室裡的佛焰苞，確實很像。

佛像上方的橫幅寫著「南無大慈大悲阿彌陀佛」，對聯左邊是「看破放下自在隨緣念佛」，右邊是「真誠清淨平等正覺慈悲」。佛案上供著菜市場賣的粉紅色的劍蘭和黃色的菊花。

櫃檯後面一個中年男人起身跟我打招呼，「早啊，張小姐嗎？」

電話上我說我姓張，正在為母親尋覓適合的安養機構，想來參觀一下。

他把我的名字登記在一個本子上，然後陪著我往裡面走，邊走邊說，「不知道你家長輩什麼狀況。養護機構總共有四級，最輕的，沒失智沒插管、可以自己照顧自己的老人家，進一般安養機構。然後就是我們養護中心，規定二十床要配一位護理人員，有二十四小時護理值班，我們接受插二管的老人——」

「二管？」

「養護中心不能收插三管的老人，三管就是鼻胃管、導尿管、氣切管。任何二管我們都可以收。也就是不能自主生活但是還不需要專門一對一看護的老人，或者說，我們收容需要人來幫忙日常生活行為但是仍舊有意識的老人。」

「另外兩級呢？」

「再重一點，就是長期照顧型的安養中心，收容三管老人。這些長輩，有慢性病，糖尿病啦、高血壓啦，需要長期醫療照顧。規定每十五床要配一個專業護理。最重的，就是護理之家了，收費也最高，很多醫院附設的都是護理之家。」

「你們的收費呢？」

「一萬七到兩萬三。吃住照顧，全部包含。我們還有不少公費安置的。就是貧困人家的長輩，政府出錢讓我們照顧。」

「為什麼有一萬七、兩萬三的差別？待遇不同嗎？」

「沒有。待遇都一樣。是我們老闆自己的善心，對家庭清貧的長輩，減低收費。」

廚房裡有兩個印尼看護正在煮飯，她們對我友善而爽朗地笑，露出潔白的牙齒。

「你可以隨便走，隨便看，有問題就到前面來找我。兩位印尼看護也可以問。」男人禮貌地點點頭，走了。

浴室和廁所，設施簡單，倒也乾淨通風。往外的一扇門，開著，可以看見門外一片水芋田，新插的芋苗，青青翠翠在陽光裡搖晃。

房間區一條長長的走廊，走廊兩邊都是透明的玻璃大窗，一覽無遺。一個房間六張單人床，大多數的床空著，上午這個時候，老人家都在大廳聚集。只有三個老人，在各自的床上。一個閉眼躺著，一動也不動，可是，怎麼，下面被子扁扁的，好像沒有腿？

「她是截肢的，」印尼看護說，「糖尿病，截肢，兩條腿都切了。」

另一個老人，躺著，不安地扭動身體，頭歪向一邊，睜著骨碌碌的眼睛看著窗外的我。瘦得皮包骨的她，雙手攤開，手腕被布條綁在床兩邊的欄杆。

「為什麼綁她？」

「她會用手抓，把自己的臉，抓破，流血。」

「她好瘦……」

「對啊，」看護露出無奈的神情，「餵她很難，她都不吃，飯含在嘴裡，就是不吞下去。

家屬又不願意讓她插鼻胃管，就會營養不良。」

「這個老人家，」我指著一個房間最裡面的一張床，一條花被子把一個人從頭到腳罩住，那個人在被子下面大動作蠕動，像卡夫卡小說裡的蟲，「不能透氣吧？這……不危險嗎？」

看護笑了，「她喜歡這樣。我們每次把被子打開，她又鑽進去，把頭蓋起來。」

走廊盡頭就是四四方方的大廳，角落裡有一個護理台，兩個年輕的女人在櫃檯後面忙碌。二十來個老人，全部坐在輪椅裡，群聚在廳內。牆上的電視開著，節目主持人正在談養生之道。七、八個人坐在電視的正前方，似乎對著螢幕，有的頭垂在胸口打盹，有的眼光渙散，神情茫然，沒有人在「看」電視。

76 李金龍

哪一個，會是梁素芹呢？

梁素芹在孩子出事以後，改名叫梁心海，說是要替孩子活。

我不問工作人員梁心海在哪裡。我想，我自己會看出來。

大廳裡的男人和女人，全都剪了很短的平頭，短髮平頭容易維護清潔，是外面的理髮師做善事，固定每個月提著箱子來義務為老人剪髮。農村裡的平價養護中心，每一個老人，都看得出是農民的臉孔。皮膚黝黑，皺紋如犁田後的土溝，神情憨直，而且，不分男女，每一個人，都是瘦瘦矮矮的。

這兩年來在田埂上、果園裡、插秧機旁每天看見勞動中的農民，原來，這就是他們的終點站。

同樣被生活壓彎了腰、喘不過氣的子女，不堪負荷，就把他們送到了這裡。

我原來就明白，人的一輩子，階級決定了大半。上什麼小學中學大學、做什麼工作、賺多少錢、嫁娶了一個什麼階級的人……只是沒想到，原來人的最後，怎麼病、怎麼老、怎麼死，在哪裡死，也是階級決定的。可是，一個中學的博物老師，怎麼也來到了——這裡？

很簡單。小鬼說，孩子沒了，丈夫死了，房子賣了，一點積蓄被娘家的什麼人拿走了，得憂鬱症了，失業了，中風了，失智了，這是一條直線下墜、通往最便宜的農村養護中心的道路。

門邊一個女人低著頭，彎著腰，惶惶然滿地找東西；她一直用手在抓，手指像雞爪一樣彎曲，彷彿在抓蟲。她抓輪椅的黑皮輪子、抓坐墊、抓自己的拖鞋、抓褲腳，不可遏制地一直找，一直抓。坐她旁邊的阿嬤，裹著黑色棉襖，腳上一雙紅色短襪，見我在注視，指指自己的頭，友善地說，「她不知道她在幹什麼。」

找東西的女人突然抬頭看我，神色淒慘，喃喃地說，「沒有了，沒有了……」

電視角落一個男人在罵人，很用力、很生氣地大聲喝斥，沒有特定的喝斥對象，口音含糊，也聽不清楚喝斥的內容，但是他在大聲喝斥，不斷地大聲喝斥，對著空氣憤怒不已。

他的鄰居，一個穿著紅色上衣、雙腳綁在輪椅上的男人，頭很小，耳朵很大的男人，雙手摀住耳朵，用幾乎要哭出來的聲音對他說，「求求你，不要罵了。求求你，你罵得我頭很痛，很痛……」

坐在輪椅中的人，都被一條三角約束巾從胯下綁住，以防他們起身走掉，然後不知所終。

「阿嬤你幾歲了？」我問一個一直在微笑的女人。她沒有牙齒，笑起來就像一個爛掉的柿子。

她像個小孩一樣伸出兩隻手十個手指，好像要算給我看，然後不好意思地說，「不記得了。」

櫃檯後面紮馬尾的護理師笑著說，「她九十六歲了，但是頭腦很好，會聊天。」

「阿嬤，」護理師大聲說，「你有幾個兒子？」

「嗄？」阿嬤重聽。

「你有幾個兒子，說來聽聽吧。」

「我有七個兒子，」九十六歲的她，很開心護理師在跟她聊天，說，「七個都是兒子，大家都說我很會生。」

「他們有來看你嗎？」

「有啊有啊，常常來……」她微笑著。

紮馬尾的女孩小聲說，「她被送進來的時候，頭髮很長很長，全部打結，黏成一塊一塊的，全身臭得不得了。被兒子鎖在農舍後面的工寮裡面很多年，像餵豬一樣丟東西進去給她吃。後來被村長送過來的。幫她剪頭髮的人說，剪刀插進去頭髮裡面根本都剪不動。我們幫她洗澡洗了一整個下午。」

一個頭歪一邊的男人被印尼看護推著，經過我身邊，看護笑著說，「去給他換尿褲。」

坐在對角一個穿著條紋睡衣褲的老伯伯突然大聲問，「李金龍在哪裡？」

老伯伯中氣十足。

護理師在接電話。老人們沒人反應。

「李金龍在哪裡？」他再次大聲問。

我看看護理師，她已經放下了電話，低頭忙著填寫什麼表格。

「李金龍在哪裡？」老伯伯有點氣急敗壞了，更大聲、更急切地問，「李金龍在哪裡？」

黑色棉襖阿嬤說，「小聲一點啦，你都不知道你在叫什麼。」

老伯伯露出焦躁不安的表情，淒聲喊著，「李金龍在哪裡？跟我講啊，李金龍在哪裡？」

穿紅色上衣、雙腳綁在輪椅上的男人，從大廳的另一頭，雙手摀住耳朵，說，「不要叫了，你不要叫了，你怎麼叫李金龍也不會回來了……」

老伯不理他，對著護理師哀求著說，「李金龍在哪裡？」

護理師抬頭對他安撫，「好，不要急，我幫你找。」

我開始為他著急，說不定他真有什麼急事找李金龍呢，於是對護理師說，「小姐，他在找李金龍。」

護理師對我笑了，無限耐心地說，「他就是李金龍。」

印尼看護把那個歪頭的老人推了回來，擱在看電視的那一排，然後走過來推李金龍的輪椅，輪到他去換尿褲。李金龍很不情願，一面被推出大廳，一面回過頭來，滿臉悲淒地叫，「李金龍在哪裡？」

他被推了出去，那聲音沒入黯淡的走廊裡，逐漸變成微弱的哀叫。

77 梁素芹

我以為這回被推回大廳的應該是李金龍，但不是。

一看見她的臉，就知道。

這是梁素芹。

九十歲的人，頭髮稀疏灰白，臉上滿是皺紋，卻仍舊看得出面容姣好，皮膚細致。鼻子很挺，神情沉靜，和周圍的人，氣質反差很大。

印尼看護把她推到靠門邊、接近護理站的角落，按下輪椅煞車，轉身去推其他的老人。我走到梁素芹的輪椅旁，站著。

她一直閉著眼睛。

我轉頭問護理師，「她是梁心海？」

「是，你認識她？」

「朋友的媽媽。我可以跟她說話嗎？」

「當然可以啦。她中風，沒辦法說話。但是你跟她講話，她聽得懂，只是不能回應。」

「她來多久了？」

護理師翻著資料，說，「從別地方轉來的，也有四、五年了。」

「有人來看她嗎？」

「完全沒有耶。丈夫死了，聽說女兒也死了。」

「她總是閉著眼睛嗎？」

「很少打開，很少有表情，幾乎完全沒有聲音。可是她很有禮貌，雖然中風，不能動，我們給她餵食以後她都會動一動頭表示謝謝。」

大廳裡，那個斥罵空氣的男人仍舊在斥罵，那個滿地找蟲的女人仍舊在抓自己的褲腳，旁邊的黑棉襖阿嬤仍舊在說，「你不要抓了，再抓老鼠跑出來咬你」；那個找李金龍的男人一會兒被帶了回來，繼續喊著「李金龍在哪裡」。這一切的喧囂，梁素芹似乎八風吹不動，只是閉著眼睛。她的身軀僵直，左手臂往身體蜷曲，不自然地勾起。右手抓著一個網球，顯然是肌肉緊縮，手指不由自主地緊握。她的兩隻腳有點腫脹，皮膚上一粒一粒紅點，很可能有糖尿病。她的兩頰塌陷，似乎已經沒有牙齒。

我無論如何要把小鬼的心意帶到，無論如何。

我挪過去，靠她很近。彎下腰，附在她耳邊輕輕說，「梁老師。」

她突然張開眼睛。

兩個眼睛一大一小，右眼皮因鬆弛而塌下來，蓋住了整個右眼，而睜開的左眼，看著前方，並不轉頭看我。

「梁老師，」我說，「我是劉心海的朋友。」

她身體震動了一下。

可是，怎麼眼神那麼空洞，那麼茫然？

我說，「我跟劉心海是慈愛中學的同班同學。」

她的頭慢慢轉向了我的方向，左眼張開著，仍然是空空的，好像一個敞開的門，裡面沒有人。

「心海註冊的那一天，」我怕自己猶豫，最後喪失傳達的機會，強迫自己繼續說下去，「註冊的那一天，心海跟我說，她很抱歉那天早上跟你鬥氣，她對不起你……」

我覺得哪裡不對勁。

伸出手，在梁素芹眼睛前面不到一公分的地方，迅速揮手。

她的眼睛一眨都不眨。

梁素芹是瞎的。

我跨兩大步走回護理站，小聲說，「你們知道——她的眼睛看不到嗎？」

兩個護理人員面面相覷，說，「不知道耶，真的嗎？她有很嚴重的糖尿病，而且長期重度憂鬱，但是資料沒有記錄她失明……」

我又回到梁素芹身邊。本來緊握的綠色網球，已經掉在地上，滾到李金龍的輪椅下面。失去球之後，她的右手現在緊緊抓著輪椅的扶手，緊到手上一條一條青筋暴起。

紮馬尾的小姐推開護理站的小木門，走了過來，站在梁素芹面前，也伸手在她眼睛前迅疾揮動。

然後回頭看我，喃喃說，「真的。我去登記一下，禮拜二醫師會來……」

等她回到護理站，我彎腰，再度湊近梁素芹的耳朵，說，「劉心海註冊的那一天——」

她有反應了；痙攣收縮的左手臂掙扎想動，可能想抓我的手，但是一點也動彈不了，於是身體竭盡力氣往前傾，倒向我的方向。

我伸出手，抱住她瘦弱的肩膀。那肩膀，只是一把細細的骨頭。感覺一用力，就會在我手裡碎掉。

她的一隻深凹的眼睛睜得大大的，眼珠子像塑膠珠子一樣沒有一點光，死魚的眼睛。

我深呼吸，繼續說，「註冊的那一天，心海有跟我說，她覺得很對不起你，那天早上，你穿一件圓領長袖白襯衫，紅格子圍裙……」

梁素芹茫然望向空氣，急促地呼吸。

我感覺到護理站那邊注視的目光。

我轉到她輪椅的正前方，背對護理站，乾脆雙膝落地跪著，把她那隻死命抓著扶手的右手用力拔下來，用我的兩隻手掌包住她的手掌。她的整條手臂佈滿大塊小塊的黑斑白斑，薄薄的皮包著骨，而皮幾乎透明。她的頭，無力地低下來，眼睛即使看見，也只能看見自己胯下那條把她綁在輪椅上的三角約束帶。但是從我跪地的角度抬頭看，她的臉，完整在我的視線內。

「劉心海說，她一輩子最愛、最愛的人，就是她媽媽。」

「如果你不相信我說的，」我說，「她那天還說，她跟你有一個連她爸爸都不知道的通關密語。」

她結凍似地全身緊繃。那隻無光的眼睛盯著我看。

「你們的秘密通關語是『閉花八粉蘭』。」

梁素芹動了動她的頭，她胸部起伏很大，嘴微微張開，在用力地呼吸。

我拚命回想小鬼要我說的話，怕漏掉任何一個細節，「心海說，你不要再牽掛她了，她那邊很好，山上有水青岡，整條山路都是閉花八粉蘭……」

「她要我告訴你，」現在是她的手緊緊抓住我的手了，也許因為中風，抓我的力道極大，像卡住了的鉗子，我的手被抓得發痛，我說，「心海要我告訴你：如果你準備好了，就放心地走，不要再找她了，不要再等她了。反而是，她在另外一邊的森林等著你，那邊的森林，她說，每棵喬木都有兩層樓那麼高，每一種灌木都會開花。她說，你一定不敢相信，她那邊，柚子樹開花，花有一個碗那麼大朵；那裡的狼狗，身上有斑馬的條紋……」

梁素芹的脖子撐不住頭的重量，整個頭垂在胸口，肩膀鬆了下來。抓我的那隻手，漸漸放鬆，柔軟下來。

「她也不會餓到。她說，每棵樹的樹皮，樹皮的韌皮部，都像椰仁那麼又肥又軟……」

梁素芹閉上那隻張開的眼睛，大顆大顆的眼淚，從她油盡燈枯的眼睛，一顆一顆滴在我和她交握的手背上，熱熱的。

78 燭滅

楊桃樹下兩個老人動作齊一地轉頭看著我走出玻璃門，看著我穿過院子，看著我走出大鐵門。他們的身體坐在輪椅裡，頭跟著我轉。我走出大鐵門時，剛好兩隻大白鵝從外面晃進來，於是兩個老人的頭，又跟著大白鵝的動向，反方向慢慢轉動。

龍眼樹下沒有人。

四處張望了一會兒，走到圍牆後面的水芋田，也看不見小鬼的身影。

回到小路中間，這才看見，來時的路，兩邊都是青蔥蔥的稻田，水光瀲灩，但是夾道的是高大挺直的木棉樹，稻田的水在木棉樹與木棉樹之間閃閃發光。雪白的鷺鷥在樹與樹之間掠過。聽見斑鳩的聲音。

沒有葉子，空盪盪的樹枝上開滿了豔麗的花朵，襯著乾淨淡藍的天空。邊開花邊落花，大朵的橘紅色木棉花紛紛掉在小路上，一路錦繡般的紅花鋪過去。

好長的一條木棉花道，看不到盡頭，只有兩行大樹漸遠漸小，在路底溶入一片濛濛水氣。

我心裡「咯噔」一下。木棉花，這又是早春三月了？師父在等我了。

彎腰撿起一朵，雖是落花，花瓣依舊飽滿，五片花瓣包著密密麻麻罌粟籽似的花蕊，絲絲分明。

直起身來，忽然瞥見小鬼在前面大概一百米處，背對著我往路的盡頭走去。

我情急大叫：「小鬼——」

一個老農剛好從我後面走過我身邊，穿著高筒膠鞋，手裡抱著一大綑剛割下來的牧草，散發濃濃的草香。他走過去了，聽見我大叫，回頭，說，「透早。」

他以為我是在跟他道早安。

扛著牧草，他右轉往下，滑下泥濘的坡地，直接踩上了田埂。

我快步往前追了幾步，小鬼徐徐緩緩持續地往前移動，沒有暫停的意思。

也不回頭。

她的背影，就是比悠瑪樹叢裡第一次看見她的那個背影，像林中小鹿，和周邊的芒草、蘇鐵、欒樹、野牡丹，芝麻草，渾然一體。在鳳凰木下回頭看我的眼睛，沒有評斷，沒有是非；她的嘴裡，應該還銜著剛剛從構樹上扯下來的細芽嫩葉。

突然有一種疏冷，一種沁涼透心的疏冷，使我慢慢、慢慢停下了腳步。

大武山早晨的陽光，已經有點高度，此刻從偏東的天空照下，像鉛筆素描一樣把所有的黑影畫上路面——樹的影子是一根一根的，花的影子是一團一團的，小鬼徐步的影子，像一支短短的生日蛋糕蠟燭，從一棵樹到一棵樹，就是一個如歌慢板，一會兒融入黑色樹影，一會兒獨自游移在光裡。

我站在無車無人只有稻田風聲穿越的小路中間，看著她的背影明暗有致地漸行漸遠，越來越小，越來越模糊，終至燭滅。

十二、

揮別

今晚是滿月，
好大好圓一枚月亮，從北大武山的山峰升起，
此刻溫柔地照亮了整個山腳下的平原，真是月光似水。

我是不是逐漸、逐漸
變成一個「熱即取涼，寒即向火」的人呢？

79

熱即取涼

好一陣子沒來了，寂寞咖啡館的工讀生還沒上班，打開郵箱，裡面有兩封信，兩張紙條。

紙條是阿青寫的，忽大忽小的字，像手腳太長的人橫著過街：

下週老公要動手術，跟你請假二週。本來要帶甘藍菜來給你，昨天去採收，發現種在人家田邊的，全部被別人偷採了。很氣。

麗華送來兩瓶蜂蜜，說是她家自己養的龍眼花蜜。市面上太多假蜂蜜，這個蜂蜜給你好好吃。

阿瘦下週一晚上要幫人家做法事，問你要不要去看。

颱風來電話，說獵到山豬，問你要不要。土石崩塌下個月就要去做兵了。

阿蘭的美容院搬去光春國小旁邊了。都庫要結婚了，嫁給一個台東阿美族的。

你要我給大家的再見禮物，我都給了。

只有阿瘦不要，她說，不必，她算過了，你很快會回來。

另一張紙條，是從桌上日曆撕下來的一頁，寫在背面：

高樹鄉潘班長送你一箱寶島蜜棗，大粒的。
南州鄉淑愛寄來兩盒巴掌蓮霧，真的比巴掌大，有一顆跟我的頭一樣大。
一位何什麼寄來他種的金鑽鳳梨。
宅急便送來一箱葡萄，一個叫「古月」的人寄來的。
謝先生送你兩個美濃瓜。已經放進冰箱底層。
枋山鄉的小董問你要不要去山上看他的芒果。五月才能採收，現在在套袋。
千穗帶她的孫女經過，送給你兩瓶維他命D_3，叫你吃，說你老了，會骨質疏鬆。

兩封信，其中一封竟然是我寄出的信。信，從小鎮發出，師父應該一個半月前就收到了，一直沒有回音，竟然還退了回來。

師父：

好像沒有什麼思想的長進，只能跟您報告芝麻蒜皮的生活。

今晨走過墳場，看見一男一女兩位警察，男警持麥克風，女警抓擴音器，站在警車旁，對著山坡上一大片密密麻麻、一個活人都沒有的墳墓說：

「分局通報：為防止疫情擴大，在室外請保持一公尺安全距離；在室內請保持一點五公尺安全距離。如無法保持防疫安全距離，建請全程配戴口罩，謝謝各位鄉親配合，分局關心您，謝謝。」

對著空盪盪、只有麻雀在草上飛的墳場，那警察非常認真地把宣導詞說完。

我在想，他們一定是警察廟那個分局派來的。

墳場邊緣有個小小的萬善堂，有人點了一支香。

我站在那裡，合十拜了一拜。

墳場過後就轉往市場，在土地公廟旁麗華的小攤，吃了一碗炸醬麵。她非常聒噪地跟我說天后宮裡突然出現很多巨型綠蜥蜴的事情。還有，她說，去東港溪畔走路，可千萬不要踏進草叢。兩年前一隻母鱷魚從飼養場逃走了，在東港溪裡面繁殖，現在有很多小鱷魚在水裡（我在想，她怎麼會懷孕，那證明東港溪裡本來就有一隻曠世寂寞的公鱷魚在水裡等著……），麗華還說，有些信徒到東港溪去放生，放的是眼鏡蛇，所以溪畔草叢裡，眼鏡蛇多了。

嚇死我了。但是我同時想到的是，鱷魚和蛇，恐怕是我們侵門踏戶，讓他們變成無處可棲的難民吧？現在我們倒過來，恨他們侵入我們散步的地方……

員外借給我一塊地，就在張天宗藥房的檳榔園旁邊。我在那裡種下了十株檸檬樹苗。為了澆水，接上皮管和花灑噴頭。昨天去的時候，發現噴頭那一端的皮管，腫得像個球那麼大，然後就在我伸手去拿的時候，「砰」爆開了，破了。

張天宗老先生走過來教我：每次澆完水，要先關掉水龍頭，噴頭繼續開著，讓皮管裡頭的水流出來、皮管淨空了，人才可以走開。不然喔，他拿出藥房老闆的架勢，說，跟你的身體一樣嘛，任何內在堵塞的，都會壞掉。

肉丸搖搖擺擺跟著他來，然後搖搖擺擺跟著他走。

我手裡拿著破裂的皮管，只覺得自己可笑，活了一輩子，走遍全世界，第一次知道怎麼用一個澆水的皮管。

師父啊，我是不是逐漸、逐漸變成了一個「熱即取涼，寒即向火」的人呢？

今晚是滿月，好大好圓一枚月亮，從北大武山的山峰升起，溫柔地照亮了整個山腳下的平原，真是月光似水。

就滿兩年了。我要開始跟大武山下的朋友們逐一道別。他們不知道的是，我迫不及待地想去看您。

80

握住你的手

另一封信，拆開了讀，才知道，不是給我的。郵差丟錯了信箱。

蕉妹：

非常上訴過關，改判無罪也確認了。

命運憐憫我。那飛過天窗的小鳥也為我流淚吧。

也是因為有你，我才能堅持到今天，活著等到今天。

下個月三號，我就自由了。

沒有家可以回了。即使有，也不想回去。

我會直接去找你。

你是我唯一的所有。

我的頭髮全白，因為風溼，關節痛，動作很慢。牙齒掉了三顆。

你不會介意吧？

人海茫茫，風這麼冷，我只想握住你的手。

聽見玻璃門被推開的聲音，我對工讀生大吼：「今天幾號？」

她吃了一驚，抱在懷裡的宅配紙箱都來不及放下，慌亂地回答，「三號——星期二。」

「老闆在哪裡？」

「不知道——」

沒等她說完，我衝往出口奪門而出，一腳踩到黑靴陸龜，他發出我沒聽過的一種奇怪的淒厲的聲音。

81

蕉妹

一衝出咖啡館的大門，就看見員外從大樓走出來，身後跟著一個背駝駝的、身形削瘦的男人。男人理平頭，頭髮灰白，穿著一件看起來比他身材大了兩號的長袖格子襯衫，大了三號、垮垮的黑色西裝褲，手裡拎著一個廉價的、褪了色的塑膠手提袋，聳著肩膀走在員外的左後側。

我在騎樓的柱子旁停下來。

一輛計程車駛了過來，在兩人面前停下。

員外踏一大步往前，打開車後門。他背對著我。

男人也往前一步，站在打開的車門旁，面向員外，讓我看見了他的面孔。那是一張很少見到陽光的臉，很不健康的白，又有點浮腫，病態的浮腫；人看起來蒼老，卻又蒼老得極不自然。

他向員外深深、深深鞠躬，日本式的九十度大鞠躬。員外熱誠地伸出雙手，緊緊握住他枯瘦的手。

他轉過身，讓手提袋往外，屁股先坐進車裡，我這才看見，他的手提袋是半開的，露出一束粉紅色的新鮮玫瑰花，包在透明的玻璃紙內。

計程車的後座車窗本來就是開著的，車子緩緩前駛，男人在車裡，望向窗外，我看見他深陷的眼睛——我不曾看過那樣悲傷、那樣失魂落魄的眼睛。

員外站在路旁，一直看著計程車，直到車消失在轉彎的地方。

他回頭，被我嚇一跳。我像幽靈一樣無聲無息地站在他身後，帶著訓導主任式的譴責的眼光。

「你看吧，」我說，「不就發生了嗎？」

員外有點驚訝，「你怎麼知道？」

我把信遞給他，「郵差放到我的信箱裡去了。」

員外打開信，讀完，把信摺進信封，塞進褲袋裡，說，「這封信是比較早的，晚到了。我有收到他前一封信，知道他今天會到。」

他一點都沒有驚慌或羞愧或懺悔的跡象，而且，那個男人對員外的深深一鞠躬，也讓我納悶。

「你做了什麼事？」我說。

「一個月前，」員外示意我們往咖啡館走去，「我就知道他改判無罪，所以蕉妹就給他寫了信。你看到的這封信，是他在收到蕉妹的信之前寫的。你知道我意思嗎？」

「不知道。」我沒好氣地回答。

卡布奇諾送上來以後，我說，「蕉妹跟他說什麼？」

不等他回答，我諷刺地說，「蕉妹說，我要跟你結婚，跟你白頭偕老、生死不渝，對不對？」

員外好脾氣地搖搖手——他今天吊帶褲的吊帶是直線條藍白紅，法國國旗的圖案。

「當然不是這麼說。」

我看著他，等他自白。

「蕉妹告訴他，她病重了，可能等不到他出獄。」

我傻眼。

「但是，不管發生什麼事，蕉妹有個哥哥，會照顧他，幫他找到工作，而且，立榮可以免費住進哥哥的一個套房，一直住到他有工作，賺了錢以後，才需要付房租。」

「你——」我說，「今天就是蕉妹的哥哥？」

員外笑了，肥胖的臉把眼睛擠成開心的細縫，說，「我安排他去一個鄉親的輪胎工廠做工，他明天就可以上班。我有一棟小樓房，都是出租的小套房，就在那個工廠附近。」

「所以……」我遲疑地說，「你今天告訴他，蕉妹死了？」

「小姐，人生不就是這樣嗎？」他轉向吧台，說，「小英，拿些餅乾過來。」

82 林邊溪

我回到林邊溪那個大橋。

把車停在橋頭，下去走路。風很大，帽子必須緊抓著，才不至被風刮走。頂著逆風走到大橋中心，往東看，藍天下巨大朵狀的白雲在強風裡疾速移動，大武山重重的山峰因為強烈陽光的映照，山色濃淡對比鮮明。大批雲朵被風追趕，投下團團的黑影在一層一層的山峰山谷之間快速挪移，整座大山忽明忽滅，看起來驚心動魄，像是戰役爆發前的大隊銜枚疾走。

大卡車從身旁疾駛而過，橋面震動，捲起一陣灰塵，撲進我的眼睛。橋下一片礫石地，寸草不生，只有外來入侵的銀合歡，長滿了深褐色的莢果，佔據了河堤，遠看以為是一片枯死的樹林。

橋頭有個被風雨淋得已經無法閱讀的告示，大致內容是，「為維護國家土石資源，林邊溪流域，包含力力溪流域，嚴禁採取土石……」。幾乎把這政府告示遮蓋住的，是另一個牌子，字很大：投幣式卡拉OK、豬腳飯、滷肉飯、鮮魚湯。牌子很新，有人開始做生意了。

這些招牌旁邊，是個小廟，架高了，裡面坐著一尊金色的佛像，橫匾寫的是「南無地藏王菩薩」，旁邊貼了一句標語，「禮佛一拜，罪滅河沙」。

頂著逆風回到停在橋頭沙地上的車，開了門坐進去。從這個角度，可以看見楊城惠鐵皮屋的正面。

原以為，主人坐牢去了，這裡會鐵捲門深鎖，沒想到，門是整個拉開的，而且，除了原來就有的飲料投幣機之外，那些破敗的塑膠凳已經換成一組全新的有靠背的紅豔塑膠椅子，配上幾張圓的塑膠桌子，每張桌子上有個塑膠瓶子，每個瓶子裡插著一枝塑膠玫瑰花，竟然已有路邊小店的規格。

一個身材豐滿的女人，穿著花色濃豔的七分褲，正在走進走出。旁邊的鐵皮屋，走出另一個人，正要把斗笠戴上。那是賣我芭樂的老農。

顯然卡拉ＯＫ、豬腳飯、滷肉飯、鮮魚湯，是這個女人在經營了。

她在張望我的車，似乎想走過來，我就把車開走了。

83

腰仔

這是白雪，美國雞。我說，一面把她從紙箱裡抱出來。她在紙箱裡已經趴了半小時了。一放出來，她拍拍翅膀，兩腳在地上前後搓了搓，昂頭走開，開始探索周遭。

夠她探索的了。陳腰仔在五溝水種了三百株樹葡萄，範圍不小，全部用防颱的網子罩起來，雞在裡面安全得很。腰仔是警員闊嘴的妻子，客家人。丈夫每天騎著摩托車出勤，她就是莊園主，種樹葡萄不是為了果子，果子本身不怎麼好吃，而是拿果子來做酵素。

「警察的薪水才那麼一點點，我要掙錢給女兒出國留學，」腰仔雙手叉腰，豪氣地說。

我們蹲在樹葡萄園裡的泥地上，我把我的雞們一隻一隻雙手抱出來，無限愛憐，鄭重介紹。

這是水晶，你看，羽毛純白，比白雪還要白；你慢慢就會認出同樣是白雞，她們其實很不一樣。白雪喜歡用腳前前後後搓地，像跳恰恰舞一樣，然後喜歡踩進飼料盆裡面去搓地，把飼料都撥得亂七八糟，是隻智商不高的母雞。水晶卻很文雅、內斂，不會這麼亂來。

腰仔穿著膠鞋，鞋上全是泥巴。她用容忍的、揶揄的眼光看著我。

我不理會她心裡的嘲笑。

這是黑金，你看她全身黑得像塊會走路的炭，可是脖子有一圈金光閃閃，好像女人上歌劇院的披肩。黑金的眼神跟別的雞不一樣，看起來特別憨厚，像鄰家大嬸婆，她是土雞。

這是巧克力，巧克力是古早雞，矮矮胖胖笨笨的，腿比美國雞短很多。停止生蛋了以後，老是趴在籃子裡，孵蛋，孵別人生的蛋；我放一個乒乓球在籃子裡面，她就去孵乒乓球，孵了兩個禮拜。

「像我呀，矮矮胖胖，」腰仔笑著。

這是布朗妮，吃東西最凶悍，生的蛋最大顆，而且每天生，每天早上八點半生出來，然後唱半分鐘歌，宣告全球她排卵了。她是雞群的大姐頭，會欺負別人……

「像你呀，」腰仔繼續吃吃地笑。

她覺得我的「託孤」行為極為可笑。

「你要答應我，」我說，「把她們養到老。不要拿她們做雞湯。」

腰仔站起來，拾起空了的紙箱，說，「放心，如果病死了，我把她們埋起來，還給她們做墓碑呢，墓碑的字，你來寫。」

我們並肩走出樹葡萄園。

「腰仔，」我還不放心，說，「告訴你的老猴牯闊嘴：凡是有了名字的，就是朋友。朋友是不能吃掉的。對吧？」

她重重地拍了一下我的肩膀。我知道她可以信賴。當初搬來鄉下時，連雞園子的圍籬都是她幫我做的。現在要走了，她是最好的託付對象。

腰仔把兩串剛摘下來的樹葡萄用報紙包好，放進一個袋子裡。

「你記得嗎？麗華跟我們說過的，她表姐的媳婦，阿淑，去濟公師父那裡問事的媳婦？」

「記得啊，」我說，「一，要給麗華表姐的十歲淹死的哥哥過繼一個小孩。二，阿淑要祭拜那個被人家忘掉的王爺。三，要吃白蓮蕉……」

腰仔驚異萬分地瞧著我，說，「夭壽，你還真的都記得。」

「記得啊，」我說，「我回家還做筆記呢。」

「阿淑，真的生了。」

「喔，」輪到我驚異萬分，「濟公師父靈喔？吃了白蓮蕉有用喔……」

腰仔笑了，「不知道耶，因為後來他們有去做人工試管，生了龍鳳胎。你也可以說，試管也是濟公靈驗預測的吧？」

她把樹葡萄放進我車子的前座，我坐進駕駛座，開動了，她又從車窗遞給我兩瓶酵素。

「用七倍的水混，」她說，「酵素促進消化。要記得每天喝。」

說了再見，她追過來幾步，敲車窗。我按下車窗，她說，「那你的貓託給誰？」

喔，流氓？

他跟我到天荒地老。

十三、

所有塵

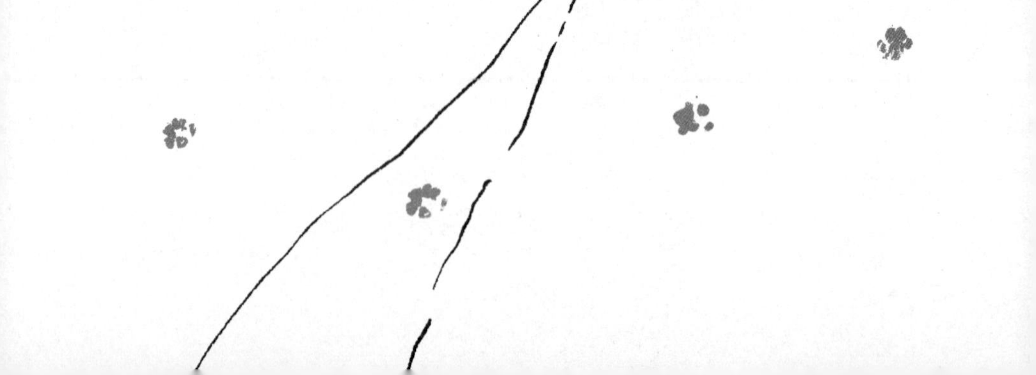

撒在一棵樹下？
沒有撒在一棵樹下。

沒有一塊石頭？
沒有一塊石頭。

84

引磬

「沒有墓？」

「沒有墓。」

「撒在一棵樹下？」

「沒有撒在一棵樹下。」

「一個碑？寫出生年月日？」

「沒有碑。沒有出生年月日。」

「沒有一塊石頭？」

「沒有一塊石頭。」

我瞪著他，幾乎有點動怒，「一個可以去鞠個躬的地方都沒有？」

他搖搖頭，恭敬卻又無比鎮定，「一個可以去鞠個躬的地方，都沒有。」

「有留一個東西給我嗎？一封信？一句話？一個什麼？」

「師父說，」他想了一下，「師父說，他曾經寫給你十個字。」

「十個什麼字？」

「**世界所有塵，一一塵中見。**」

「寫在哪裡呢？」

居士沉靜地說，「師父說，在一個小紙條上，已經給過你，只有你知道在哪裡。」

我瞠目結舌。

他安靜片刻。

安靜的那個片刻，我聽見山裡響起杜鵑鳥的叫聲，苦澀的杜鵑鳥聲，在看不見的林葉深處，由近而遠，漸漸幽微。

他說，「請跟我來。」

他穿著咖啡色的海青，大袍闊袖，飄飄走在前面。石階上的青苔更厚了，曾經跟師父練習行禪的鵝卵石小徑，石縫裡長出蒲公英。木棉花已經落盡，池塘在樹的籠罩中，有點暗綠，四月的蓮花，只有一點點矜持的初綻，星點雪白。

柴扉如舊，打開時咿呀一聲。只是屋頂的紫藤長得茂盛，正在怒放，一簇簇繽紛的紫花繁華垂掛，柴扉上面，一派春意熱鬧。

一個竹片做的風鈴，掛在簷下，隨著風嘎啦啦響。

禪房裡，一切如舊。蒲團仍在兩年前師父盤坐的位置，乍看彷彿坐榻還有溫度。緊靠蒲團的茶几上，沒有他喝水的陶碗，只有一付金屬做的看起來像敲打器的東西，放在一塊黑色的絨布上。

居士說，「這是師父要給你的。」

我在几前跪坐於地。拿起金屬小槌，輕輕敲了一下橫躺在一個木頭臥槽裡的金屬柄。聲音清越空靈，餘音綿長，我靜靜聆聽到最細、最微、最後的音符顫動，直到它悠然溶於大氣。

「這是引磬，」居士站著，說，「純銅製作。師父這兩年講課都用它，每一個功課的起、承、轉，還有最終的合，都用它的音來引導。」

「所以，」我輕輕撫摸磬槌、磬柄，如此纖細，一敲一納，聲音竟然可以這般如絲如縷如空谷深處的悠悠迴盪。

「是師父每天使用的？」

居士已經走到門口，回頭暫止，說，「師父日日手澤，都在這個引磬上。」

我仍舊跪坐几前。

「引磬也叫無常磬。」他說。

「無常磬？」

「師父說，天台智者臨終的時候，交代身旁的維那，他想此生最後聽一次磬聲，因為『得聞鐘磬，增其正念。』」

正念？

低頭懷想，是的，我記得。那個晚上，師父說，正念是，讓你的心，做一個清風流動的房間，做一條大水浩蕩的河流……

熱熱的淚水濕了我的眼睛。

居士輕輕的腳步聲，退出了柴扉，漸漸遠去。

似乎有點明白師父想告訴我的了；這世界的所有，四十六億年前的星光激冷和四十六分鐘前的冰山崩塌、五十年前的纏綿懸念和此時此刻的牽掛離捨，無非塵埃，一一走向灰冷、燈滅、念斷、塵絕。

可是，在有光的時候，為什麼不在塵中一一看見：熱著的就是火，亮著的就是光，念著的，就是愛。

轉身面對打開的柴扉，柴扉外一片光。

從几旁蒲團的位置看出去，陽光剛好照亮了一簇從屋簷垂下來的澹澹紫藤花。風已經停止，竹風鈴無聲，可是為什麼，在這深沉的寧靜中，那簇懸著的紫藤花，一直搖晃，一直搖晃，一直搖晃，好像在盪著鞦韆。

鞦韆——心裡突然湧上來一股滿溢的、蜜似的溫柔和明亮。

她一定找到了。

看一棵樹

這個世界突然變得非常喧譁。語言成為辯論的工具，而且辯論的舞台，不熄燈，不謝幕，不關機。

在這無止盡的喧譁中，我坐在水一樣的溶溶月光裡，納悶：語言，怎麼只有一種用途呢？生命明明不是只有辯論。

月亮升到了山頂，夜露重了，草葉尖一顆露水滿盛月光的檸檬色，在微風裡搖搖欲墜。

貓頭鷹的叫聲，穿透桃花心木的層層樹葉，傳到夜空裡。

小獮猴蜷曲在母猴的懷裡，母猴窩在相思樹凹下的樹杈中。

山豬用凸出的白牙撬開一塊長滿青苔的石頭，野兔驚慌一躍而起。

村莊外面的墳場，一片喜悅的蛙鳴；地下的白骨，曾經是肉身，情慾飽滿、愛念纏綿，肉身化為白骨灰燼，跟大武山的泉水淙淙同一個節奏。

小鎮住在廟旁的農人在半醒半夢時，看見自己死去的母親走進來，摘下包著花布的斗笠，在床角默默坐下。

每一片樹葉，都有正面和背面，正面光滑美麗，可是實質的葉脈都在背面。語言，怎麼不用在生命安靜而深邃的背面呢？

辯論一千次樹是什麼、樹應該是什麼，不如走進山中一次，看一棵樹。

人，直立起來走路，離開了大海，離開了森林，離開了獸群，也離開了星空。不再認識大海森林，不再理解蟲魚鳥獸，不再凝視星空以後，其實也離開了最初的自己。身體越走越遠，靈魂掉落在叢林裡。對細微如游絲的空、飄渺似銀河的光、沉浮於黎明邊界的空谷之音，不再有能力感應。

如果我停止辯論了，那是因為，我發現，一片枯葉的顏色所給我的感動，超過那許多偉大的、喧譁的、激動的舞台。

小說，不必辯論。

將近三年的大武山下生活，原來僅只是為了失智的母親，陪伴她走「最後一哩路」，卻意外讓我回到大海和森林，重新和蟲魚鳥獸連結，在星空下辨識回家的路。北大武、南大武兩座山峰巨大如天，卻有著極為溫潤的稜線，陽光把溫潤的線條映在土地上，農人就在那片被磅礡大山柔軟覆蓋的土地上，深深彎著腰。

書中所有的人物都是虛構的，唯一真實的是人物的精神，所以不必對號入座。只是下回走進任何一個鄉間小鎮，你知道，馬路上走著的、市場裡蹲著的、田裡頭跪著的，斗笠和包頭布蒙著的，皮膚黑到你分不出眉目的，每一個人，都有他生命的輕和重、痛和快，情感負荷的低迴和動盪。

＊　＊　＊

插圖也不是插圖，而是我寫作時邊查資料邊做的塗鴉筆記。譬如寫到食蟹獴──天哪，食蟹獴到底長什麼樣子？得仔細看，看了還不夠，得自己畫一遍，確切知道他的兩撇白鬍子長在臉上哪個部位，才算認識了。含羞草，人人都覺得太普通了，不值一顧，我卻要看個明白，才知道，四枝葉柄必須長在一起，仔細端詳，算算每一枝葉柄上的葉子是互生還是對生，總共有幾瓣葉片，含羞草的花，是哪一個濃度的粉紅？在想像一條狼狗身上有斑馬的黑白紋時，就隨手畫，手隨著想像走，畫出來了，我就認識了他。本來畫一條老狼狗，後來想想，小鬼小時候，家裡的張大頭應該還是個小貝比，所以改畫一隻貝比狼狗，斑馬紋。

檳榔樹──到處都是，每天看見，但是，我真的看見了嗎？總以為他的樹幹就是挺直的一根柱子，仔細看了，才發現，檳榔樹幹的粗細、色澤、紋路，葉苞從樹

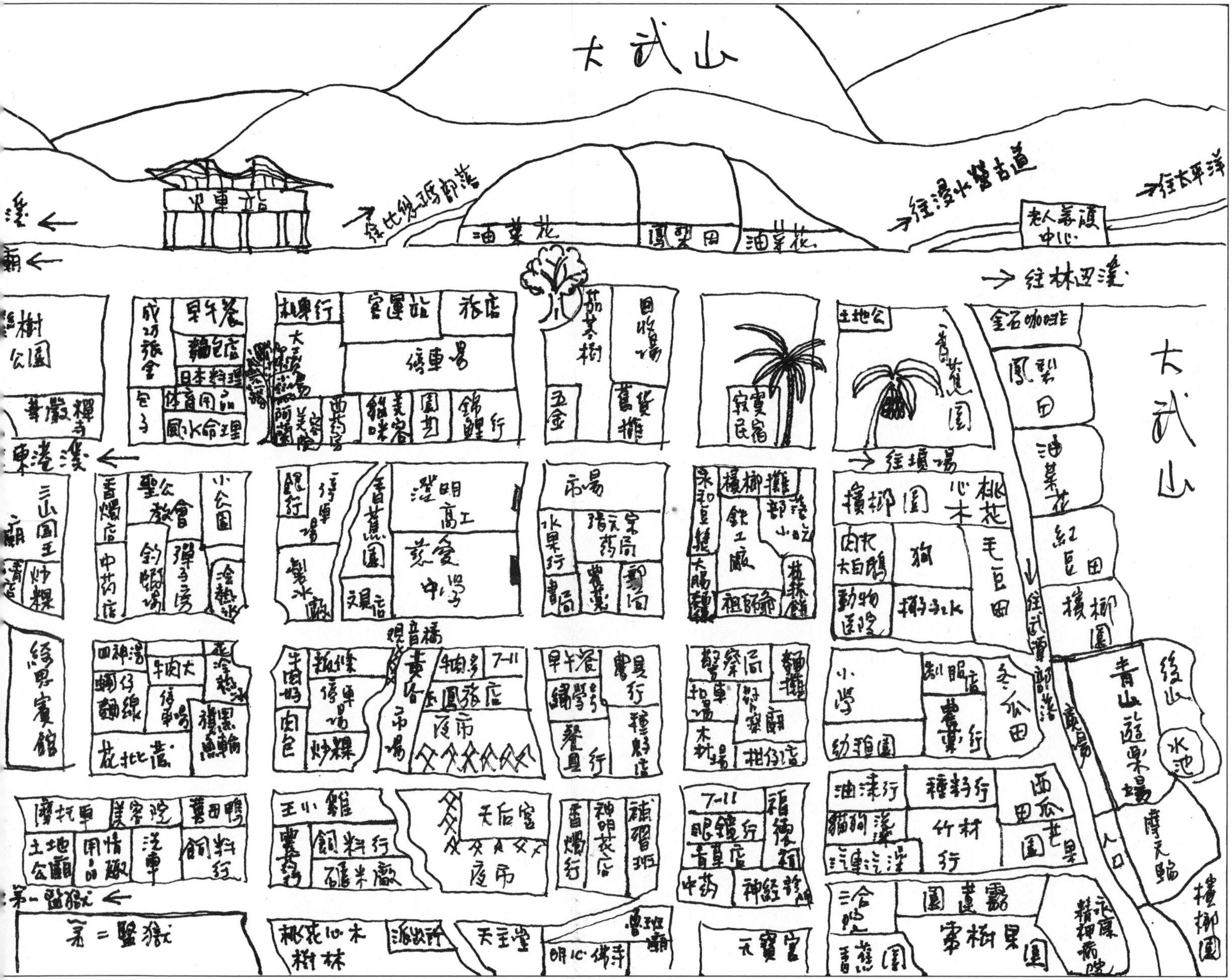
大武山
火車站
往比魯部落
往浸水營古道
往太平洋
老人養護中心
油菜花
鳳梨田
油菜花
往林邊溪
土地公
金石咖啡
大武山
成功旅舍
早午餐
麵包店
日本料理
體育用品
風水命理
華嚴禪寺
東港溪
機車行
賓館
旅店
停車場
西藥房
美容院
滷味
美容
園藝
錦鯉行
茄苳樹
回收場
五金
舊貨攤
民宿
青蕉園
往墳場
檳榔園
桃花心木
檳榔攤
鐵工廠
大白鵝
狗
毛豆田
動物醫院
椰子水
祖師爺
紅豆田
檳榔園
市場
水果行
中藥局
書局
聖公教會
小公園
香燭店
中藥店
釣蝦場
彈子房
剉冰
停車場
香蕉園
澄明高工
慈愛中學
文具店
製冰廠
觀音橋
三山國王廟
炒粿
綜男賓館
牛肉大
停車場
炒粿
黃昏市場
7-11
旅店
夜市
早午餐
自助餐
五金行
種籽店
警察局
拍賣場
木材場
麵攤
柑仔店
小學
眼鏡店
農業行
冬瓜田
幼稚園
往武潭部落
青山遊樂場
水池
摩托車
美容院
薑母鴨
土地公廟
用品
機車
飼料行
王小雞
飼料行
碾米廠
天后宮
夜市
香燭行
神明花店
補習班
7-11
眼鏡行
青草店
中藥
神經診所
油漆行
種籽行
西瓜田
竹材行
芒果園
汽車洗潔
入口
摩天輪
檳榔園
第一監獄
第二監獄
桃花心木樹林
派出所
天主堂
明心佛寺
元寶宮
三合院
露蓮園
芒果園
香蕉園
永康精神病院

槟榔园
香蕉园
毛豆田

幹抽出來的地方，有無數的細節。塗鴉，補足了文字的不足。我的筆記本，因此充滿了做功課的線索斑斑：撿起的枯葉、貓咪的腳印、翻倒的咖啡、偶落的花瓣，還有無數亂七八糟的塗鴉。

手繪地圖，是因為在書寫時，左轉有天后宮、右轉有茄苳樹、東邊是毛豆田、西邊是香蕉園；員外住南邊、小鬼住北邊、製冰廠在前面、文具店在後面……轉來轉去自己都昏了頭。畫了地圖，小鎮就清晰而立體了。

至於小鎮地圖是真是假？讀者不妨帶著小說去旅行，按圖索驥走一趟文學行腳。

小說裡那麼多植物、動物？

動物植物原來是人類的叢林姐妹，我們把姐妹毒了、殺了、滅了、吃了，剩下少數的，我們連他們的名字都不屑於知道。我承認，是的，我是帶著匍匐在地的謙卑和感恩在書寫他們的；他們，不是它們。

＊　＊　＊

屏東在台灣的最南端。小鎮潮州孕育了這本書。

一個閩、客、原住民混居的五萬人小鎮，還是那種辦紅白事或選舉動員時要用塑膠布把街道圍起來的鄉下，滿載著人的單純與溫潤。

哥哥應達讓我無條件霸佔了他的家，感冒臥床時雅芬帶藥來探視。離鄉背井來自菲律賓的Emily每天早晨九點把美君帶到我書桌旁，留在我視線所及範圍內，我低頭工作，她餵美君喝牛奶。我的思緒進入了大武山的迷幻世界，但是一抬頭，看見媽媽坐在眼前，就覺得安心。

郵差從騎樓裡來電話，「你的包裹。」傾盆暴雨中，電話裡的聲音，聽起來混沌。我下樓，帶一罐凍頂烏龍，希望這全身濕透的人回家能喝杯熱茶。

劉日和夫婦帶了工具來，胼手胝足幫我建築了一個雞園。鐵絲網做成可以開關的籬笆門，好像五十年代家家清貧、戶戶養雞的時光，我開始每天有新鮮雞蛋可以當早點。

肇崇非常慷慨地贈我以時間，帶我到深山裡沒有路的地方看滿林紫斑蝶，看溪水最清澈的山的倒影。

在潮州常常接到包裹。米，是親自種稻的人碾的；鳳梨，是親自扎下「栽阿」的人採的；蜜棗，是每天巡果園的人摘的，每次果園空了以後，他都「悵然若有所失」；芒果，是老是擔心炭疽病侵襲的那個人種的；蓮霧，是不斷在尋找新品種的人親手剪下來的；文心蘭，是一株一株花細細看的人精心培養的……

走過潮州的街道，一路要打招呼。走過花店，花店的老闆跟你說，女兒進了三地門的舞蹈團。走過屋簷下的蛋餅攤子，要停下腳聊一會兒天；邊揉麵，他邊告訴你，當年是怎麼跟一個東北老兵學了做餅，沒想到現在成為謀生的絕技。

買了六份蛋餅，帶去給按摩店的員工吃。要他們搶空檔趁熱吃，他們就在放了熱水、為客人浴足之前，到廚房裡把蛋餅給吃了。然後說，「是哪一家的，怎麼這麼好吃。」

按摩店那細細白白的女老闆，拿出一片編織，說，「你看，圍巾已經幫你打了一半，只剩下一點點毛線了。」

轉個彎經過飯湯店，愛讀書的老闆娘追出來說，「怎麼這麼久沒見到你，有新鮮竹筍，煮給你吃好不好？」

人在山林，城市裡的情義網絡仍舊讓我依靠。一稿粗成，交老友楊澤審閱。他永遠有辦法在不徹底擊潰你的前提下把致命的缺點誠實說出來，而他提醒的每一件事，都像一條細線必須找到的針眼。

稿成，開「第一讀者校對趴踢」，幾個資深文青、一疊厚厚稿紙、數杯淡淡甜酒，一頁一頁節次傳閱，這個閉門閱讀趴踢，一開就是好多個接力小時。啟蓓、文儀、齊湘、應平、逸群、信惠、筑鈞、如芳、狄沅、存柔、于瑶……

塗鴉的信手拈來，往往畫得不倫不類，性格如春風的貞懿就會溫柔救援，三兩下指點，原來東歪西倒的隨筆，看起來竟然也有點像插圖了。

臉書上的十幾萬讀者，更是神奇。生活在四面八方各自的國度城鄉，奔馳在情境相異各自的生命軌道，卻因為文字的牽引而心靈時時有約，蜂因蜜而翹首。書成，跟他們默默的、樸素的文學陪伴有關。

鄉間旅次，雲煙歲月，接受這麼多的人間「寵愛」，無法不覺慚愧。唯一能夠回報的，也只有我親手耕種的文字了。

寫於屏東潮州
二〇二〇年六月十五日

新人間 AKR0304

大武山下

作　　者—龍應台
內頁插圖—龍應台
副 主 編—廖宏霖
封面暨內頁設計—江孟達
企劃經理—何靜婷、金多誠
校　　對—沈維君
內頁排版—立全電腦印前排版有限公司

總 編 輯—曾文娟
董 事 長—趙政岷
出 版 者—時報文化出版企業股份有限公司
一〇八〇一九台北市和平西路三段二四〇號七樓
發行專線—（〇二）二三〇六六八四二
讀者服務專線—〇八〇〇二三一七〇五
（〇二）二三〇四七一〇三
讀者服務傳真—（〇二）二三〇四六八五八
郵撥—一九三四四七二四時報文化出版公司
信箱—一〇八九九臺北華江橋郵局第九九信箱
時報悅讀網—http://www.readingtimes.com.tw
時報文化臉書—https://www.facebook.com/readingtimes.fans
法律顧問—理律法律事務所　陳長文律師、李念祖律師
印　　刷—勁達印刷有限公司
初版一刷—二〇二〇年七月十七日
定　　價—新台幣五九九元
（缺頁或破損的書，請寄回更換）

時報文化出版公司成立於一九七五年，
一九九九年股票上櫃公開發行，二〇〇八年脫離中時集團非屬旺中，
以「尊重智慧與創意的文化事業」為信念。

大武山下 / 龍應台著. -- 初版. -- 臺北市 : 時報文化,
2020.07
面 ;　公分. -- (新人間 ; AKR0304)
ISBN 978-957-13-8264-7（平裝）
ISBN 978-957-13-8265-4（精裝）

863.57　　109008694

ISBN 978-957-13-8265-4（精裝）
Printed in Taiwan